ASSAULT LILY
アサルトリリィ
～一柳隊、出撃します！～

原作◇尾花沢軒栄／acus

小説◇笠間裕之

カラーイラスト◇八重樫南

挿絵◇細居美恵子

企画制作◇アゾンインターナショナル／acus

Assault Lily
アサルトリリィ

GC NOVELS

ASSAULT LILY アサルトリリィ ～一柳隊、出撃します！～

Assault Lily アサルトリリィ

INDEX

ASSAULT LILY WORLD

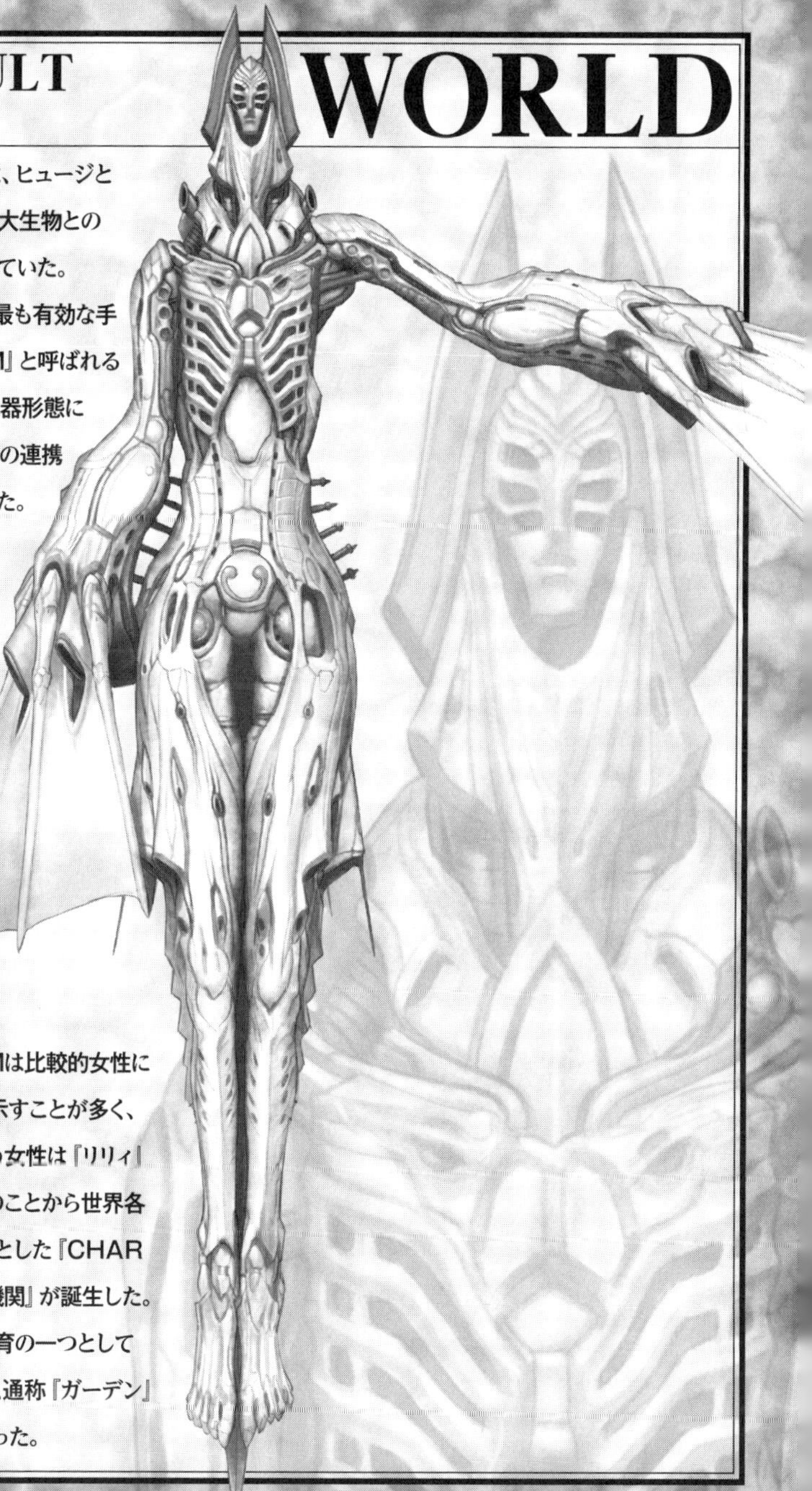

近未来の人類は、ヒュージと呼ばれる謎の巨大生物との戦いに明け暮れていた。
ヒュージを倒す最も有効な手段は『CHARM』と呼ばれる銃形態と近接武器形態に変形する武器での連携必殺攻撃にあった。

そしてCHARMは比較的女性に高いシンクロを示すことが多く、CHARMを扱う女性は『リリィ』と呼ばれた。そのことから世界各地に女性を対象とした『CHARM 使用者育成機関』が誕生した。
日本では高校教育の一つとして『軍事育成高校』、通称『ガーデン』が誕生したのだった。

ASSAULT LILY CHARMとリリィ

◆CHARMとは

強力なヒュージにとどめを刺せる唯一の決戦兵器、それがCHARM-Counter Huge Arms-（チャーム）。CHARMはマギクリスタルコアと呼ばれるコンピュータ制御された魔法の宝玉によりコントロールされており、マギクリスタルコアを付け替える事で戦闘に合わせ細かくカスタマイズできる。マギクリスタルは女性に共鳴し、特に連携必殺技レベルの大出力の運用は女性でなければできないとされている。このことからCHARM使用者の女性──リリィは、アイドル的にもて囃されることもあった。

◆CHARMの仕組み

CHARMは別名『神の鍵』と呼ばれている。マギクリスタルコアというコンピュータ制御された対ヒュージ戦闘用兵器で、マギクリスタルフォースと呼ばれる謎に包まれた莫大なエネルギーを引き出すデバイスの役割を果たしているためである。科学と魔法の融合が達成されたこの世界で、人類がヒュージ打倒のためにたどり着いた叡智の結晶そのものと言っても過言ではない。しかし、その運用には極めて高度にプログラムされた手法が必要であり、ことに「CHARMを複数使っての高出力でのエネルギー運用をする連携必殺技」となると一朝一夕には難しくそのために『ガーデン』という特別な教育機関が必要となったのである。

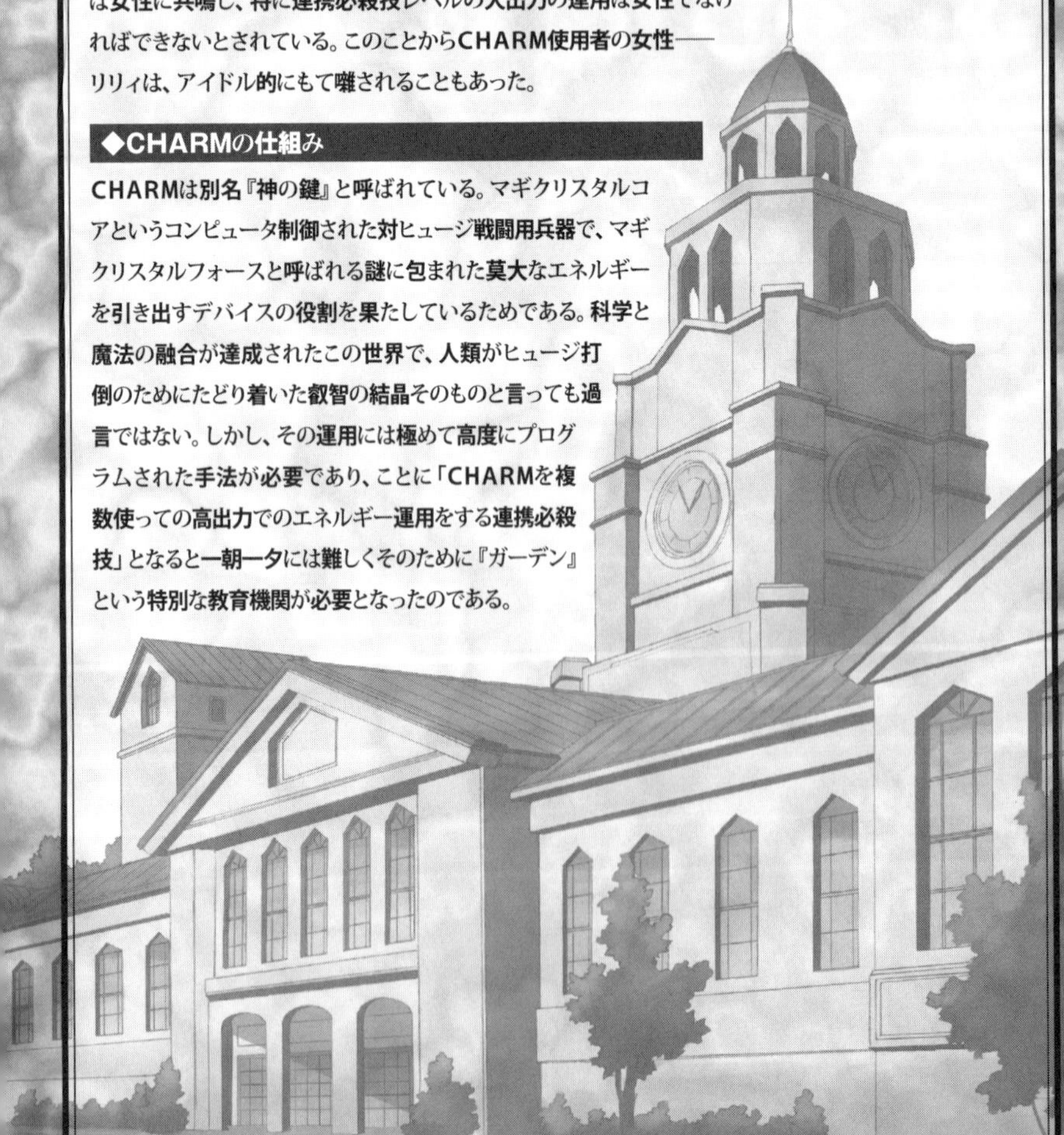

ASSAULT LILY

百合ヶ丘女学院高等学校

◆最も華麗なリリィ達の花園

鎌倉府（旧・神奈川県）きっての名門ガーデン。大正年間に設立されたお嬢様学校を母体にした、リリィ教育の世界的な名門校。各国が優秀なリリィの育成と、市民の防衛に躍起になる中、目覚しい成果を挙げているのがこの百合ケ丘女学院である。百合ケ丘の学生は、CHARMを用いた対ヒュージ戦闘を基本に、非常にハイレベルな軍事的教育と訓練を施されるため、百合ケ丘の授業をうけるため世界中から多くの精鋭が集まってきている。

◆百合ケ丘女学院の特色ある制度

百合ケ丘女学院には『シュッツエンゲル（守護天使）制度』というものが存在している。これは特定の上級生が守護天使として、下級生を導くという制度。2人は擬似姉妹のような契約を結び、上級生は下級生のリリィとしての成長だけでなく人間的な指導もしていくのである。百合ケ丘は学年間の交流をとても重視する校風であり、上級生を『シュッツエンゲル』と呼び、下級生を『シルト』（天使の盾に守られし子の意味）と呼んでいる。

◆3人の生徒会長

百合ヶ丘女学院には3人の生徒会長がいる。『ブリュンヒルデ』『ジーグルーネ』『オルトリンデ』という3人のバルキリーの名が付いた称号をそれぞれ持ち、校内ではその称号で呼ばれている。ブリュンヒルデは百合ケ丘の数多くあるレギオン（部隊のこと）を率いる総司令官のような役割を果たし、ジーグルーネは風紀委員長として、明文化された校則を有さない百合ケ丘の生きる秩序となる存在である。そして全校生徒の投票で決定するオルトリンデは一般の高校でいう生徒会長で、政治的な判断を主な任務としている。

◆『ノインベルト戦術』の世界的名門校

ノインベルト戦術は、9人一組のレギオンと呼ばれるチームで行う戦闘で用いられる技法である。9人のリリィでCHARMから出す魔法球のパス回しをすることで強力なエネルギー弾に育てあげ、最終的にこの魔法弾をヒュージにぶつけるという必殺攻撃を主題においている。百合ケ丘はノインベルト戦術の教育において、世界でも有数の名門校であり、それゆえに世界中から注目される存在なのである。

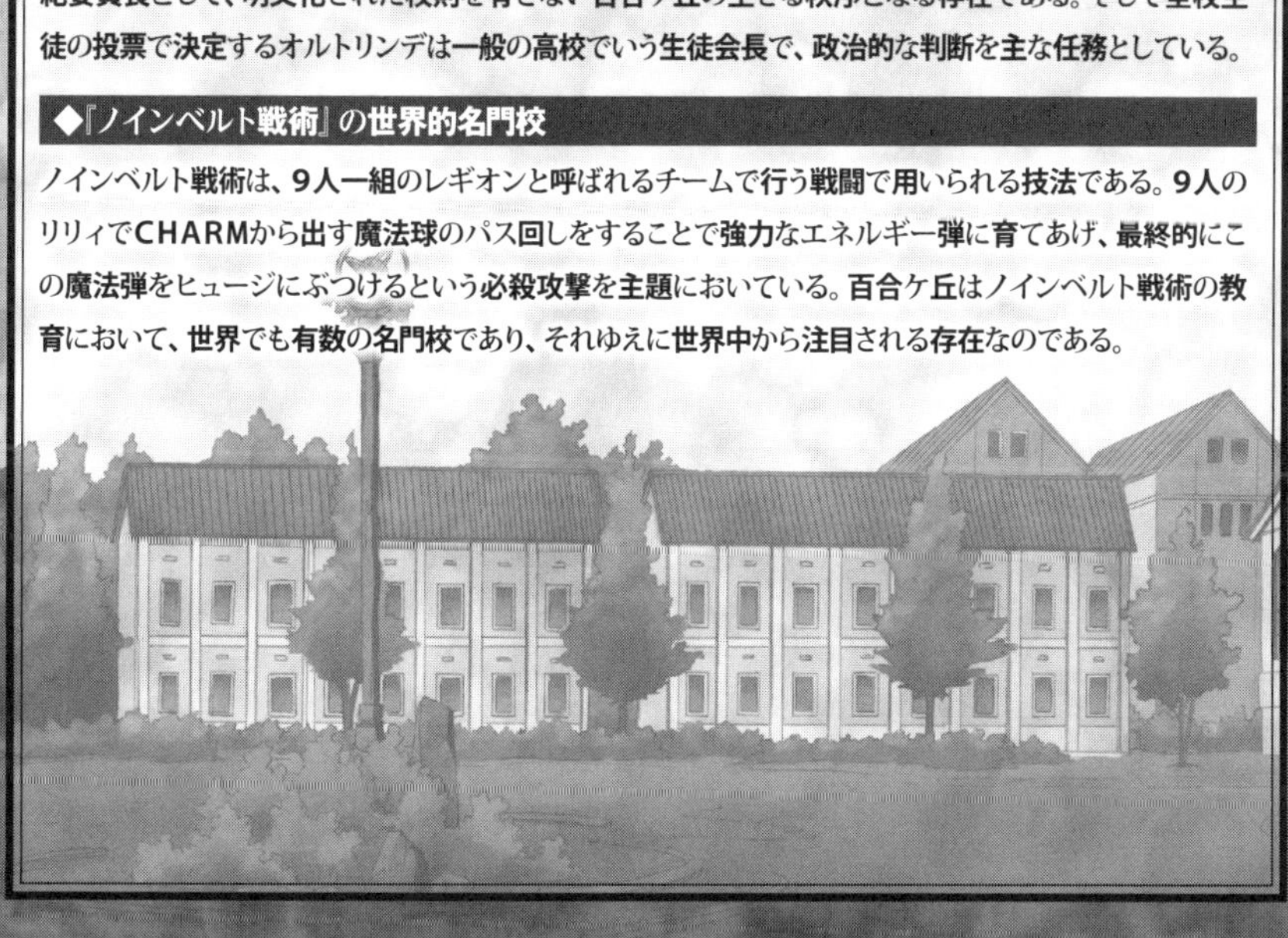

HUGE

ヒュージ細胞と呼ばれる巨大化細胞の暴走が生んだ生命体。捕食、寄生、成長を繰り返すことで多様な形状を獲得し、多くの種類がいる。

◆特徴

●巨大で通常の弾丸は貫通しない硬い装甲や彎曲結界を有する。

●進化方法は捕食による能力獲得。交配は現在のところ確認されていない。

●リリィが囚われるとそのエネルギーを吸いつくされ再起不能にされることも。

●CHARMの攻撃が最も有効である。

●CHARMが発するマギクリスタルフォースは特に有効で、レベル次第では一撃でヒュージを葬る事もできる。

●ヒュージは2種類存在し、アルトラ（ULTRA HUGE）とただのヒュージがいる。アルトラは希少種であり、母艦級と呼称され群れのボス的な存在である。当然個体としても強力でCHARMの連携攻撃でしか傷つけられない。

●主な出現形式はステルス飛行による空からの飛来と、『ケイブ』と呼ばれる異次元ワームホールから大量に出現する2種。ケイブ出現地域は一定のヒュージ粒子が確認でき、大まかな出現時間と場所の予測が可能。

ASSAULT LILY

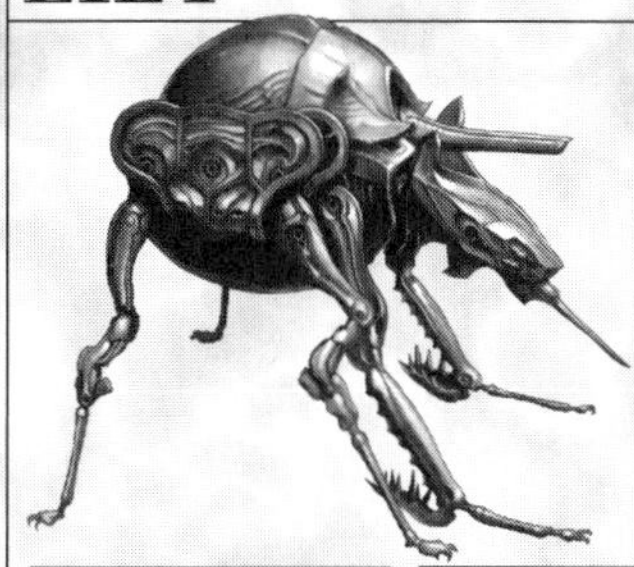

ミドル級

スモールより**大型化**し、**銃火器**オンリーで倒すのは**難**しくなってくるが、**戦車**や**戦闘機**などでならば**撃退**が**可能**。

スモール級

人より**少**し**小**さいくらいのサイズ。**銃火器**などの**通常兵器**で**十分撃退**できるが、**複数**で**行動**し、**量**で**攻**めてくることが**多**い。

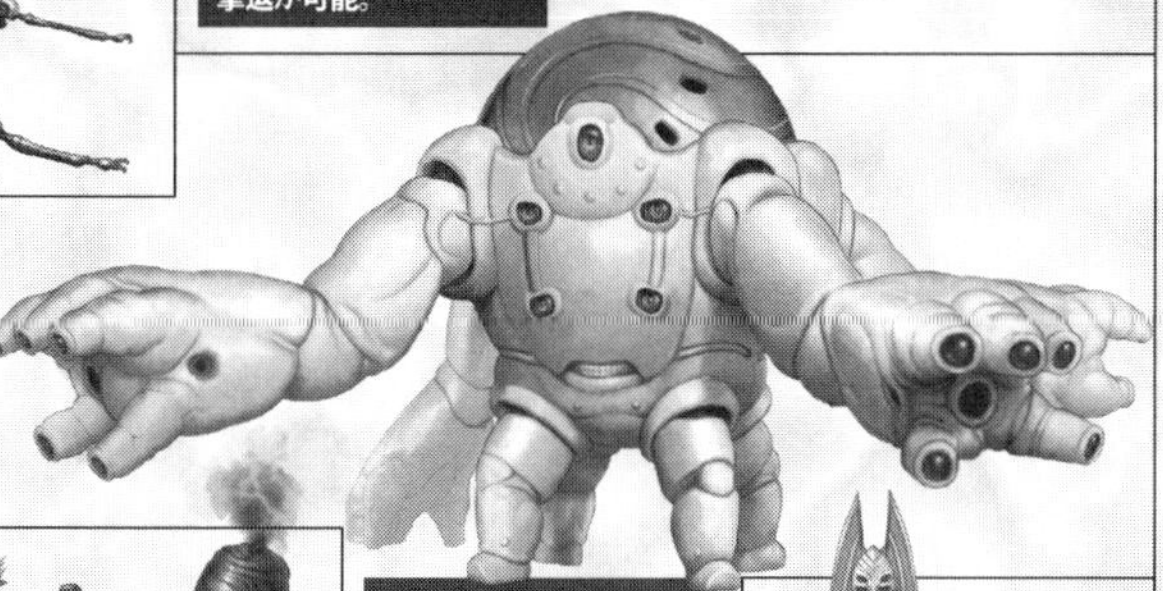

ラージ級

リリィの**持**つ**CHARM**でなければ**撃退**が**難**しい**等級**。**当然**ミドル級よりも**大型**である。**通常兵器**で**足止**めは**可能**だが**倒**すことはできないレベル。

ギガント級

CHARMでなければ**倒**すことは**不可能**。**通常兵器**は**致命傷**を**与**えうるかという**意味**では**通**じない。ヒュージたちのリーダー**的存在**、リリィやガーデンが**不在**の**地域**では**無敵**を**誇**る。

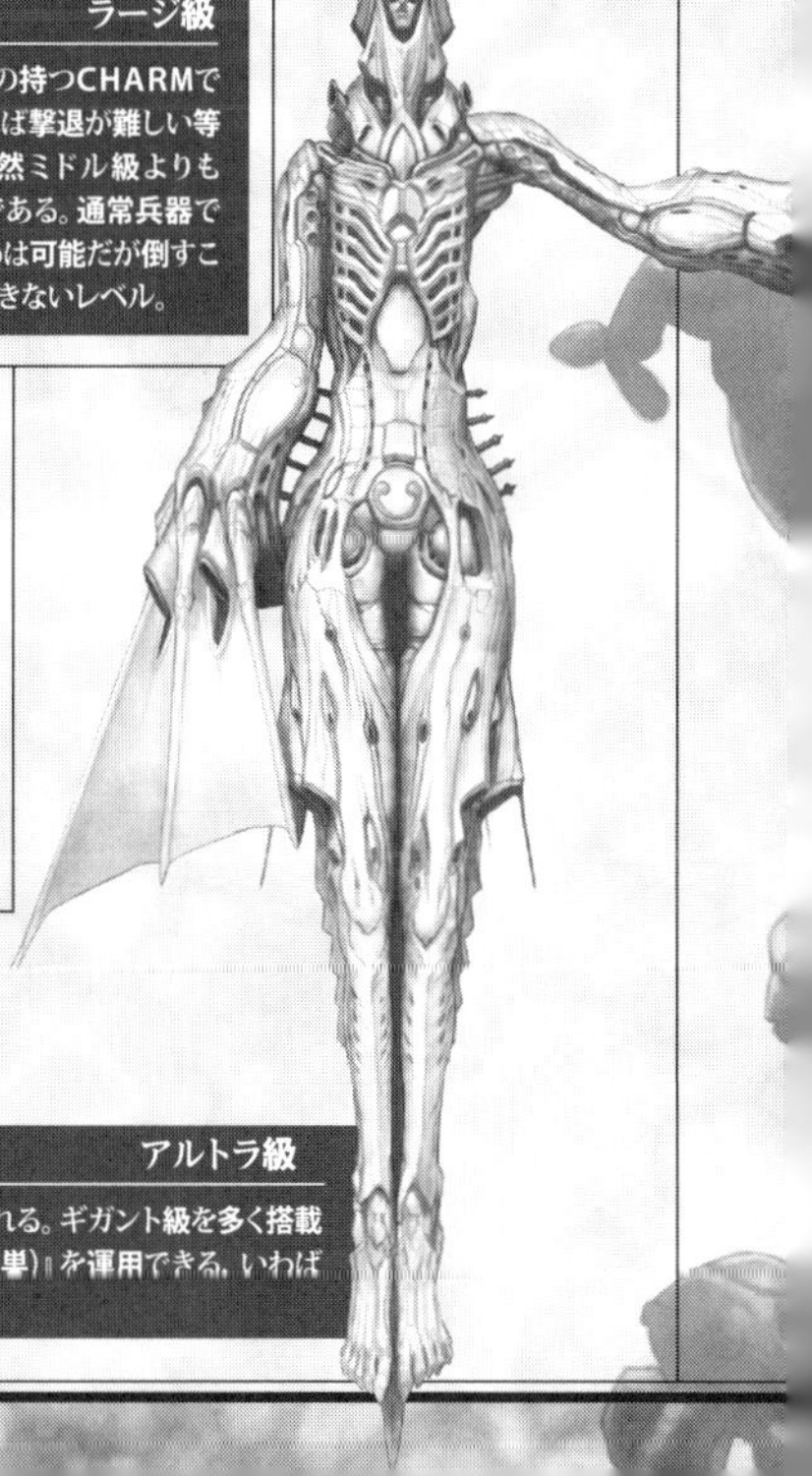

アルトラ級

超巨大ヒュージ。スモール級などを**搭載**できる**為**、**母艦級**などと**呼称**される。ギガント級を**多**く**搭載**できるというような**大**きさはないが、この**等級**のみが『ヒュージネスト（巣）』を**運用**できる。いわば**女王蜂**のような**存在**である。

Huge design/中北晃二

プロローグ

その夜。絶望に埋め尽くされた世界を、一人の天使が切り裂いた。


夜空に響き渡る悲鳴と怒号。ヒュージが放つ不快な高音。

一柳《ひとつやなぎ》梨璃《りり》の眼前では、木と土とが高温で溶かされ、焦げた臭いを放っていた。

目の前の化け物……ミドル級ヒュージが放った光線。地面に大穴を空けたその攻撃をまともに食らえば、梨璃の五体は跡形もなく消し飛ぶだろう。

「ＪＵＪＵＪＡＪＵ……！」

ミドル級が口を開けると、次なる光線の兆しが夜の森を染め上げた。梨璃に最期の時を告げる、禍々しい光だ。同時に、キーンという高音も鼓膜を揺らす。

自らの死を直感し、全身が硬直する。足だけががくがくと震えて世界を揺らす。

キィ……ン！

ヒュージが放つ不快音がひときわ高くなった時、梨璃の脳裏には、粉々に砕ける自らの姿が浮かび上がった。

「……っ……！」

……だが、恐れていたその光は、梨璃の身に襲い来ることはなかった。

梨璃は見た。月明かりを背に、夜空に舞う一筋の閃光を。

固い皮膚を切り裂く金属音。同時に、月光を凝固させたかのような白光が舞う。

「JUGYAAA……！」

高音と低音が入り混じった咆哮が響く。ヒュージの断末魔。

壊れたおもちゃのように崩れ落ち、光の粒子となって消え去っていくミドル級の巨体。

そして、静けさを取り戻した森の中には……。

「……天使……？」

梨璃の眼前には、ヒュージの体液を払うかのように武器……「CHARM」を一閃する長髪の少女の姿があった。

夜闇よりもなお黒いその髪は、銀色の月光を反射して、うっすらとそのシルエットを浮かび上がらせている。

まるで、たった今、天空から地上に降り立ったかのような神々しい姿。梨璃は、そんな黒髪の少女を黙って見上げることしかできない。

「もう、平気よ……危機は去ったわ」

黒髪の少女が発する、静かな声。

その言葉を聞いた時、梨璃の頬に、一筋の涙が伝った。

それは、安堵や恐怖からの涙ではなく、もっと熱く、忘れがたい感情の発露《はつろ》だった……。

ASSAULT LILY
アサルトリリィ
～一柳隊、出撃します！～

ASSAULT LILY アサルトリリィ 〜一柳隊、出撃します！〜

Assault Lily アサルトリリィ

一章　運命の黒天使

一章　運命の黒天使

「ここが、百合《ゆり》ヶ《が》丘《おか》女学院《じょがくいん》……夢じゃ、ないんだよね？」

梨璃《りり》は、二月に合格通知を受け取って以来、もう何回目になるかわからない自問を口にした。

梨璃が九死に一生を得た夜から、二度目の春が訪れていた。

小高い丘の上に立つ百合ヶ丘の校舎を見つめ、再度、今の幸せを胸に刻む。

ここは鎌倉《かまくら》府《ふ》。旧県名では神奈川《かながわ》と呼ばれた地である。

（鎌倉府の『ガーデン』……対ヒュージ戦闘訓練校として知られる、百合ヶ丘女学院。わたしは今日から、ここの一員になるんだ……！）

幼い頃は、自分が百合ヶ丘に入学するなんて考えたこともなかった。梨璃にとって百合ヶ丘とは、高嶺の花と言える存在だったのだ。

……でも、あの夜。命の恩人である彼女に出会った時から、百合ヶ丘への入学が梨璃の目標になった。

白井《しらい》夢結《ゆゆ》……恩人の名前を知ることは、そう難しくなかった。名家の出であり、対ヒュージ戦闘においても一騎当千の働きを見せる彼女は、全国でも名を知られた存在だったのである。

そして……その白井夢結が在籍するのが、この百合ヶ丘女学院であった。

この校舎のどこかに、本物の夢結様が……。

そう考えただけで目頭が熱くなってくる。

（……でも、入学しただけで満足してちゃダメ。この百合ケ丘でたくさんのことを学んで、少しでも夢結さまに近づかなくちゃ！）

近づかなくちゃ、という梨璃の決意には、二つの意味が込められていた。ひとつは、物理的に近づいて、実際に言葉を交わしてみたいという想い。そして、もうひとつは、夢結のような美しい女性、強い戦士になりたいという憧れ。

（……もちろん、道は険しいと思うけど、努力あるのみ、だよね！）

自分を奮い立たせ、小さくガッツポーズを取る梨璃。

「ごきげんよう」

……と、そんな梨璃の背後から、不意に声がかけられた。梨璃にとっては聞き慣れない言葉……それが挨拶だと気付くまでに、二、三秒ほどの時間がかかった。

慌てて振り向き、相手と同様の挨拶を返す。

「ごご、ごきげんよう！」

使い慣れない「ごきげんよう」の言葉に緊張し、噛んでしまう梨璃。

その様子を見て、挨拶の主はころころと笑った。笑い方ひとつを取っても、どことなく上品さを感じさせるのは気のせいだろうか。

「ふふふ、ごごごって可笑《おか》しいわね。可愛い方……」

「い、いえっ！　そんなっ！　わたしなんてっ！」

可愛いと言われ、思わず大声で否定してしまう梨璃。

それも無理はなかった。梨璃に声をかけてきたのは、絶世と言っていいほどの美しい少女だったのである。

毛先の一本に至るまで整えられた、茶色がかった美しい髪。しっかりとメリハリのきいた抜群のスタイル。そして何より、どことなく落ち着いた優雅な雰囲気。

(夢結さま以外にも、こんな人がいるだなんて……)

自らの場違い感をあらためて認識してしまう梨璃。

……が、二度目のフリーズの後、慌てて居住まいを正す。

「あ、あの、すみません! わたし、新入生でして、その、緊張して……!」

わたわたと両手を振りながら非礼を詫びる梨璃。すると目の前の美少女は、梨璃の緊張を解きほぐすかのように、いたずらっぽくウインクをして見せた。

「それでしたら、わたくしと同じですわ。わたくしは楓《かえで》。楓・J《じょあん》・ヌーベルと申しますわ。本日から百合ケ丘に入学する新入生……あなたと同じでしてよ」

「え、えぇっ!?」

楓の言葉に、二度目の大声をあげてしまう梨璃。我ながらはしたないとは思ったが、後の祭りである。梨璃は、わたわたと自分の名前を名乗ると、上目遣いに楓を見た。

「ほ、本当に新入生? 楓ちゃんってすごく大人っぽいから、てっきり先輩なのかと……」

相手が同級生だとわかったことで、梨璃の緊張も少し和《やわ》らぐ。

「うふふ、ありがとう。でも、梨璃さんもすごく可愛らしいですわよ」

「そ、そんなあ。わたし、友達からも、いっつも子供っぽいって言われてて……」

「いいじゃありませんの。それもまた、素敵な個性ですわ。……この髪飾りも、よく似合ってらしてよ」

優雅な所作でするりと間合いを詰め、梨璃が着けているクローバー型の髪飾りを撫でる楓。

「ありがとう！　これ、わたしのお気に入りなんだ。四つ葉のクローバーは幸運の証って言うでしょ？」

「幸運……そうですわね。こんなに可愛らしい方に出会えただけでも、百合ヶ丘に入学した価値がありますわ」

「……えっ？」

気が付いた時には、梨璃はいつの間にか楓に抱き締められていた。それほどまでに、楓の動きは自然で、躊躇《ためら》いがなかった。

「あ、あの……？」

突然の抱擁。その意味するところがわからず、戸惑いの声をあげる梨璃。

(え、これ、どういうこと？　百合ヶ丘式の、お嬢様の挨拶？)

梨璃も一応、入学前にひととおりのマナー教本を読んで予習してきた。それらのマナーすべてを身につけたとはとても言えないが、それでも、こんな挨拶は書かれていなかった気がする。

そして何よりも梨璃を戸惑わせたのは……。

「か、楓ちゃん、あの……手が、わたしのお尻に当たってるよ？」

「……あら、ごめんあそばせ。わたくしの手の長さですと、自然にこうなってしまいますの」

「そ、そうなんだ……」

「そんなことより、梨璃さん。このようなところで立ち話もないでしょう？　良いカフェを知っていますから、ご一緒に……」

「え？　えええ？　ダ、ダメだよ、楓ちゃん！　これから授業なんだから！」

楓の抱擁に抵抗しながら腕時計を見ると、すでに予鈴の時間を迎えていた。入学できた喜びを実感している間に、結構な時間が経っていたらしい。

「ほら、もう時間がないよ？　初日から遅刻するわけにはいかないでしょ？」

ぱたぱたと暴れながら楓を説得する梨璃。だが、対する楓はどこ吹く風といった表情だ。

「授業なんてくだらない……そんなもの、後からいくらでも取り返せますわ。それよりも、可愛らしい女の子と過ごすひとときの方が、どれほど大切か……あん、梨璃さん、そんなに引っ張らないでくださいましな……わたくし、どちらかと言うとリードする方が……」

「い、いいから走って、楓ちゃん！　ほら、教室に行こう！　友達たくさんできるといいね、ねっ!?」

なんだかわからないけど、今、ここで楓ちゃんに押し負けてはいけない気がする。

そう直感した梨璃は、自分でも意外なほどの力で楓の手を引き、校舎を目指して駆けだした……。

緩やかな坂を登り切ると、巨大なアーチ状の校門が生徒たちを出迎える。そこをくぐった先が、百合ヶ丘の広大なキャンパスである。

いわゆる高等学校に分類される百合ヶ丘女学院だが、その敷地は並の大学を超える規模を持つ。

前身がお嬢様学校だからという理由もあるが、その広大さの一番の理由は、百合ヶ丘が「リリィ」を育成する軍事系特殊高校であるためだ。

リリィ……魔導兵器「ＣＨＡＲＭ」を駆使し、巨大生命体ヒュージに立ち向かう乙女たち。そんな彼女たちを鍛え上げるための教育機関は、「ガーデン」と呼ばれる。

そしてリリィたちは、ヒュージ来襲の際には戦場へと駆り出される。

つまり、梨璃たちは女学生であると同時に、軍事施設の訓練生であり、戦士でもあるのだ。

そう考えると、高揚を感じる一方で、それ以上の緊張を覚える。

（今日からは、わたしもリリィの一員なんだよね……！）

そう思うと、自然と背筋が伸びる。梨璃はそのまま校舎に正対し、表情を引き締めた。

「……今日から三年間、よろしくお願いします！」

そして百合ヶ丘の校舎に向かって深々と頭を下げる。

「……あらあら」

それを見て、後ろに立つ楓がくすりと笑う。

「梨璃さんって、本当に可愛らしい方ですのね……」

そうつぶやきながら梨璃の隣に立ち、自らも優雅に頭を下げる楓。

「……お互い、実りある三年間を過ごし……そして、生き延びましょう？」

楓の声はあくまで穏やかなものであったが、その中には確かな覚悟が込められていた。ヒュージたちが現れる前の時代であれば、彼女たち女学生が抱く必要のなかった覚悟だ。

（……いつの日か……）

いつの日か、少女たちがそんな覚悟を抱かなくてもいい時代が訪れてほしい……そのために自分たちが、リリィがいるのだ。

……と、梨璃が崇高な決意を固めた時……。

り〜んご〜ん……。

時計塔上部にある鐘楼《しょうろう》から、授業開始の鐘の音が鳴り響いたのであった。


「はぁ、はぁ、はぁ……す、すみません！　遅刻しましたっ！」

梨璃が慌てて教室に入ると、全員の視線が梨璃に集中した。

教壇にはすでに女性教師が立っており、黒板に「吉阪《よしざか》凪沙《なぎさ》」と名前を書いていた。ちょうど、担任が自己紹介をしていたところだったらしい。

「……初日から遅刻とは、ずいぶん大物なのね。それとも、さっそく退学希望かしら？」

担任……吉阪は柔らかい笑みを浮かべてはいるが、その言葉は辛辣《しんらつ》であった。

「い、いえ、とんでもありませんっ！　だ、だって、わたし、ずっと百合ケ丘に憧れていて……」

「……だったら、遅刻しちゃダメよ？　もし、実戦の場であなたが遅れたら、その分、お友達の命も危なくなるんだから」

そう注意しながら、今度は梨璃の背後へと視線を向ける吉阪。

「……あなたもよ、ヌーベルさん」

「あら。いやですわ、先生。遠慮なく楓とお呼びになって」

梨璃の背後に立つ楓は、特に取り乱した風もなく吉阪の眼光を受け流した。まるで、自らが主賓《しゅひん》であるかのような堂々とした態度だ。

「それより、梨璃さん。あなたも同じ椿《つばき》組ですのね。これは、ますます運命を感じてしまいますわ」

「え？　……あ、そっか！　楓ちゃんも同じクラスなんだ？　嬉しいなぁ～」

今さらながら、楓のクラスも確かめずに手を引いていたことに気付く梨璃。

「……のんびりしているわね、一柳《ひとつやなぎ》さん。そろそろ退学届は書き終えた？」

「ひゃっ!?　と、とんでもありません！　一柳梨璃、着席しますっ！」

「ええと、わたくしの席はどちらかしら？」

慌てて空席に駆け込む梨璃と、あくまで優雅に教室を横切る楓。

「……あ、待って」

「ひゃ、ひゃいっ!?　なんでしょうかっ!?」

ようやく自らの席へとたどり着いた梨璃だったが、吉阪からの制止にふたたび身をすくませる。

「……ふふっ、そう構えないで。ただ、遅刻へのささやかなペナルティとして、あなたたちには皆の前で自己紹介してもらうわ」

「え」

突然の宣告に戸惑う梨璃。

（じ、自己紹介？　ええと……やっぱり百合ヶ丘なんだし、『ごきげんよう』からだよね？　でも、その後、どんな風に話せば……）

などと考えながらフリーズしていると、楓が梨璃を庇うかのように進み出た。

「では、わたくしから……楓・J・ヌーベルと申しますわ。これから、この百合ヶ丘でご一緒させていただきます。どうぞお見知りおきを」

そう言って、くるりと一回転すると、スカートの裾をつまんで優雅にお辞儀をする楓。

すると、周囲の生徒たちが、にわかにざわめき始める。

「楓さん？　それって、まさか……」

「あの、外部試験トップ合格の？」

「あの方と同じクラスだなんて……光栄だわ……」

何を言っているのか梨璃にはよく聞こえなかったが、少なくとも、悪意は感じられない。むしろ、楓に向けられる視線には、ある種の敬意のようなものが感じられる。

（よくわからないけど、楓ちゃんって、すごい人なのかも……）

才媛揃いの百合ヶ丘において、皆からの尊敬のまなざしを集める楓。そんな彼女に梨璃が見とれていると……。

「そしてこちらが、わたくしの特別なお友達、一柳梨璃さんですわ」

突然の宣言によって、今度はクラス中の視線が梨璃に集められた。

「まあ……楓さんの親友？」

「入学前からのお知り合いなのかしら……羨ましいわ」

「楓さんから特別と認められるだなんて、きっと、優秀な方なのでしょうね……」

口々に寄せられる、梨璃への好意的な意見。そんな、最高にハードルが上がった状態で、楓はポンと梨璃の背中を押してきた。

「さ、梨璃さん。前座は済ませておきましたわ。どうぞ自己紹介を」

後ろに下がりつつウインクをして見せる楓。そんな彼女を見ながら、梨璃は、幼い頃に飼っていた猫を思い出していた。梨璃の部屋に虫やトカゲを持ちこんでは、「褒めて褒めて！」という表情を見せる猫の姿を。

いわゆるひとつの、ありがた迷惑というやつである。

「え、ええと、その……！」

教室が静まり返る。楓に匹敵する優等生である（という空気になっている）梨璃の言葉に期待が集まる。

（な、なんて言えばいいんだろう……なんだかみんな、わたしのこと誤解してるみたいだし……あんまり期待させせちゃいけないから、正直に、ありのままのわたしを伝えなくちゃ……）

そうは言っても、何を言えばいいのかわからない梨璃。

「…………」

沈黙が重い。なんでもいいから喋らなくては、とますます焦る梨璃。

「わ、わたし、その……ほ、ほ、ほ……」

「……ほ？」

クラスの幾人かが、梨璃のつぶやきを復唱する。

「ほ、補欠合格ですっ！」

ありのままの自分を伝えなくては……そう考えた梨璃の口から出た言葉。それは、わざわざ言う必要のない受験結果の内情であった……。

こうして、梨璃の百合ヶ丘への登校初日は、マイナスからのスタートとなったのである。


……そして、休み時間。

梨璃はべったりと机に伏し、自己嫌悪に陥っていた。

「うぅ……初日から遅刻だなんて……わたし、退学させられたらどうしよう……しかも、楓ちゃんまで巻き込んじゃって……」

「あら、気になさらないで。わたくし、元から急いでませんでしたもの」

「ありがとう。優しいね、楓ちゃん」

まったく怒った様子のない楓に対し、ますます恐縮する梨璃。

（まるで、本当に遅刻を気にしてないみたい……って、まさか、そんなはずないよね）

だが、ひとまず楓には嫌われていないようで一安心の梨璃。そうなると、もうひとつ気になるのは……。

「あぁ……補欠合格だなんて……わたし、なんで余計なこと言っちゃったのかなぁ～」

「あら、いいではありませんの。試験なんて、この世に数多《あまた》ある物差しのひとつにすぎませんわ」

「そ、そうかもしれないけど、やっぱり恥ずかしいよう」

梨璃を気遣って優しい言葉をかけてくれる楓だが、先ほど、生徒たちが噂していたところによると、彼女は首席合格者ということらしい。

試験なんて、物差しのひとつにすぎない。この言葉は、楓のような優秀な生徒が言うからこそ意味があるのであって、補欠合格者の自分が口にしたのでは、ただの負け惜しみと化してしまう気がする。

そんなことを考えつつ、梨璃がますます落ち込んでいると、一人の小柄な生徒がにこやかに話しかけてきた。

「ごきげんよう、梨璃さん。先ほどの自己紹介、とっても楽しかったですわ」

「えっ……？」

「はじめまして。私、六角汐里《ろっかくしおり》と申します」

そう言って、ちょこんと頭を下げる汐里。その動きに合わせて、肩まで垂らした左右のお下げもぴょこんと揺れる。

「楓さんも、はじめまして。お二人とも、すっかりみなさんの注目の的ですよ？」

「あら、お初に御意を得ますわ。よろしくお願いしますわね、汐里さん」

「ぎょ、御意を得るだなんて、そんな……」

恐縮したように笑う汐里。百合ケ丘の中においても、楓の言葉遣いは特に形式ばっているようだ。

「ふふっ。照れてらっしゃるのかしら。可愛い方ね……」

そう言いながら、いつの間にか汐里との間合いを詰めている楓。そして、その長い両腕がふわりと汐里へと伸びる……が。

(あれっ？)

相手に警戒する間を与えず、流れるように汐里へと接近した楓。しかし、対する汐里も滑るように身を翻し、楓との位置を入れ替えていた。

「……あら」

その結果が意外だったのか、楓の口からも小さな感嘆の声が漏れる。

「楓さんって、情熱的な方なんですね」

「ええ……もちろん、可愛い子に限りますけれど」

「ふふ、お上手ですね」

「いえいえ。お世辞などでは……」

ほとんど上体を動かさぬまま、じりっと汐里との距離を詰める楓。

対する汐里はなんの動きも見せないが、視線だけは楓から離さない。

梨璃にはよくわからないが、どうやら、両者の間にはなんらかの高度なやり取りが発生しているらしかった。

「あ、あの……」

張り詰める緊張感に耐え切れず、止めに入ろうとする梨璃。しかし、そこに被せるかのように、大声が響いた。

「あ、あのっ！　す、すみませんっ！」

「えっ!?」

「……あら」

二人の間に割って入ったのは、汐里よりもさらに小柄な少女だった。

なぜか子犬のようにぷるぷると震えているが、その声だけは教室中に響き渡るほど大きい。

「あ、あああああのあのっ！　あのっ！　きゃ、きゃえでしゃんっ！」

「きゃえで？」

梨璃が聞き返す。一方の少女はえらく慌てた様子で、荒い息をついている。

「は、す、すみま、緊張して、その……！」

「だ、大丈夫？　ほら、落ち着いて。急ぐことないから。ゆっくり話そう。ね？」

立ち上がり、少女の背中をさすってあげる梨璃。それで少しは落ち着いたのか、少女は小刻みな呼吸を繰り返しながら息を整えていく。

「ひっひっふー、ひっひっふー」

「……たぶん、その呼吸法は違っていると思いますわよ」

「あぁ、は、はい、そうですよね！」

楓のツッコミに対し、甲高い声で返事をする少女。

「ええと……あなたは……」

梨璃が小首をかしげると、少女はピンと直立不動の姿勢をとった。

「わ、私、二川《ふたがわ》二水《ふみ》と申します！　どうぞよろしくお願いしますっ！　一年生です！」

「……まあ、同じ教室にいるのですから、一年生なのはわかってますわ」

楓がふたたび冷静にツッコむと、二水の顔はかぁっと真っ赤に染まった。

「そ、そうでしたね！　さすがは楓さん！　冷静な推理ですっ！」

「推理というほどのものでは……」

「いえ！　やっぱり楓さんは、私の思った通りの人でした！　あの、私、ニュースで見たんです！　昨年、楓さんがヒュージを討伐した時の様子！　まだ中学生だったのに、並み居る先輩方がいる中でラストショットを任されるなんて、尊敬しちゃいます！　それに、あのショットを撃つ時の体勢！　あれを見ただけでも、ハードワークを辞さない楓さんの平素の鍛錬が伝わってきました！　それとそれと、最後のサイドステップは念には念を入れてのフェイントですよね？　あの状況で、落ち着いてフェイントを挟めるなんて……私にはとても真似できません！」

ぽかんと口を開けて聞いている梨璃たちに構わず、だだだーっと激流のように話し続ける二水。

「……え、ええ、そうね。たしかにあなたは、もう少し落ち着かれるとよろしいかもしれませんわね」

さしもの楓も二水の勢いにはいささか引き気味で、得意のスキンシップも飛び出さない。

「そして汐里さん！」

「は、はいっ！」

ぐるりと振り向き、今度は汐里に顔を寄せる二水。

「ラージ級四体を次々と屠《ほふ》った百合ヶ丘中等部での復帰戦、お見事でした！　シューティングモードとブレードモードの両立！　さすがは『円環《えんかん》の御手《みて》』の保持者ですね！　普通なら銃撃に偏るところなのに、接近戦を効果的に多用する思い切りのよさにも感激しました！　お聞きしたいのですが、やはりダインスレイフとティルヴィングでは使い心地も違うものなのでしょうか？　起動までの所要時間は……」

「ふわぁ……」

まさに立て板に水。次々とリリィの戦術や兵器について語り続ける二水を、梨璃は口を開けて眺めることしかできなかった。

「……というわけなのですが、どうお考えですかっ!?」

「えっ？　え、ええ。そうですね……あの、ご質問を整理して、また後日お答えします」

二水の勢いに気圧された様子の汐里だが、柔和な微笑みを絶やさない。

(……よくわからないけど、楓ちゃんも汐里ちゃんもすごいなあ……)

実戦経験のない梨璃には、二水の言葉の三分の一も理解できない。ただひとつ確かなのは、楓たちが非常に優れたリリィだということだけだ。

(わたしも、少しでも楓ちゃんたちに近づかなくちゃ)

などと、梨璃がすっかり傍観者モードになって安心していると、今度は二水がぐりんとこちらに向き直ってきた。

「それから、梨璃さんっ！」

「ふえっ!?」

予想外の指名に戸惑う梨璃。まさか、なんの実績も知名度もない自分が標的になるとは思っていなかった。

「あの、勝手ですけど、私、梨璃さんには親近感というか、シンパシーというかですね！　できれば、その、仲良くしていただければと……」

「……あら。そのお気持ちはわからなくもないけれど、わたくしの梨璃さんに、どのような興味をお持ちなのかしら？」

「わたくしの？」

思わずつぶやく梨璃だが、そこは楓にも二水にもスルーされた。

「あ、いえ。図々しい言い方ですみません。でも、私、梨璃さんとは共通点があって……」

「え？」

「実は、その、ですね……私も、補欠合格だったんです……」

先ほどまでの勢いはどこへやら、恥ずかしそうにうつむく二水。

「わあ、本当？　よかった、わたしだけじゃなかったんだ！　お互い、入学できてよかったね！」

一方の梨璃はといえば、勇気百倍。同じ境遇の子と出会えた喜びで、二水の両手をぎゅっと握り締める。

「は、はいっ！　いろいろ大変だと思いますけど、明日からの授業、頑張りましょうね！」

二水も梨璃の手を握り返し、補欠合格者同士で励まし合う。

「まあまあ、美しい友情ですわね。わたくしからも、お二人の出会いを祝福させてくださいな」

いつの間にか楓が歩み寄り、梨璃と二水とを二人まとめて優しく抱き締める。

(名門女学院での生活なんて、わたしに務まるかどうか不安だったけど……みんな、いい子ばかりでよかった！)

楓たちの体温を全身で感じながら、梨璃は、百合ヶ丘に入学できた喜びをふたたび噛みしめていた……。

「あの……ところで、楓ちゃん。お尻に……」

「偶然ですわ」

「はぁ～……初日から、いろいろ失敗しちゃったなぁ～」

夜。大食堂での夕食を終えた梨璃は、自室のベッドであおむけに転がっていた。

「なんだ、今日も何かやらかしたのか？　たしか、ここを訪れた初日にも、着替えを忘れて大騒ぎしていたはずだが」

同室の伊東閑《いとうしず》が文庫本を読む手を止めて、ため息をつく。

「えへへ……荷物の到着日が一日遅れちゃって。あの時は、着替えを貸してくれてありがとね」

百合ヶ丘は、全寮制の女子校である。生徒たちは基本的に二人一組で部屋を割り当てられ、寝食を共にするのだった。

「あら、そんなことがありましたの？　わたくしに言ってくだされば、いつでも新品の服をプレゼントいたしましたのに」

「えっ、そ、そんなあ。それは悪いよ」

「遠慮なさらなくてもよろしいですわ……でも、どうしてもとおっしゃるのなら、ご返却くださってもよくてよ。もちろん、洗濯はせずに」

「……なあ、梨璃。この楓という女はどうしてここにいるんだ？　たしかここは、私とお前の二人部屋だったはずだが」

「まあ。お言葉ですわね、閑さん。あなたはたしか、ずいぶんな財閥《ざいばつ》のお嬢様とうかがっておりますけれど……伊東家では、来客を歓待する習慣はおありでなくて？」

「……別に。親が金持ちだというだけで、私が何をしたわけでもない。それに、歓待する客を選ぶ権利くらいあるだろう」

「あ、あの……」

険のある両者の物言いに不安を覚える梨璃。だが、当の閑と楓は涼しい顔である。

「ふふっ……まあ、そう邪険になさらないで。自分で言うのもなんですけれど、わたくし、百合ヶ丘においての梨璃さんの最初のお友達ですの。ですから、今夜はじっくりと語り合って、お互いを知り合いたいのです」

「ほう……そうか。それはよかった。では、うちの梨璃をよろしく頼むぞ、楓・Ｊ・ヌーベル」

微妙に「うちの梨璃」という部分の語気を強める閑。

梨璃は、本日の始業日に先駆けること二日前に女子寮に入っている。もしかすると、「自分の方が梨璃と先に知り合ったのだ」と強調しているのかもしれない。

「……あら、言われるまでもなくてよ、閑さん。お知り合いのあなたにご心配をかけないよう、親友として梨璃さんを大切にいたしますわ」

一方の楓は、「知り合い」と「親友」という言葉で閑との差をつけにかかる。

「あ……あのさ！　二人とも、喉、渇かない？　ラムネあるから一緒に飲も!?」

慌ててベッドから起き上がり、二人の間に割って入る梨璃。

すかさずカバンから三本のラムネ瓶を取り出し、閑と楓に手渡す。

「あ……ああ。ありがとう」

「いただきますわ……でも、梨璃さん？　あなた、いつもラムネを持ち歩かれてますの？」

「うん！　わたし、ラムネ大好きなんだ！　だから、いつでも飲めるように常備してるの！」

「そ、そうなのか……念の入ったことだな……」

毒気を抜かれたような表情の楓と閑。三人は、しばしそのまま静かにラムネを喫した。

「あのさ！　いよいよ明日から本格的に授業開始だね！　リリィとしての訓練って、どんなことするの？　教えてほしいな！」

落ち着いたところで、リリィとしての先輩である二人に問いかける梨璃。中学時代からリリィとして活躍していたという楓たちとは違い、梨璃は、ほんの少し前まではごく普通の少女だった。そもそも、自らに「ＣＨＡＲＭ」を扱える力があるかどうかも知らなかったのである。そんな梨璃にとって、明日から授業と並行して行われるリリィとしての訓練は、完全に未知の世界のものであった。

「訓練か……まあ、最初のうちは難しいことはないだろう。基本的な武器の使い方を学ぶだけだ。撃ち方くらいは、教本で読んだことがあるだろう？」

「う、うん。春休みのうちに読んでおくようにって言われたから……と言っても、理解できない部分がいっぱいあったけど」

「そういった技術は、訓練を積めばすぐに追いつきますわよ。それより大切なのは、どのような方々とレギオンを組むか、ですわね」

「……レギオン？　それって……なんだっけ？」

「レギオンとは、ＣＨＡＲＭでの戦闘を効果的に遂行するためのチームだ。百合ケ丘においては九人一組で運用される」

「あ……なるほど。そういえば、聞いたことあるかも」

「……というか、梨璃。お前、レギオンも知らずに百合ケ丘に入ってきたのか？　それくらい、受験の後にでも予習できなかったのか？」

「ちょっと、閑さん。梨璃さんを責めるのはおやめなさいな。無知は罪ではありませんわ。誰にだって初めてはあるでしょう？」

なぜか、「初めて」という部分を強調しながら梨璃に身を寄せてくる楓。

「ご、ごめんね。わたし、受験が終わった後はバイトもしてたから……これでも一応、寝る時間を減らして予習してきたんだけど……」

「……アルバイト？　どうしてだ？」

「えと、ちょっとした社会勉強というか、お小遣い稼ぎというか……もしも百合ヶ丘に落ちたら、わたし、浪人しちゃうから。お父さんたちに余計な負担をかけたくなかったの」

「浪人、って……梨璃さん。あなた、他の学校は受験されませんでしたの？」

「うん。わたし、絶対に百合ヶ丘に入るんだって、そう決めてたから」

「……なんというか、まあ、無茶をするものだな。リリィになりたいのなら、他の選択肢もあっただろうに」

「ううん。わたし、白井夢結さまのいる百合ヶ丘じゃなくちゃダメなの！　だから、もし今回百合ヶ丘に落ちても、何度でもチャレンジする気だったんだ！」

「白井夢結様か……たしかに、百合ヶ丘でも屈指と言われる実力者で、有名人だな」

「でも、だからといって……言いたくはありませんけれど、梨璃さんは補欠合格でいらしたのでしょう？　危ないところでしたわよ」

「う、うん……でも、わたしの夢は、夢結様とシュッツエンゲルの契りを結ぶことだから……」

シュッツエンゲルの契りとは、上級生と下級生が二人一組となり、公私ともに密接な交流を結ぶ制度を指す。この時、上級生はシュッツエンゲル（守護天使）、下級生はシルト（天使の盾に守られし子）と呼ばれる。

「シュッツエンゲルの契りか……たしかに今、夢結様は誰とも契りを交わしていない」

「ですが、あれほどの有名人ともなると、競争相手も多いのではなくて？」

「そうかもね。でも、わたしにとっては、百合ケ丘に入学できたこと自体、奇跡みたいなものだもん。神様にも、もうひとつくらいオマケの奇跡を起こしてもらえないかなーって……まあ、図々しいのはわかってるんだけどね」

そう言って、えへへと照れ笑いする梨璃。

「はぁ……やれやれ」

「真っ直ぐな方ですのね、梨璃さんは」

肩をすくめる閑と、目を細めて笑う楓。

「梨璃さんが他の方に夢中なのは癪《しゃく》ですけれど、その夢が叶うよう、わたくしも応援しますわ」

「ありがとう、楓ちゃん！」

「……ならば、おしゃべりはここまでだ。明日の訓練に備えて、早めに寝ておけ」

そう結論づけると、自らもさっさとベッドに入る閑。さばさばとした物言いにふさわしく、その行動も迅速で無駄がない。

「そこは閑さんに同意ですわ。リリィには数多くの能力が求められますけれど、まずは体力がないと始まりませんもの……では」

楓もまた、流れるような動作で梨璃のベッドに滑り込む。

「ささ、梨璃さん。もう休むことにいたしましょう」

「お前は自室に帰れ、楓」

「チッ、ですわ」


「……いよいよ、始まるんだね……」

翌日の五時限目。

梨璃たち新入生は、キャンパス内の射撃訓練場に集められていた。

彼女たちの眼前に居並ぶのは百合ヶ丘の二、三年生たち。いずれも、大なり小なり実戦経験を持つ本物のリリィばかりである。

「皆、午前中の授業において、CHARM操作の基本は学んでくれたわよね？　午後からは、実物に触れての射撃訓練を行ってもらいます。ただし、CHARMはヒュージのみならず、人命すらも奪いうる強力な兵器です。上級生の指示なく引き金に触れないように気をつけてね」

咥《くわ》え煙草の吉阪が新入生に注意を呼びかける。そんな様子を見て、梨璃の前に立つ楓が小さくつぶやいた。

「聖メルクリウス中等部時代から実戦を経験しているわたくしには関係ありませんけどね」

「……あら、言うじゃない、楓さん」

「えっ⁉」

一発で言い当てられて、さしもの楓も慌てた声をあげる。傍から聞いていた梨璃も驚いた。まさか吉阪は、授業二日目にして、もう生徒たちの声までも覚えているというのだろうか？

「まあ、たしかに、首席合格者のあなたには、私たちの授業なんて釈迦に説法かもしれないわねえ……？」

目を細め、鋭い目つきで楓を見る吉阪。

「あ、あの、悪くお取りにならないでくださいな、先生。わたくしは、念には念を入れてCHARMを扱いたいだけですわ」

格の違いと言うべきか。常に余裕の笑みを絶やさない楓も、いささか取り乱しながら言い訳する。

……だが、吉阪はフッと微笑すると、ひらひらと手を振った。

「そんなに緊張しないで、楓さん。あなたのその自信、頼りにしてるわよ？　強い子がいれば、それだけ周りの子も助かるでしょうしね」

「……え？　……あ、はい。そ、そうですわね。みなさんのお役に立てるよう、微力ながら健闘いたします」

あまり怒っていない様子の吉阪を見て、安堵の表情を浮かべる楓。

「……まあ、それはそれとして、私語の罰よ。グラウンドを五周してきてね」

「……ぐっ」

「さて。静かになったところで、班分けを行います。ここには、あなたたち新入生のほぼ倍にあたる人数の上級生に集まってもらいました。上級生二人につき、新入生一人から二人の班を作って指導を受けることになるわ……では、あとは任せたわよ」

吉阪が後ろに下がると、代わって、三年生の一人が前に進み出る。

「では、これより、班分けの発表をいたします」

「わわっ……見てください、梨璃ちゃん。あの方、ブリュンヒルデですよ？」

皆の前に堂々と立つ三年生を指し、小声ながらも興奮した様子で話しかけてくる二水。

「え？　ぶりゅんひるで……って？」

「知らないんですか？　百合ケ丘は伝統的に、二人の生徒会長によって統治されるんですよ。そして、会長職についた生徒は、みんなから称号で呼ばれるんです」

「へえ～……じゃあ、残りの二人の会長さんは、なんて呼ばれるの？」

「校内の風紀と秩序を守るジーグルーネと、政治的な判断や事務を統括するオルトリンデです。そして、ブリュンヒルデはレギオンとリリィを率いる総司令官……戦闘のスペシャリストです」

「ふわぁ～……すごい人なんだねえ」

「もっと詳しいことが知りたかったら、今度、私の部屋に来てください。自作のデータブックをお見せしますので」

「う、うん……また今度ね」

梨璃たちがそんな話をしている間に、上級生たちは大きな掲示板を立て、班分けの組み合わせを発表していた。

「班の組み合わせについては、こちらに掲示してあります。各自、確認して班ごとに訓練を開始してください」

「あっ、始まるみたい。行きましょう、梨璃ちゃん」

「う、うん。どんな先輩と一緒になるのかな。優しい人だといいけど……」

「……まったく、こんな掲示の仕方、時間の無駄ですわ。連絡用の端末があるのですから、事前に送信しておいてくだされぱいいですのに」

「あっ、楓ちゃん。もうグラウンド五周終わったの？」

「ええ、楽勝ですわ」

そう言ってウインクする楓は、息ひとつ乱してはいない。さすがは首席合格者の余裕である。

「あえて張り紙で掲示するのも、百合ヶ丘の伝統らしいですよ」

「二水ちゃんってなんでも知ってるんだね～」

「いえいえ、そんなことは……あっ、ありました、私の名前」

「わたくしもありましたわ。でも、残念ながら、梨璃さんとは別の班みたいですわね」

梨璃たちが話している間に、他の生徒たちは自らの班を確認し、それぞれの担当上級生のもとへと歩いていく。

「わわっ、遅れちゃう。ええっと、わたしの班は……一柳、一柳、と……」

大きな掲示板に目を走らせ、自らの名前を探す。

「……あっ……えっ⁉　わ、わあああああああっ⁉」

掲示板の中に自分の名前を見つけた梨璃は、居並ぶ百合ヶ丘の生徒たち全員が振り向くほどの大声で叫んだ。

「わ、わたたた、わたし、わたしの班……！」

「……そこの新入生さん。すみやかに班に合流してください」

「は、はいっ！　すみませんっ！」

ブリュンヒルデから直々の注意を受け、ぺこりと頭を下げる梨璃。だが、その間も溢れる笑顔を抑えきれない。

(すごい……すごい！　わたしって、けっこう強運の持ち主かも!?)

夢ではなかろうかと思いつつ、念のため掲示板を見直す。だが、やはり間違いはない。

梨璃にとって人生初の戦闘訓練。その指導担当上級生の欄には、「白井夢結」の名が、はっきりと記されていた……。


「あ、あのあのあのっ！　わたし、一柳梨璃といいます！　よ、よろしくお願いいたしますっ！」

そして梨璃は、憧れの白井夢結の前、それも、手が届くほど近くに立っていた。

「……よろしく。白井夢結よ」

「梅《まい》の名前は、吉村《よしむら》・Ｔｈｉ《てぃ》・梅だゾ。よろしくナ！」

梨璃の前に立つのは、命の恩人にして憧れの女性、白井夢結。そして、ほんのりと褐色に染まった肌を持つ活発そうな少女、梅であった。

「は、はい！　梅様……それに、夢結様！　今後とも、どうかお見知りおきをっ！」

百合ヶ丘においては、生徒同士は基本的に姓ではなく名前で呼び合う。その理由には諸説あるが、最も有力な説は、「家柄や生まれに縛られず、個人としての交流を深めるため」というものであった。

だが、その理由がなんであれ、憧れの夢結を名前で呼ぶことができる。梨璃はそれだけで嬉しかった。

「じゃ、さっそく訓練を始めるゾ！　緊張しなくていいからナ！」

ぽん、と優しく梨璃の背中を叩いてくる梅。

「はい！　よろしくお願いします、梅様！」

（……でも、その前に、まず……）

つかつかと夢結に歩み寄る梨璃。そして、彼女に会ったら最初に言おうと心に決めていた言葉を口にした。

「あの、夢結様っ！　わたし、一柳梨璃です！　えと、あの……そ、その節はありがとうございましたっ！」

「……」

念願だった夢結との再会を果たし、命を救われた礼を言う梨璃。しかし、対する夢結は、怪訝な表情で梨璃を見下ろすだけだった。

（……あれ？）

夢結の薄い反応に戸惑う梨璃。

「……今は、私語を楽しむ時間ではなくてよ。演習用のＣＨＡＲＭを持ってきなさい」

「は、はいっ！」

盛り上がっていたところに冷水を浴びせられたような気持ちになる梨璃。

（でも、夢結様のおっしゃる通りだよね。今は訓練中なんだから……それに、夢結様と言えば、何度も実戦で戦果を挙げているリリィの中のリリィだもの。いちいち救ってあげた子の顔なんて覚えてないよね）

夢結は、あの夜の衝撃的な出会いを覚えていない。その事実は梨璃にとって悲しいものだったが、一方で当然のことだとも思う。

（夢結様がわたしのことを覚えてるかも、だなんて、ちょっと高望みしすぎだったよね。でも、それでもいい！　こうして同じ班になれたんだし、少しでもわたしのことを知ってもらえるようにがんばろう！）


「ではまず、経験者の方に、腕前を見せていただきましょうか。新入生の中で、すでに実戦経験がある方……楓・Ｊ・ヌーベルさんと、安藤鶴紗《あんどうたづさ》さん。前に出てください」

「承知しましたわ」

「……了解」

新入生の代表として選ばれたのは楓ともう一人、同じクラスの鶴紗という生徒だった。

（わあ……楓ちゃん、やっぱりすごいんだ……それに、鶴紗ちゃんっていう子も、同じくらいすごいのかな？）

まだＣＨＡＲＭ初心者である梨璃は、尊敬のまなざしで同い年の少女たちを見つめる。

訓練場の射座に立つ楓と鶴紗の前には、ラージ級ヒュージが描かれた的。やや人間型に近い形状だが、首や頭部と思われる部位がなく、腕もまた異様に太く、長い。

「うう……なんだか、絵だけでも強そうだよう」

「そうですね。ラージ級と呼ばれるヒュージは、少なくとも六～七メートル以上はありますから。通常兵器で勝てる相手ではありませんわ」

傍らの二水も緊張した面持ちでうなずく。

（わたしが夢結様に命を救われた時、襲ってきていたヒュージはミドル級だった。でも、ラージ級はその上……）

もちろん、的に描かれたラージ級は実物ではない。だが、それでも、梨璃に恐怖を与えるには十分だった。

「では、準備ができ次第、撃って……」

キュ……ドン！

ブリュンヒルデの指示が下りたか下りないかというタイミングで、鶴紗の手にするＣＨＡＲＭ「ダインスレイフ」が火を噴いた。

ダインスレイフは、百合ヶ丘において使用されている二大主流ＣＨＡＲＭのひとつである。長剣とレーザーランチャーという二つのモードを使い分けることが可能となっており、一撃の威力や接近戦を重視するリリィたちに広く愛用されている。

そして、その威力にふさわしく、鶴紗が放った一撃は正確に的の中心を射貫いていた。

「……命中」

そうつぶやくと、手慣れた動作でダインスレイフの安全装置をかけ、休止状態へと移行させる。

「わぁ、すごい、すごい！」

居並ぶ先輩リリィたちを前にしても緊張した様子すら見せず、見事に標的を破壊した鶴紗。そんな彼女に、思わず喝采を送ってしまう梨璃。だが、梨璃のような反応を見せる生徒はごく僅かであった。

「百合ヶ丘の生徒だったら、このくらいは当たり前ってことなのかなあ……」

思わずつぶやく梨璃の肩を、横に立つ梅がぽんぽんと叩く。

「そんなことない。あの鶴紗って子はすごいぞ！」

「まあ……素晴らしい腕前ですね、安藤鶴紗さん。ですが、少し逸《はや》りすぎではありませんでしたか？もう少し落ち着いて撃ってもよかったように思いますが」

「……ちゃんと、命令後に撃ちました。無駄な時間を取ってはかえって失礼かと思いまして」

ブリュンヒルデのアドバイスにも動じた様子を見せず、むしろ歯向かうようなことを言い返す鶴紗。

（えっ、ちょっと……）

（なんなの、あの子……）

（ブリュンヒルデが直々に助言をくださっているというのに……）

鶴紗の不遜な態度を見て、周囲の生徒たちがざわめき始める。

「さあて、ここで主役の出番ですわね」

その緊張感を打ち砕いたのは、楓の呑気な声であった。

楓は、ダインスレイフと並ぶもうひとつの主流武器、グングニルを手にしていた。

「わたくし、ＣＨＡＲＭでしたらひととおり扱えるのですけれど……鶴紗さんがダインスレイフを使用されたので、今度はグングニルの試射をご覧に入れますわ」

まるで、自らが主役のショーであるとでも言うかのように優雅に一礼する楓。

「すでに皆様ご存知かと思いますけれど、グングニルもまた射撃と近接、二つのモードを使い分けられますの」

楓がグングニルを一振りすると、がしゃん！　という小気味いい音と共に片刃のブレードへと変形する。

「これがブレードモード。威力の面ではダインスレイフに一歩譲りますが、扱いやすく汎用性に富んでいますの。そして……」

グングニルを両手で持ち、素早く折り畳む。すると今度は、楓の腕よりもやや長いくらいの銃へと形を変える。

「これがレーザーマシンガンモード。射撃の際は、セミオートとフルオートの使い分けが可能ですわ。総じて言えば、一撃の威力を重んじるならダインスレイフ、機動力を活かしたいならグングニル、ということになりますかしら」

「ふぇ～……」

「すごいナ……あの楓って子。物知りなのもそうだけど、新入生なのに、ぜんぜん緊張してないゾ」

感心して間抜けな声をあげる梨璃と、半ば呆れたような感想を口にする梅。どちらにしても、楓が規格外の新入生であることに変わりはないようだ。

「……楓さん。ご高説は痛み入りますが、ＣＨＡＲＭの講義はもう結構です。そろそろ腕前を見せてもらえますか？」

「お許しを、ブリュンヒルデ。あなたをお待たせするつもりはございませんでした……では」

ダン、ダン、ダン、ダン、ダン！

楓はグングニルを腰だめに構えると、単発の銃声を五回、鳴り響かせた。すると、ラージ級を模した標的の胴体、両腕、両足にひとつずつ、綺麗に穴が開く。

「本物のラージ級は、この程度の攻撃では止まりませんが……腕前の披露としては、この程度でしょうか」

「まあ……さすがは首席入学者ですね」

ブリュンヒルデからも認められ、楓も豊かな胸を張ってみせる。

「では、お礼として、私たち上級生からも……白井夢結さん、射座へ」

「……はい」

ブリュンヒルデの命に応じて、夢結が楓と隣り合った射座に立つ。

「申し訳ありませんが、あなたからもお手本を見せてあげてください」

「承知しました」

丁寧ではありながらも、あまり熱を感じさせない声で返事をする夢結。

彼女は楓が手にしていたグングニルを借り受けると、同じように腰だめに構えた。

ダン、ダン、ダン、ダン、ダン！

銃声までも同じく五回。すると、やはり同様に、ラージ級の的に五つの風穴が開いた。

「わぁ……さすがは夢結さま！」

素直に感心する梨璃。しかし一方では、肩透かしを食ったような小声も辺りから聞こえてきた。

（すごいけど……楓さんと同じ？）

（夢結さまは、百合ヶ丘が誇る天才と聞いていたけれど……）

どうやら多くの生徒たちは、夢結が楓の上を行くことを期待していたようだ。

「えっ……ちょ、ちょっとちょっと。みんな、無理を言い過ぎだよ。ねえ？」

思わず、近くにいた二水に同意を求めてしまう梨璃。梨璃にとって、憧れの「お姉様」は絶対であり、周囲からの辛辣な評価には耐えられなかった。たとえそれが、夢結に対する高い期待から来るものだとしてもである。

「そ、そうですよね。夢結様も楓さんもすごい。それだけのことだと思います」

幸い、二水は梨璃と同意見のようで、戸惑った様子で賛成してくれた。

が、そんな梨璃たちの頭を、隣にいた梅が優しく撫でる。

「違うゾ、梨璃。見ろ。楓はちゃーんとわかってる」

「え？」

促されて楓へと目を向けると、彼女は悔しそうに夢結が撃った的を睨んでいた。

「……同じ部位に、二発ずつ、十連発……おやりになりますわね」

「……手本を見せるように言われたから」

楓からの燃えるような視線を、氷のような表情で受け流す夢結。

「え、えっ？　ど、どういうことですか、梅様？」

「夢結はさっき、十発の弾を撃ってたんだゾ。見えてなかった子も多いみたいだけどナ」

「で、でもでも、的には穴が五ヶ所しか……」

「一発目と二発目が同じとこにスポーンって入ったんだ。やっぱりすごいナー、夢結は」

「す……すごいなんてものじゃありませんよ！　ワンホールショットで、しかも、銃声が重なるほどの連射……神業です！」

二水もまた興奮して顔を赤らめている。

「ふう……さすがですわね、夢結様。でも、それでこそ、ですわ。こうでなくては、百合ヶ丘に入学した意味がなくてよ」

楓もまた夢結の腕前を認めたようで、さばさばとした表情で髪をかき上げた。

「……ええ、その意気です。あらためて、百合ヶ丘にようこそ、楓さん。そして、新入生のみなさん。あなたたちのさらなる成長に期待します」

ブリュンヒルデからの締めの言葉が入り、梨璃たちはふたたび班ごとの訓練へと戻った。

各々《おのおの》、自らの愛用CHARMを用意する上級生たち。

「わぁ……梅様のCHARM、わたし、初めて見ました。なんていう名前なんですか？」

「この子はタンキエムって言って、ベトナムで開発されたんだ。梅は、お母さんがベトナムの人なんだゾ」

「ふぇ～……すごい。外国にも、色んなCHARMがあるんですねぇ」

しばし、梅が持つ珍しいCHARMに見とれる梨璃。

だが、やはり梨璃は夢結が持つダインスレイフに視線を奪われてしまう。

（夢結様のダインスレイフ……）

夢結のダインスレイフはよく手入れされているが、ところどころに消し切れない傷が見える。しかし、それがまた夢結の経験してきた実戦を想像させ、実用的な美しさを強調していた。

「……何をぼうっとしているの。早く、演習用のCHARMを手に取りなさい」

「は、はいっ！」

夢結からの鋭い言葉。梨璃は急いでグングニルを手にし、マニュアル通りに安全装置などを確かめる。

「じゃ、まずは梨璃の実力を見せてもらおうかな。梅たちが見てるから、あの的を撃ってみナ！」

「わかりました！」

(夢結様の前での、初めての射撃訓練……少しでもいいところを見せなくちゃ！)

……しかし、結果は散々であった。

すでに研修などで何度かＣＨＡＲＭを触ったことのある梨璃だったが、いざ一人で扱うとなると、まったく勝手が違った。

撃つことはできても的に当たらず、当てよう当てようと意識すると、逆に体が強張《こわば》ってあらぬ方向に照準が向く。これが訓練ではなく実戦だったら、どこに弾が飛んで行ったかわかったものではない。

「梨璃に後衛を任せたら、梅の背中が穴だらけになっちゃうナ！」

梅のストレートな物言いが、梨璃の心にグサグサと突き刺さる。

そして何より、一言も話さず、冷淡に梨璃の醜態を見つめる夢結の視線が痛かった。

「……………」

「あ、あの……」

「……そろそろ時間だわ。梅、訓練はここまでにしましょう」

「エ？　あ、そうだな」

ようやく夢結が口を開いた時、出てきたのは終了を告げる言葉であった。

「うぅ……結局、ほとんど夢結様とお話しできなかった。しかも、かっこ悪いところを見られちゃったし……」

落ち込みながらもCHARMを停止させる梨璃。一方、多くの生徒たちは訓練が上手くいったらしく、周囲からは楽しげな会話が聞こえてくる。

「初めてにしては、なかなかよかったわよ。期待しているわ」

「あなた、よかったら、私たちのレギオンに入らない？　有望な新人を探していたの」

「あなたとはまたお話ししたいわ。あとでお茶でもどう？」

（うぅ……みんな楽しそう……）

ほとんど口もきいてくれない夢結とは違い、先輩たちの多くは新入生を優しく導いている。

もちろんそれでも、夢結と同じ班に入れたのは幸運だと思っている。今後も努力を続ければ、いつか夢結だって自分を認めてくれるだろう。

と、そう自分を励ます梨璃の耳に、ふたたび他の班から楽しそうな声が聞こえてくる。

「あ、あの、よろしければ、先輩がたのCHARM、私に運ばせていただけませんか？」

「あら、ありがとう。それでは、私の部屋までお願いしようかしら？」

「は、はいっ！　光栄ですっ！」

（え……CHARMを運ぶ？）

その言葉は、天啓のように梨璃の脳天を貫いた。

（そっか……そういうお仕事もあるんだよね。わたし、戦闘の実力はまだまだだけど、そういうことならお力になれるかも……！）

そうと決まれば、即行動である。梨璃は、立ち去ろうとする夢結へと追いすがり、大声で呼びとめた。

「あ、あのっ、夢結様！　本日は、ご指導ありがとうございました！」

「……ご指導？　私、あなたに何か指導したかしら？　いい加減なことを言わないでちょうだい」

ゆっくりと振り返り、辛辣な言葉を浴びせてくる夢結。

（うっ……）

梨璃としては適切な挨拶を選んだつもりだったが、正確なところは、まさに夢結の言う通りであった。

だが、このくらいでへこたれるわけにはいかない。実力も経験もない以上、梨璃が見せられるのは誠意だけなのだ。

「と、ところでですね、今日のお礼に、せめて、荷物運びなどをさせていただければと！」

「……結構よ。自分で運べるわ」

「い、いえ。どうか運ばせてください！　このくらいしかできませんし、それに、わたし……その……」

自らの決意を伝えていいものかどうか、一瞬、口ごもる梨璃。

そんな彼女を見て、夢結が一瞥《いちべつ》とともに言葉を促す。

「なに？　言いたいことがあるのなら、さっさとお願いするわ」

「はい。では、その……わたし、夢結様と、シュッツエンゲルの契りを交わすのが夢なんですっ！　入学前から、ずっと！」

（い、言っちゃった……！）

羞恥心と後悔とが入り混じったような感情で胸がいっぱいになる梨璃。

「なっ……」

常に冷静な態度を崩さなかった夢結でさえ、戸惑ったように硬直している。

「あ、えと、その……」

「………」

「とと、とにかく、そういうことですので、荷物運びでも見習いでも、なんでも便利に使ってくださいっ！」

そう言いながら、夢結の持つライフルケースに飛びつく梨璃。才能のない自分にできる、精一杯の奉仕。そのつもりだった……だが。

「……触らないでっ!!」

「えっ……!?」

手に鋭い痛みを感じるとともに、数歩、後ろにフラつく梨璃。

夢結が乱暴に梨璃を振り払ったのだと気付いたのは、グラウンドに尻餅をついた後だった。

「あら……」

「ちょっと、どうなさったの？」

「夢結様が、あんなに声を荒らげて……」

百合ヶ丘の優等生らしからぬ感情的な態度に、周りの生徒たちも騒然としている。

「あ……ご、ごめんなさい、わたし、その……失敗しちゃって」

重く感じる体を起こしながら、周囲に愛想笑いを振りまく梨璃。梨璃にはまだ、なにが起こったのかよくわからない。だが、自分が夢結に不快な思いをさせてしまったのは間違いない。夢結に迷惑をかけるわけにはいかない。その一心だった。

「一柳さん、と言ったわね……私のダインスレイフに、勝手に触れないで。これは、誰にも触らせない……私だけの、大切なCHARMなの」

静かながらも激しい怒りが籠もった声。何が夢結をここまで激高させてしまったのか、梨璃には見当もつかない。

「も、申し訳ありません！　そんなに大切な物だとは知らなくて……わたしは、ただ……」

ひたすら頭を下げながらも、語尾に未練を残してしまう梨璃。自分が悪いことは承知しているのだが、夢結にはせめて、悪意がなかったことだけでも理解してほしかった。

「わたし、ずっと夢結様に憧れてて……だから、今日、お会いできたことがすごく嬉しくて……」

「…………」

「ま、まだまだ実力不足ですけど、夢結様のお役に立って、いつか、シュッツエンゲルの……」

「……！　まだ、そのような……！」

夢結の眉が吊り上がり、同時に、その右手が振り上げられる。

「……っ！」

ぎゅっと目をつぶり、夢結の平手打ちに備える梨璃。

しかし、恐れていたその瞬間が訪れることはなかった。

「……ダメだゾ、夢結」

見ると、いつの間にか現れた梅が、しっかりと夢結の手首を握っていた。

「梅、あなた……！」

「……今のは、夢結が悪い。梅はそう思う」

キッと鋭い視線を梅に向ける夢結。だが、梅はその視線に怯むことなく、一言で切り捨てた。

「…………！」

（わ、わわわ、ど、どうしよう……！）

何も手出しができず、ただ狼狽《うろた》えるだけの梨璃。が、しばしの沈黙の後、夢結は小さなため息をつきながら手を下ろした。

「……そうね。ごめんなさい、梅、それと……一柳さん」

「えっ？　は……はい。こ、こちらこそ、申し訳ありません……」

ただただ謝ることしかできない梨璃。

しかし、夢結はそんな梨璃に視線を向けることもなく、つかつかと立ち去っていく。

「梨璃、あんまり気にしないでナ。夢結はちょっと……」

「……梅!!」

梅が何かを言って取り成そうとするが、夢結がそれを鋭く制止した。

「……とにかく、あんまり落ち込むなヨ、梨璃。また明日ナ～！」

ことさらに明るく振る舞い、大きく手を振る梅。だが、梨璃はそれに応えることも忘れ、ただ黙って訓練場に立ち尽くしていた。


その日の夜。楓・J・ヌーベルは早々に夕食を済ませ、梨璃の部屋へと急いでいた。

本日の訓練における梨璃と夢結とのいざこざ。楓がそれに気付いて駆けつけた時には、すでに吉村・Thi・梅が仲裁に入っていた。

だから、楓には、いったい何が起こったのかわからない。周囲の生徒に聞いても、いまひとつ要領を得ない回答だった。

「でも、梨璃さんが他人を不快にするような行動を取るとは思えませんわ」

自分はまだ梨璃と出会ったばかりだが、その思いは確信に近かった。あの梨璃が、誰かを傷つけるような言動を見せるとは思えない。

……まあ、もしもあるとすれば、天然や無知ゆえのマナー違反くらいか。しかし、そうだとしても、あんな騒ぎにするほどのことではなかったはずだ。

だが、夕食時に慰めてあげようと考えていた梨璃は、食堂には姿を現さなかった。きっと、夢結からの仕打ちがショックで食事も喉を通らないのだろう。

「こんな時こそ、わたくしが力になって差し上げないと」

そういう純粋な気持ちをもって、楓は梨璃の部屋へとやって来たのであった。落ち込んでいるところにつけ込もうなどという気持ちは寸毫《すんごう》もない。決してない。

「こんばんは、楓ですわ。入ってもよろしくて？」

「鍵は開いている。入れ」

木製の扉をノックすると、返ってきたのは閑の声だった。梨璃の声は聞こえない。やはり落ち込んでいるのだろう。

「失礼しますわ……あら？　梨璃さんは？」

扉を開け、部屋をぐるりと見回す。だが、室内には閑の姿しかなく、ベッドの上にも梨璃の姿はない。

「さあな。行き先も告げずに出かけてしまったよ。門限までには戻ると言っていたが」

「まあ。閑さん、あなた、それで梨璃さんを放っておいていらっしゃるの？　昼間、あのようなことがあったというのに。梨璃さんが心配ではなくて？」

「……誰だって、一人になりたい時くらいあるだろう。梨璃の方から相談でも受ければ、できる限り相手はしてやるつもりだ」

「はぁ……なんという冷たい言い方でしょう。わたくしでしたら、つきっきりで梨璃さんを慰めて……」

「あ、あれっ？　梨璃ちゃんは留守なんですか？」

楓が全てを言い終える前に、廊下から控え目な声が響く。振り返ると、購買の袋を抱えた二水が立っていた。

「梨璃ちゃん、今日は食堂に来なかったから、パン持ってきたんですけど……」

「あら、二水さん。お優しいのね。でも、残念だけれど、梨璃さんは留守のようでしてよ」

「そ、そうなんですか……じゃあ、戻ってきたら、これ、渡してあげてください」

「……うむ、ありがとう。梨璃も喜ぶだろう」

「…………」

会話が途切れ、三人が押し黙る。だが、気になっていることはひとつだ。

「……あの、今日の昼間のこと……」

「うむ。私も現場は見ていないが、夢結様がずいぶん取り乱したようだな」

「でも、梨璃さんが夢結様に失礼なことをするとは思えませんわ。おそらく、ちょっとした行き違いでしょう」

「そ、そうですよね！　夢結様にだって、虫の居所が悪い日はありますよ」

作り笑いで場を盛り上げようとする二水。

「そうですわね。もしかすると、女の子のお月様……がはっ！」

「お前は余計なことを言うな、楓」

「だからって鳩尾《みぞおち》を叩かないでくださいな、閑さん！」

自分も二水と同様に場の空気を和らげようとしたのだが、何か間違っていたのだろうか。

「とにかく、今日のところは梨璃を放っておいてやれ。その上で、いつまでも元気が出ないようなら尻を叩いてやればいいさ」

午後八時の訓練場。

放課後に自主訓練をしていた生徒たちも姿を消し、今、この場にいるのは梨璃一人だけであった。

「はぁ……また外しちゃった……」

ため息をつきながらグングニルを休止状態に切り替える梨璃。

夕食も食べずにひたすら訓練を続けていた梨璃だが、そう簡単に射撃の腕は上達しなかった。

たまにまぐれ当たりが出たとしても、もう一度、と思うと同じようにはいかない。一進一退の繰り返しである。

「うぅ、疲れた……ちょっとエネルギーを補給しよう」

きゅぽん。

大好きなラムネの瓶を開け、喉を鳴らして飲む。

「……よし！　ラムネも飲んだし、元気一杯！」

口に出して自分を鼓舞してみるが、梨璃の足取りはフラフラとおぼつかないものになっていた。

ＣＨＡＲＭは、使用者の魔力「マギ」を熱線に変えて射出する兵器である。そのため、一発ごとに使用者のマギ、あるいは「気」などとも言い換えられる活力を消費していく。

基本的にマギの保有量は女性の方が圧倒的に多く、その数値は十代後半から二十代前半をピークとして徐々に減少していくとされている。

つまり、梨璃たちのような若い少女こそが最も有効的に、長時間にわたってＣＨＡＲＭを扱えるのだが……当然、それにも限界はある。

「でも、あと少しだけ……」

息を整え、震えそうになる腕に力を込める。

「少しでも、夢結様に近づかなくちゃ……」

夢結からの第一印象は、おそらく最悪なものだっただろう。腕前の方はさっぱりだし、夢結の大切なＣＨＡＲＭを勝手に触ろうとしてしまった。

ＣＨＡＲＭの件については、ひたすら謝るしかない。それで許されないのなら……その時は、諦めるしかない。

（……でも）

せめて、腕前だけでも夢結に近づきたい。そして、いつの日か、夢結に恩返しがしたい。夢結を守ってあげたい。

たとえ、夢結が自分の方を振り向いてくれなくても。

「……っ」

にじみそうになる涙を振り払い、グングニルを構える腕に力を込めた。

……翌日の午後。

梨璃たち新入生は、ふたたび昨日と同じ班分けで訓練に当たることになった。

「梨璃。夕べは帰りが遅かったが、疲れは残っていないか？」

訓練場に着くと、すぐに閑が近づいてきた。昨晩、梨璃は部屋に帰るなり寝てしまったので、ろくに話もできていなかった。

「うん。大丈夫だよ。遅刻ギリギリまで寝ていられたし……起こしてくれてありがとうね、閑ちゃん」

「……別に。それより訓練のことだが、班分けは昨日と同じでいいのか？　幸い、私の指導担当は中等部時代からの顔見知りだ。お前さえよければ、私の班と入れ替えてやるが……」

「……ありがとう。でも、大丈夫だよ？　せっかく憧れの夢結様と同じ班になれたんだもん。他の人に譲ってたまりますかって！」

「そうか……余計な心配だったな」

「ううん。わたしの方こそ、みんなに心配かけてごめん」

午前中も、楓や二水、汐里たちがとても優しく接してくれた。閑のように直球での解決方法を提示してくることはなかったが、みんなそれぞれ、梨璃のことを気遣ってくれた。

また、噂を聞いたらしい生徒たちも、遠巻きに梨璃の様子を観察していた。だが、梨璃にとって最もつらかったのは、「あそこまですることはないのに」という、夢結を非難するような声だった。

（わたしは、夢結様に憧れて百合ヶ丘に来た。夢結様みたいなリリィになりたい。夢結様の力になりたい、と思っていた）

……なのに、出会って早々、夢結の評価を下げるような事態を招いてしまった。そんな自分が嫌になった。

(……でも)

自分は諦めない。まだ挽回できるはずだ。こんな自分でも、夢結様の力になれるはずだ。

半ば祈るような気持ちで、梨璃はグングニルと共に夢結と梅の待つ射座へと向かった。


「……ウン！　なかなかいいゾ！　へたっぴだけど、昨日よりはへたっぴじゃない！」

梅は、実に梅らしい言葉で梨璃の上達を評価してくれた。

上達と言っても、ほんの僅かな上達である。狙い通りに命中する確率は、まぐれ当たりの域を出ていない。それでも梅の言葉は嬉しかった。

「な、よくなったよナ！　夢結も褒めろ！」

そして、ストレートな物言いで夢結の言葉を促す。梅もまた、昨日の件に気を遣っているのだ。

「…………」

「夢結。何か言え。梅たちは後輩の指導がお仕事だゾ！」

やや語気を強める梅。それを受けて、夢結もしかたなさそうに口を開く。

「……腕の力に頼りすぎよ。もっと体全体で武器を支えなさい、一柳さん」

「……は、はいっ！　ご指導、ありがとうございますっ！」

形はどうあれ、ようやく貰えた夢結からのアドバイス。だが一方で梨璃は、夢結が意図的に作り上げた心の壁にも気が付いていた。

（……一柳さん、か……）

昨日も今日も、夢結は梨璃をそう呼んだ。

百合ヶ丘女学院において、リリィ同士は名前で呼び合うことを常とする。対外的な場などで苗字を呼ぶことはあるが、今はそのような状況ではない。

……つまり、夢結は梨璃を名前で呼ぶことを拒絶しているのだ。

その事実をあらためて認識し、じわりと涙が浮かびそうになる。そのことに気付かれる前に顔を逸らし、梨璃はふたたびグングニルを構えた。


「はぁ……もうすぐ門限ですのに、梨璃さん、まだお戻りになりませんのね」

「そうですね。昨日より遅いみたいです。梨璃ちゃん、どうしてるんでしょう……」

「それにしても、いったいなんですの。夢結様の態度は！　昨日に続いて今日までも梨璃さんに冷たくされて……」

「か、楓さん。そんな大声で……誰かに聞かれたらどうするんですか？」

「あら。聞かれたって構いませんわ。それで夢結様が怒るというのなら、わたくしは梨璃さんの騎士として戦ってみせます！」

「……どうでもいいが、お前たち。どうして私たちの部屋に集まってくるんだ？」

その日の夜。楓と二水はまたも梨璃の部屋を訪れていた。

「当然じゃありませんの。わたくしは梨璃さんのお見舞いに訪れたのですから」

「だが、残念ながら梨璃はいないぞ。夢結様の陰口ならよそでやれ」

「まあ、陰口だなんて失敬な。わたくし、この話が夢結様の耳に届いても一向に構わなくてよ？　ですから、これは陰口ではありませんわ」

「わ、私は困りますよ……夢結様を悪く言うのはやめましょう？　ね？　きっと、夢結様にも何かお考えがあるんですよ」

「どうですかしらね……それより、閑さん。あなた、梨璃さんがどこに行かれたか、心あたりくらいはおありなのでしょう？」

熱くウェットな友情を信条とする楓は、こんな時こそ梨璃に張り付いていてあげたいと思っていた。だが、当の梨璃に話を聞いても力なく笑うばかりで、昨夜、どこにいたのかを話してくれなかったのである。

「さすがのわたくしも、あまり強引に聞き出すわけにもいきませんでしたわ……」

「だったら、私にも聞くな。梨璃本人が言わないのに、私が教えるわけにいかんだろう」

「えっ？　ということは、閑さんは梨璃ちゃんの居場所を知ってるんですか？」

二水が突っ込むが、閑は眉ひとつ動かさない。

「見当はついている。が、言わんぞ」

「まあ、小憎《こにく》らしい言い方ですわね。いいですわ。でしたら、梨璃さんが帰ってくるまで、わたくしたちはここを動きません。ねえ、二水さん」

「えっ、私もですか？」

「ちょっと待て。余計なことをするな。放っておいてやれと言っただろう」

「閑さん、それはあなたの流儀でしょう？　昨晩は従ってあげましたけれど、もう我慢なりませんわ。さあ、もう一杯、お茶をくださいな。まだまだ寝るわけにはいきませんものね」


「…………」

白井夢結は、一人、寮内のオープンテラスにいた。

昼間は大勢の生徒で賑わうこの場所も、就寝時間間近の今は誰もいない。

夜、眠れないことの多い夢結は、頻繁にここを訪れていた。

と言っても、ここがお気に入りの場所というわけでもない。他に行くあてもないから、ここに座っているだけだ。

かけがえのない人を失ってしまった戦い。その日以来、誰と話すのもわずらわしくなってしまった。

だから、自分の部屋にもいたくない。それに、こんな自分がいたのでは、周りの生徒たちも不愉快な思いをするだけだろう。

……そう思っている。なのに今夜は、廊下から軽い足音が響いてきた。

軽く、速く、まるでダンスのステップのようにリズミカルな音。馴染みのあるその足音の主は、振り返るまでもなく特定できた。だからこそ面倒だったが。

「……何か用かしら、梅」

「おっ⁉　よくわかったな、夢結！　さては、梅のことを考えてたナ⁉　いや〜、テレちゃうゾ！」

「……そうね。あなたが来たら面倒だ、とは思っていたわ」

「ご機嫌ナメメだなー、夢結」

「……ななめ、でしょう」

「そっか。間違えタ！」

あははは、と、夢結も笑うよう目で促してくる梅。しかし、夢結はそれをあえて無視した。

「本当にフキゲンだなー。夢結、そんな時はさっさと寝ちゃえ。部屋に戻れ」

「眠れそうにないの。放っておいて」

できるだけ冷たく、そう告げる。

自分などを相手にするのは時間の無駄だ。今後、梅が自分を構わなくなるよう、徹底した態度を見せた方がいい。

「ン〜……そっか。じゃ、梅は先に寝ちゃうゾ」

そう。それでいい。梅には、もっとふさわしい仲間も友人もいるだろう。

「梅は寝つきがいいカラ、夜、起こしにきても知らないゾ。ゼッタイ起きないからナ」

去り際の言葉は、梅なりの遠回しな絶縁宣言だろうか。

夢結の胸の中で、何かがちくりと騒ぐ。

（……それが私の望んだ結果だものね）

「じゃ、おやすミ、夢結」

「ええ……おやすみなさい」

梅に向けて伸びそうになる自らの手を制しながら、夢結は静かに彼女を見送った。


「………あら？」

梅が去ってから、数十分ほどが過ぎた頃。夢結は、オープンテラスの出口付近で、何かが月明かりをきらりと反射したのに気付いた。

「これは……」

落ちていたのは、訓練場の鍵であった。生徒たちが自主訓練を行う際、教導官から貸し出されるものである。百合ヶ丘の生徒なら誰でも借り受けることはできる鍵だが、このような場所に放置されていいものではない。

「……梅、かしら……」

今日、梅は自主訓練でもしていたのだろうか？　練習嫌いの彼女にしては珍しい。

そう考えながら、なんとはなしに訓練場の方を見下ろす。

……すると、就寝時間を過ぎているというのに、訓練場の中で小さな明かりが明滅するのが見えた。

（こんな時間の訓練は許可されていないはずだけど……いったい誰が……）

寮のオープンテラスから明かりの明滅を目撃した夢結は、一人、訓練場前を訪れていた。

（まったく、梅は……）

本来なら、このような面倒事に関わりたくはない。梅の失態なら、梅自身が責めを受けるべきだ。

だが、梅があのテラスに鍵を落としたのは、元はといえば夢結に会いに来たためである。だから、責任の一端は自分にもある気がした。

そして何より、百合ケ丘に不審者が侵入している可能性があるのなら放ってはおけない。たとえ厭《えん》世《せい》的な気分に支配されているとはいえど、そこは夢結にとっても譲れない一線であった。

（いったい何者が……）

足音を忍ばせ、光の発生源である射座へと近づく。

百合ケ丘の生徒の中でも特に高い攻撃力を持つ夢結は、索敵や工作活動よりも正面からの戦いを得意としている。だが、戦場に立つリリィの心構えとして、気配を殺すことくらいはできる。

それでも、侵入者が手練れなら発見されてしまうかもしれない。そして、その者が敵だった時は……。

壁に歩み寄り、白兵戦演習用の木剣を手にする。静かな呼気とともに魔力を集中させると、木剣が淡い光を放つ。本物のＣＨＡＲＭやヒュージを相手にするには心もとないが、素手よりは遥かにマシだ。

ひとまず武器を手に入れた夢結は、いっそう足音を殺しつつ光の発生源へと近づく。すると、夢結にとっても聞き慣れた音が聞こえてきた。グングニルの発砲音だ。

「……はぁ、どうしても弾道が逸れちゃう。それに、腕が痛いよぅ……」

「……っ！」

射座から漏れる、妙に間の抜けた声。余人のいない深夜ということもあって、そのつぶやきは屋内に広く響いた。

「……あの子は……!?」

「う〜ん。腕の力に頼りすぎって、どういう意味だろう？　腕に力を入れないと、グングニルが落ちちゃうよね？」

などと言いながらグングニルを構えるのは、夢結と同じ班の新入生、一柳梨璃であった。

いかにも不器用そうなことを言い、首をひねりながらグングニルを構える。その構えは決して見事とは言えなかったが、昼間と比べるといささかの成長が見て取れた。

「はぁ……わたしなんかが考えたって、わかるわけないよね。明日、夢結様に質問してみようかなあ」

「…………！」

自分の名前が出てきたことに、柄にもなく狼狽する夢結。

（あの子、まだ私を……？）

梨璃の横顔を見つめる。その額には汗がにじみ、少し乱れた前髪が何本か貼りついていた。

なんという鈍い子だろう。自分は二日にわたって梨璃の好意を拒絶したというのに。今ごろは寮内で、自分の悪口にでも花を咲かせていてほしかったのに。

……いや、鈍いというのは違うか。自分に冷たくあしらわれた時、梨璃はたしかに傷ついた表情を見せた。だが、その上でまだ、梨璃は自分に近づこうとしているのだ。

（一昨年の十二月。あの日からずっと、私を追いかけているというの……？）

班分けの時には知らぬ振りをしたが、夢結は梨璃の顔を覚えていた。山梨の山中において、ミドル級ヒュージの襲撃を受けていた少女。それが梨璃だった。

……梨璃との出会いの少し後、人生で最大とも言える悲劇が夢結を襲った。それ以来、夢結の中の時間は止まったままだ。

だが、夢結が無為な時間を過ごしている間も梨璃は努力を重ね、今やリリィの一員に加わろうとしている。

「……あぁ〜っ！」

夢結が物思いに沈んでいると、突如、梨璃の大声が響き渡った。さしもの夢結もびくっと肩を震わせ、手にした木剣を落としそうになる。

「もう、小銭なくなっちゃった……はぁ、しかたない。お水で我慢しよう……」

見ると、梨璃は自分の財布を覗き込みながら、がっくりと肩を落としている。そして、足元には何本かのラムネ瓶。

梨璃が小走りに射座から出る。夢結は静かに隣の射座に姿を隠し、そんな梨璃の背中を見送った。

帰るのかと思ったが、射座にはまだ梨璃のタオルやバッグが置いてある。水を飲んだら、また訓練を続けるつもりなのだろう。

「…………」

ひとまず不審者ではないと判明したので、夢結は手にした木剣を元の位置に戻す。

……そして、訓練場を後にしようとした時、夢結の目に清涼飲料水の自動販売機が映った。

「……よーし！　もうちょっとがんばるぞー！」

梨璃は水飲み場でそう叫ぶと、ぴしゃんと自分の両頬を叩いた。

おかげで眠気も吹き飛んだ。あと少しくらいならがんばれるだろう。そう自分を鼓舞しながら射座に戻る。

「あれ？」

射座に戻った時、梨璃が最初に覚えた違和感は、香りだった。どこかで嗅いだことのあるような芳《かぐわ》しい香りが鼻をくすぐる。

（制汗スプレー……じゃないよね）

自分が使用している制汗スプレーを思い浮かべるが、その香りとも違う。

そんなことを考えながら射座に備え付けられたベンチを見ると、そこには一本のラムネが置かれていた。

「あれ？　これ……わたしのじゃないよね？」

いま買われたばかりなのか、ひんやりと冷たく、まだ汗すらかいていないラムネの瓶。そして、その瓶の下には、一枚のメモが敷かれていた。

『一柳梨璃様へ』

丁寧な字でそう書かれたメモ用紙は、ほんのりと百合の花の香りをただよわせていた……。

「……それじゃ、今日も元気に訓練を始めるゾー！　おー！」

「は、はいっ！　よろしくお願いしますっ！」

相変わらず元気な梅と、まだまだ緊張が取れない梨璃。そんな二人を、夢結が不機嫌そうに見つめている。

（うっ……夢結様、今日もご気分が優れないみたい……）

梨璃は夢結の顔色を気にしながらも、速やかにグングニルを起動する。昨晩の訓練のせいで指先に豆ができていたが、絆創膏《ばんそうこう》でケアしてあるので問題はない。

「おーい、夢結。お前からも何か言ってやれ！」

「……放っておいて。今日はあなたとは話したくないわ」

梅がそう促すが、夢結は昨日よりもさらに厳しく切って捨てる。

「うわぁ。夢結、今日も怖いな。オニ　ババだな～」

（うっ……緊張感が……）

先輩リリィの仲裁に入ることもできず、梨璃は黙って射座に立つ。

「あ、あの、一柳梨璃、訓練、開始しますっ！」

「ん、いいゾ。がんばれ、梨璃！」

「…………」

梨璃が訓練開始を申し出たことで、夢結たちの言い争いはひとまず未然に防がれた。

グングニルを構え、ヒュージが描かれた的を撃つ。一、二、三、四、五発……そのうちの二発がヒュージの胴体に当たった。

「あ、当たった！」

「おお！ いいゾ、梨璃、昨日よりいい！」

思わず歓声をあげる梨璃と梅。が、夢結は眉間にシワを寄せ、ぽつりとつぶやく。

「動かない相手を撃って、五発中二発……話にならないわね」

「…………！」

何も言い返せない。夢結の言うことはもっともだった。なのに、この程度で喜んでしまった自分が恥ずかしい。

だが、この夢結の言葉には、梅が激しく反応した。

「……そんな言い方はないだロ！ 梨璃はまだ新入生なんだ！ これから上手くなればいいんダ！」

「……それはどうかしら？ ただ褒めているだけの梅のやり方じゃ、いつまで経っても上達しないのではなくて？」

「えっ……ちょ、あの……梅様、夢結様？」

再燃した争いを止めようと、梨璃が二人に歩み寄る。が、そんな梨璃を、夢結が鋭く制止した。

「訓練中よ。戻りなさい」

「……は、はいっ！」

そう命じられては逆らうわけにもいかず、梨璃は回れ右してグングニルを構える。

だが、夢結と梅との争いに気を取られ、とても訓練に集中できない。

……が、その時。夢結がゆったりとした動作で梨璃に近づき、グングニルを持つ手を優しく握ってきた。

「えっ……!?」

「エ……？」

梨璃と梅が同時に声を漏らす。だが、夢結はそんな二人の反応を意に介さず、梨璃を後ろから抱きとめるような格好で身体を重ねた。

「あ、あのあのあの、夢結様？」

「……ただ褒めるだけでは、いつまで経っても悪いクセは直らないわ。見てなさい、梅」

夢結の吐息が梨璃の耳を撫でる。そして、二人羽織のように梨璃の腕を導き、グングニルを構え直させる。

「腕力だけに頼っては駄目、と言ったでしょう？　腰を入れて、上半身にある大きな筋肉を使うの。それだけでも、かなり狙いが安定するわ……聞いてる？　梨璃」

「えっ……？」

（……いま、わたしのこと、梨璃って……）

「聞いているの？」

「……はっ、はいっ！　聞いてますっ！　夢結様のお言葉、一言も漏らさず！」

「よろしい。なら、このまま撃ってみなさい」

「……はい！　梨璃、撃ちますっ！」

ダン！

夢結の手のぬくもりを感じながらの一射。その弾丸は狙いをはずさず、的の中心を貫く。

「あ……っ！」

「……ね？　だから言ったでしょう？」

「は、はいっ！」

今までになく優しげな夢結の声に、笑顔で振り向く梨璃。すると、そんな梨璃の鼻孔を、覚えのある芳香が満たしてゆく。

（……この香りは……！）

昨晩、ラムネとともに置かれていたメモ用紙。その時に嗅いだ、芳しい香りだった。

「夢結様……あの、ゆうべ……」

「……私語は後にしましょう。今の感覚を忘れないうちに、どんどん撃ってみなさい」

「……はい！　はいっ！　夢結様!!」

「……では、本日の訓練を終了します。担当の班は、訓練場の清掃をお願いしますね」

訓練終了後。楓と二水は、機材の後片付けを済ませるなり梨璃のもとへ集まってきた。

「梨璃さん。今日の訓練はいかがでしたかしら？」

「夢結様のご機嫌は悪くありませんでしたか……」

開口一番、梨璃と夢結の関係について尋ねてくる楓たち。

無理もない。昨晩、梨璃が部屋に戻った時には、楓と二水は床で寝てしまっていた。梨璃もまた、昨晩の疲れから今日の休み時間は寝てばかりいたので、楓たちと話す暇もなかった。

「……楓ちゃん、二水ちゃん、心配かけてごめんね。でも、大丈夫！　夢結様、とっても優しくしてくれたよ！」

「……本当か？　無理をしているのではあるまいな？」

「あら、閑さん。あなた、べたべたするのはお好きじゃなかったのでは？」

「……単に経過を聞きにきただけだ。ルームメイトが落ち込んでいると、私の精神衛生上も良くない」

「えへへ。閑ちゃんにも心配かけちゃったね……でも、本当に大丈夫！　っていうか、聞いて聞いて！　夢結様って、教え方もとっても上手なの！　それにね……」

わいわいと騒ぐ梨璃たちを、夢結は遠巻きに見つめていた。昨日までは鬱陶《うっとう》しく思えた後輩たちのはしゃぎ声も、今日はまったく違って聞こえる。

「今日は、ちゃんと後輩を指導できたみたいだナ」

そんな梅の言葉を受けて、夢結は少しだけ表情を曇らせた。

「あなたがあまりにも不甲斐ないから、しかたなく手を出したのよ」

「あちゃ～、厳しいナ～。夢結、なんだか梅に腹を立ててないカ？」

「当然でしょう。あんな風に私を陥れて……あなたの掌の上で動いていたのかと思うと屈辱だわ」

梅はあのオープンテラスに鍵を落としていくことで、自分と梨璃との橋渡しをして見せた。何も考えていないように見える普段の言動からは想像もできない策略だった。

「いや～、たまたまダ。鍵に気付いてくれなかったらどうしようかと思ったゾ」

「まったく、あなたは……」

「悪気はなかった。許せ。ナ！」

「そんな風に言われたら……もう」

あまりにもストレートな要求を受け、もはや何も言い返すことはできない。

「許すも許さないもないわ。本当ならお礼を言いたいくらいだけど……癪《しゃく》だから、それはやめておきましょう」

「ウンウン。……それより、どうダ？　可愛い後輩ハ？」

「見てわかる通り、何もできない初心者よ。でも……きちんと努力できる子よ」

なにやら楓に抱きつかれ、からかわれている梨璃を見て、夢結の頬が自然に緩む。

「梨璃は……私がよく知っている方に似てるわ。容姿や実力ではなく、もっと大切な、人にとっての根のような部分が……」

「……うん。あの方も、がんばり屋さんだったからナ」

珍しく、遠慮がちに返事をしてくる梅。ずっと避けてきた「あの方」の話題を出したことに驚いたのだろう。それでも、あの方の姿を思い浮かべるたびに胸の奥が鈍く痛むのは相変わらずだが。

「あの方……お姉様は、優しくて、才能豊かで、それでいて、常に努力を忘れない……私のお手本。リリィの鑑《かがみ》だった……だから」

「……だカラ？」

梅が、悲しげに眉をひそめながら言葉を促してくる。夢結がふたたび暗い考えに囚われないかと心配しているのだろう。

「だから、私……今度は、あの子を導く存在になりたい。少しでも、お姉様に近づきたい……」

「……そう、カ……！」

梅が言葉を詰まらせる。思えば、自分はあまりにも長い間、周囲に気を遣わせてきたのだと思う。お姉様に導いてもらったように、今度は自分が梨璃を導く存在になる。その言葉が指す意味はひとつだった。

「あの……梨璃。少しいいかしら？」

ようやく楓から解放された梨璃が帰り支度を終えると、夢結が遠慮がちに声をかけてきた。

「あ、夢結様！　きょ、今日もご指導ありがとうございましたっ！」

緊張と不安で、思わず言葉に詰まってしまう。

夢結に対する敬意が揺らいだことはないが、最初の対応が厳しかっただけに、また何かの拍子に機嫌を損ねはしないかとビクビクしてしまう。

そんな雰囲気を察してか、楓と閑が守護者のように梨璃の両脇に立つ。二水もまた、怯えた表情で一同の顔を見回す。

「夢結様、梨璃さんにお話ですの？」

「不躾《ぶしつけ》ながら、我々も同席しても構いませんか？」

「楓さんに、閑さん……それと、そちらは……」

「ふ、二川二水と申します！　お見知りおきをっ！」

「よろしくね、二水さん……。あなたを心配してくれるお友達が、もうこんなにいるのね、梨璃？」

「えっ？　は、はい。心配というか、なんというか……」

夢結との関係を心配されていた、などと答えるわけにもいかず、言葉を濁す梨璃。

「でも、ちょうどいいわ。楓さんたちにも、見届け人になってもらいましょう」

「見届け人、ですか？」

「ええ。梨璃……私から、大切なお願いがあるの」

「お願い、ですか？　は、はい！　なんでもお申しつけください！」

「ありがとう……だけど、安請け合いしては駄目よ。とても大切なお話だから、よく聞いて」

「は、はい……？」

昨日までとは違い、夢結の声色は優しい。だが、その表情は今まで以上に硬く、夢結の緊張感が伝わってくる。

「すごく言いにくいのだけど……その、あなたが、先日言っていた……」

「先日……？」

「だから、その、あなたが……ね？」

頬を染め、組み合わせた両手をもじもじと動かす夢結。今まで見せたことのない、幼い少女のような表情だった。

（夢結様、なんだか可愛い……）

まるで、自らの恋を打ち明けるかのような夢結の仕草に、楓たちもまた居心地が悪そうに視線を逸らす。

（な、なんですの、この雰囲気は……）

（……シッ、黙っていろ）

（私たち、とても大切な瞬間に立ち会っているんですよ）

梨璃の耳に、楓たちのささやき声が聞こえてくる。

（大切な瞬間……？　……あっ！）

梨璃も、ようやくひとつの答えにたどり着く。入学前からの目標でありながら、もはや無理ではないかと思っていた願い事。それがまさか、夢結の方から申し出られているというのだろうか？

「梨璃……あなたが私を許さないというのなら諦めるわ。でも、もしも許されるなら……」

「……はい」

「私は、あなたを守りたい……どうか、私を、あなたの……」

「……！　……」

歓喜のあまり、梨璃の声が擦《かす》れる。その小さな返答は、直後に響いた楓や梅たちの歓声によってかき消された……。

〈一章　運命の黒天使　了〉

続きは法廷で

出会い
一柳梨璃です！
はじめまして！
ドキドキ
わたくしは
楓と申しますわ
ぎゅううううう
わっ!?
ちょ ちょっと
楓ちゃん
手がお尻に…
気にしては
いけませんわ
わしわし
訴えますよ！

叩き売り

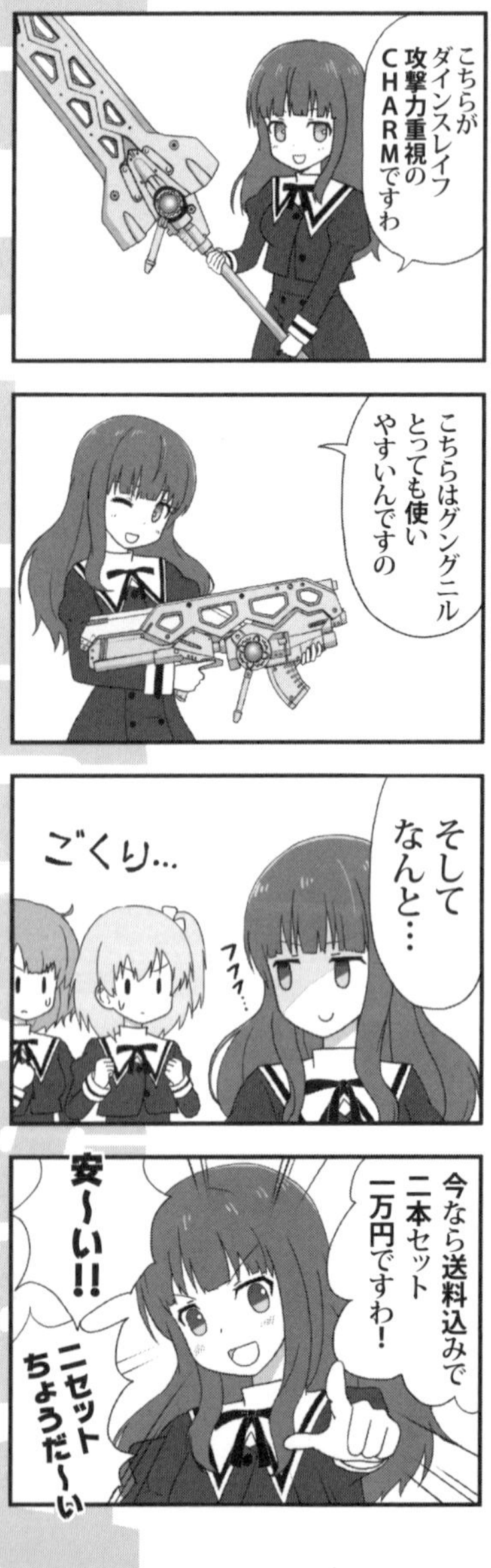
こちらが
ダインスレイフ
攻撃力重視の
CHARMですわ
こちらはグングニル
とっても使い
やすいんですの
そして
なんと…
ごくり…
フフフ…
今なら送料込みで
二本セット
一万円ですわ！
安〜い!!
二セット
ちょうだ〜い

漫画/にるり

いたずら

梨璃
がんばってるのね……
ハァハァ
訓練疲れたなぁ……あれ？
お姉様からの差し入れだ～！
梨璃様へ
ブーーッ！
って塩水!?
まだ許したわけじゃなくてよ……

変装

うーん
うまく当たらないなあ……
わたくしが教えてさしあげますわ
え？お姉様？
もっとこう胸やお尻に力を入れるのよ？
えっ？ちょ
ちょっと…
わし
わし

楓ちゃん…何してるの
ウィッグ

Assault Lily
アサルトリリィ
ASSAULT LILY
アサルトリリィ
～一柳隊、出撃します!～

ASSAULT LILY アサルトリリィ
～一柳隊、出撃します！～

二章　レギオン結成

二章　レギオン結成

「孤高の天才・白井夢結《しらいゆゆ》が、新入生とシュッツエンゲルの契りを結ぶ」

その報は、驚きをもって百合ケ丘女学院《ゆりがおかじょがくいん》中に響き渡った。

白井夢結が誰ともシュッツエンゲルの契りを結ばないであろうことは、上級生たちにとっては常識として語られていたらしい。

しかも、その相手が、まだ実戦に出たこともない補欠合格者の一年生だということで、その驚きは二重のものとなっていた。

「梨璃《りり》さん、聞きましたわよ。おめでとうございます」

「どうやって夢結様のお気持ちを射止められたのですか？」

同じクラスの生徒たちも梨璃の周りに集まり、口々に祝福の言葉を述べる。

「やれやれ。梨璃さんもすっかり注目の的ですわね」

「当然ですよ。夢結様と言えば、百合ケ丘のみならず校外でも名を知られた有名人ですからね」

そんな梨璃を見つめる楓《かえで》や二水《ふみ》たちも、どこか誇らしげである。

「おめでとう、梨璃ちゃん。この調子なら、きっと素敵なレギオンが結成できるね」

汐里《しおり》も嬉しそうに梨璃を祝福する。汐里もまた、控え目ながら梨璃と夢結との関係に心を痛めてくれていたようだ。

「レギオンかぁ……そういえば、まだなんにも考えてなかったなあ……」

「そうですわね。梨璃さんとわたくしにふさわしい、素晴らしいレギオンを結成しなければなりませんし」

まだ誘われないうちから、楓はもう梨璃とともにレギオンを結成するつもりでいるようだ。

とはいえ、もちろん梨璃にも異論はない。楓が希望するのであれば、そして何より、夢結……「お姉様」が許してくれるのであれば！

「じゃあ、後でお姉様に聞いてみるね、お姉様に……えへへ」

百合ヶ丘における「お姉様」という言葉には、特別な意味がある。シュッツエンゲルの契りを結んだ二人は、いわば魂の姉妹とでもいう深い絆で結ばれる。そのため、下級生にあたるシルト（天使の盾に守られし子）は、導き手であるシュッツエンゲルを「お姉様」と呼ぶことが許されるのである。

つまり、梨璃は今、夢結を「お姉様」と呼べることが嬉しくてたまらないのだ。

「そうと決まれば、さっそく放課後にでも夢結様におうかがいを立ててみましょう。まあ、このわたくしの加入を断る人などいるとは思えませんけど」

「レギオン結成？　楓さんも加入？　それは……どうかしら」

放課後のオープンテラス。梨璃たちがレギオン結成を提案すると、夢結は形の良い眉をひそめて消極的な言葉をつぶやいた。

「えっ⁉　ど、どうしてですか、お姉様？」

「夢結様。わたくしに何かご不満がありまして？　ご指摘いただければ、なんでも改善いたしますけど……とはいえ、わたくしに欠点などありませんから、直しようがありませんが」

「か、楓さん。そういうことは言わない方が……でもたしかに、楓さんのお力に問題があるとは思えません」

　夢結の否定的な言葉を受けて、ちょこちょことついてきた二水も困惑している。

「勘違いしないで。別に、誰に不満があるというわけではなくてよ」

　班分けの時よりもだいぶ柔らかい表情を見せるようになった夢結は、少し慌てたように手を振った。

「ただ……私は、レギオンを結成するつもりはなかったの。と言うより、私とレギオンを組みたいという生徒は少ないはずだから……」

　そう言って、悲しげに目を伏せる夢結。

「そ、そんなわけないじゃないですか、お姉様！」

「そうですよ！　夢結様は、私が昨年自作した同人誌『最強リリィ読本』でも、口絵に採用させていただいたほどの御方ですよ？　僭越《せんえつ》ながら申し上げますが、私のデータ評価はたしかです！　たとえば、昨年の相模女子との対抗戦では……」

「二水さん、お静かに願えるかしら？」

「……とにかく、レギオンを結成するのは難しいと思うわ」

　念押しするように言いながら、視線を床へと逸らす。そして夢結は、梨璃たちの返事を待たずに席を立った。

「……悪いけど、今日はもう失礼するわね。それじゃ、また明日、梨璃」


夢結に話を切り上げられてしまった後。

梨璃たちはふたたび寮の梨璃の部屋に集まり、作戦会議を開いていた。

「お姉様、どうしてあんなことを……」

「……言われてみれば、思い当たる節はあります」

梨璃が夢結の真意を測りかねていると、二水が言いづらそうに口を開いた。

「どういうことですの、二水さん？」

「その……もう一年以上も前のことですが、夢結様の参加された作戦において、甚大な被害が出たことがあったそうです」

「……それがなんですの？　いかに夢結様といえど、全ての作戦を成功させるわけにはまいりませんでしょう？」

「は、はい。それはそうなのですが、その、夢結様の参加された作戦は、一度ではなく何度も……そんな結果を見ているうちに、いつしか夢結様を『死神』と呼んで距離を置くリリィも増えたとか……」

「えぇっ!?　ひ、ひどい！　そんなの、お姉様のせいじゃないでしょう!?」

「……そうですわね。死神だなどとくだらない。単に、夢結様のような優秀なリリィは、過酷な作戦に投入されることが多いというだけでしょう？」

夢結に冠せられたあまりに酷い二つ名に、思わず食ってかかってしまう梨璃たち。

「お、怒らないでください。私がそう思っているわけではありませんから……！」

「……あ、そうだよね。ごめん」

「でも……その話が本当なら、レギオン結成は難しそうですわね」

「その場合、どうなっちゃうの？　わたしやお姉様は戦えないの？　ま、まさか、退学とか……？」

「安心しろ。リリィの活躍の場は、特定のレギオン内にのみあるわけではない」

黙って文庫本を読んでいた閑《しず》が、梨璃たちの方を振り向く。

「中には、フリーランスのリリィとして様々なレギオンに参加する者もいる。私のお姉様もその一人だ」

「お姉様？　閑さん、あなた、すでにシュッツエンゲルの契りを？」

「中等部時代からの誓いで、高等部への進学後すぐに剣持乃子《けんもちのりこ》様との契りを交わしている。そして、私もお姉様と同様、一流のフリーランスを目指すつもりだ」

「そっかぁ……そういえば、教本にも書いてあったっけ」

負傷などによってレギオンに欠員が出た時、作戦行動に支障が出ないよう臨時加入するスーパーサブ。または、少人数での索敵、陽動などを行う専門家。そういったリリィは、あえてレギオンに属さずにフリーランスの道を進むのだという。一種の裏方だが、ある意味ではレギオンの正式メンバーよりも度胸や器用さが求められることもある役目だった。

「う～ん……わたしには難しそうだなあ……」

今日はこちらのレギオンで戦闘、明日はあちらのレギオンで索敵、などといった多方面での作戦行動を取れる自信は梨璃にはない。それに、閑には悪いが、梨璃は夢結とともにレギオンを結成し、戦場の花形として戦うことが夢であった。

(だけど……お姉様を、そんな風に悪く言う人たちがいるなんて……)

梨璃にとっては命の恩人であり、今や唯一無二のパートナーである夢結が、そのような誹謗中傷に晒されていたとは意外だった。

「……梨璃ちゃん！　レギオンメンバーを募集しましょう！」

その時、二水が意を決したように叫んだ。

「募集……？」

「はい！　私が発行している『週刊リリィ新聞』の号外を出して、梨璃ちゃんや夢結様のレギオンに加入してくれる子を募りましょう！」

「週刊リリィ新聞？　そういえば、掲示板に貼ってあったような気がしますわね」

「ちょっと待て。私は幼稚舎から百合ヶ丘に在校しているが、そんな新聞は聞いたことがないぞ？」

「あ……そうですよね。つい最近、私が一人編集長になって作り始めた新聞ですから。知名度はまだまだです」

「ふえ～……二水ちゃんって新聞の編集長さんなんだ？　すご～い！」

まだ入学したばかりだというのに、一人で新聞を発行してしまう二水のバイタリティに感心する梨璃。

「いえいえ……私、好きなことには突っ走ってしまう性格なもので……」

「でも、好都合ですわ。せっかくですから、そのリリィ新聞を活用してレギオンメンバーを募集してみましょう」

「は、はい！　お任せください！　……と、ところで、図々しいのですが、ひとつだけ、梨璃ちゃんにお願いが……」

「わたしに？　いいよ、なんでも言って！」

内容を聞く前に快諾する梨璃。だが、二水はそれでも言いづらそうにもじもじしている。

「あ、あの、でも、無理だったら、断ってくれていいんですよ？　ご迷惑かもしれませんし……」

「言ってくださらなければ、ご迷惑かどうかもわかりませんわ。遠慮せずにおっしゃいなさいな」

「はい！　で、では、その……もしよければ、で、いいのですが……その、私も、梨璃ちゃんのレギオンに、加えて……もらえたらなぁ……なんて、言っちゃったりなんかしちゃったりして……」

「……え？　うちのレギオンに……加入？」

思いがけない二水の申し出に、一瞬、返事も忘れる梨璃。

「……二水さん。あなた、何をおっしゃってますの？」

「……！　あ、そ、そうですよね！　私、なんの取り柄もないし、こうして梨璃ちゃんたちにお付き合いいただいているだけでも……」

顔を真っ赤に染めながらうつむき、じたばたと両手を振る二水。だが、二水が全てを言い終える前に、梨璃が素朴な疑問を口にする。

「……わたし、二水ちゃんのこと、まだ誘ってなかったんだっけ？」

「ねえ。てっきりわたくしも、もうレギオンをご一緒したものだと思っておりましたわ」

「……え？　ということは、私……レギオンに加えてもらえるの……？」

「っていうか、加わってくれないと困るよ、二水ちゃん！　わたしたち、まだ、百合ヶ丘について詳しくないし。二水ちゃんが頼りなんだよ!?」

「ただでさえメンバーが少ないのですから、無理にでも加わっていただかなければ困りますわ。広報担当兼参謀として、どうぞ手腕を振るってくださいな」

「……は、はい！　二川《ふたがわ》二水、全力でがんばりますっ！」


「百合ヶ丘が誇る才媛、白井夢結がレギオンメンバーを募集！」

「来たれ若人！　燃える鉄血をもって悪逆無道のヒュージを殲滅《せんめつ》せよ！」

翌日。モチベーションを高めまくった二水が作ったチラシには、このような文章が躍っていた。

「うわぁ……これ、わたしにはよく意味がわからないけど……」

「圧倒されるというか……やりすぎ感がありますわね」

「そ、そうですか？　これくらいでないと、私たちのやる気が伝わらないかと思ったんですけど……」

「ですけど、自分たちの方から『百合ヶ丘が誇る才媛』なんて書いては、夢結様が恥ずかしがるのではなくて？」

「そこは問題ないよ！　お姉様は本当にすごい人だもん！」

「そうなんですの？　まあ、梨璃さんと編集長さんがそうおっしゃるのなら、わたくしは今のままでも……」

　というわけで、二水考案の募集文はそのまま採用され、さっそく、その日の昼休みから校内各所にて配布することとなった。

「こんにちはー、わたしたち、レギオン結成しました！　ご加入よろしくお願いしまーす」

「あの夢結様のレギオンですよー。白井夢結、白井夢結をよろしくお願いしまーす！」

「なんだか、選挙活動みたいですわね……」

　そんなことを言いながら、元気に活動を続ける梨璃たち。チラシを受け取ってくれた人に対しては営業トークも忘れない。

「あ、あの、まだ四人しかいないんですけど、とっても楽しいレギオンにするつもりです！　いつでも来てくださいね！」

「白井夢結様の腕前を間近で見るチャンスですよ!?」

「楓・J・ヌーベルと申します。わたくしと肩を並べて戦う機会、逃す手はございませんわよ」

　廊下で、校庭で、オープンテラスで。三者三様、放課後になってもチラシ配りを続ける。さすがに、その場ですぐに加入を決意してくれる生徒はいなかったが、初日から成果が得られるとは思っていない。この日、手持ちのチラシを全て配布し終えた梨璃たちは、心地よい疲労感に包まれていた。

……そして、梨璃たちがカバンを取りに教室へと戻っている途中。

「……梨璃さん、あれをご覧になって」

「え？」

不意に声をひそめ、廊下の角に身を隠す楓。つられて梨璃と二水も同様に身を隠す。

「どうしたの、楓ちゃん？」

小声で尋ねると、楓は黙って廊下の先を指差した。

そこには、梨璃たちがチラシを貼った掲示板……そして、それを見つめる二人の生徒の姿があった。

「あっ……梨璃ちゃん！　あの人たち、私の作ったチラシを見てますよ!?　どうやら二年生みたいですけど」

「ど、どうしよう？　声をかけに行く？」

「……いえ。ここは静かに待ちましょう。今、答えを急かすと、かえって逃げられてしまうかもしれませんわ。獲物を捕らえるためには根気も必要でしてよ？」

何事にも積極的な楓には珍しく、慎重な作戦を申し出てくる。まあ、「獲物」という言い方は楓らしいと言えば楓らしい。

「そうですね。でも、興味を持ってくれたようだったら、出ていって勧誘してみましょう」

……などと話していると、上級生のうちの一人が掲示板のチラシに手を触れた。

「あっ……！　見て、二水ちゃん！」

「チラシ、欲しいんでしょうか？」

「かかりましたわね？」

上級生のリアクションを見て、思わずガッツポーズを取る三人。

だが、次の瞬間、上級生は予想もしなかった行動に出た。

「……こんなもの！」

「……あぁっ!?」

二水が小さく悲鳴を漏らす。なんと、その上級生は、掲示板に貼られたチラシを一気に破り捨てたのであった。

「ちょ……」

「ちょっと、そこのあなた！　何をされますの!?」

梨璃よりも一瞬早く楓が飛び出し、つかつかと上級生二人に歩み寄った。

「……！」

二人は一瞬だけたじろいだ表情を見せたが、開き直ったように楓に向き直る。

「……何か文句があるのかしら？」

「私たちはただ、縁起の悪いものを撤去しただけですわ」

「え、縁起が悪いって、どういう意味ですか!?」

たまらずに二水も姿を現す。そんな梨璃たちを見て、上級生は嘲るように肩をすくめた。

「あら、みんな揃って覗き見をされていたの？　お上品ねえ。ということは、あの死神もそこに隠れているのかしら？」

「し、死神って……お姉様をそんな風に呼ばないでください！」

「それに、夢結様はここにはおられませんわ。この勧誘活動は、わたくしたちが勝手に行っていることです」

「お姉様……？　なるほどね。あなたが噂の……可哀想に。あなた、長生きできないわよ？」

梨璃が夢結のシルトだと知り、眉をひそめる上級生。その顔には、先ほどまでの嘲りの感情だけではなく、心からの同情も透けて見えた。

「……悪いことは言わないわ。白井夢結さんとのシュッツエンゲルの契り、今からでも解消することね」

もう一人の上級生が真剣にそう告げる。

「解消って……シュッツエンゲルの契りは、そんなに簡単なものじゃありません！　そんなことをしたら、どちらも大きく信用を落としますよ？」

「でも、死ぬよりはまし」

二水の反論を一言で切って捨てる上級生。

「……どうして、そこまで夢結様を孤立させようとしますの？　もしかして、イジメというものかしら？　百合ヶ丘の生徒ともあろう方たちが情けないこと」

逆に上級生たちを嘲笑し返す楓。そんな楓の言葉に勇気づけられたのか、二水もまた声を震わせながらも上級生たちに立ち向かう。

「夢結様がかつて、戦友を失われたことは知っています。で、でも、そんなの、夢結様一人のせいじゃありません！」

「そ、そうですよ！　お姉様だけを責めるのはお門違いです！」

勇気を振り絞って反論した梨璃たち。だが、その言葉を聞き、上級生たちはキッと眉を吊り上げた。

「……馬鹿にしないで！　私たちだって、そんなことはわかってる……！」

「……でも……白井夢結は違う！　あの人は……シュッツエンゲルを、自分の手で……！」

激昂し、声を荒らげる上級生たち。だが、彼女たちが言葉を詰まらせた最高のタイミングで、よく通る声が廊下に響き渡った。

「……あら。これは、なんの騒ぎでしょうか？」

「え……？」

梨璃が振り向くと、いつの間にか、一人の女生徒が静かに立っていた。名前は知らないが、訓練中に姿を見かけたことがある。たしか同級生だったはずだ。

「郭《くぉ》……神琳《しぇんりん》さん……」

隣に立つ二水がつぶやく。神琳というのが彼女の名なのだろう。

「是《シー》。郭神琳と申します。みなさん、どうぞお見知りおきを」

言葉は丁寧だが、神琳の眉は凛々しく吊り上がっている。

「さて。どうやら、口論の真っ最中とお見受けしましたが……いかがなさいますか？　双方、まだ続けられるというのでしたら、教導官をお呼びしてもよろしいのですが」

「……っ！　べ、別に、そこまでの騒ぎじゃないわ。余計な口出しをしないでもらえる？」

教導官を呼ばれてはたまらないと思ったのか、上級生が神琳を威圧する。が、神琳はそんな圧力に対しても眉ひとつ動かさない。

「そうでしょうか？　見たところ、あなたは掲示物を無断で破り捨てておられます。どなたかにお聞きしたいのですが、その掲示物は正式に許可を取って貼られた物ですよね？」

「えっ？　……は、はい！　ちゃんと先生に許可をもらってますです！」

神琳のはきはきとした物言いに、なんとなく彼女の部下になったような気分の梨璃。

「なるほど。でしたら、校則違反を犯しているのはそちらのお二人ですね……さて、いかがなさいますか……ええっと？」

「あ、はい、一柳《ひとつやなぎ》梨璃ですっ！」

「梨璃さん。あなたさえ望むのであれば、そちらのお二人を教導官のもとに連行することもできますが？」

「……ちょ、そんな……」

顔を青くする上級生たち。神琳から理詰めの指摘を受けるうちに、血が上っていた頭も少しは冷めてきたのだろう。

「……ううん、もう、いいの。お姉様だって、変な騒ぎは起こしたくないだろうし」

梨璃がそう言った時、上級生たちは心からほっとした表情を見せた。

「……寛大なご処置ですね、梨璃さん。あなたたち、梨璃さんに感謝してください。二度と、このような恥ずかしい行いをされませんよう」


「……ふぇ～。神琳さんって、かっこよかったねえ。楓ちゃんも迫力あるけど、神琳さんはまた違った固さみたいなものが……」

「あら嫌ですわ、梨璃さん。わたくしに迫力だなんて……夢結様が守護天使だというのなら、わたくしは梨璃さんのラブリーエンジェルですわよ？」

神琳と別れた梨璃たちは、寮に戻って先ほどの出来事について話していた。

「郭神琳さん……台湾の大資産家の令嬢で、幼稚舎時代から百合ヶ丘で学んでいる人です。百合ヶ丘中等部の入学案内で表紙モデルを務めるほどの有名人で、実力者ですよ」

「へぇ～、すごい人なんだあ」

「……ところで、どうしますの？　あの調子ですと、わたくしたちのレギオンの先行きは厳しそうですわよ」

ひとしきり神琳について話し終えた後、楓が本題を切り出す。

「うん……まさか、お姉様をあんな風に悪く言う人がいるだなんて……」

夢結が「死神」という二つ名で呼ばれていることは、すでに二水から聞いていた。だが、実際に目の前で夢結を悪く言われると、そのショックは想像以上だった。

「で、でも、大丈夫ですよ！　きっと、夢結様に理解を示してくれる人もいるはずです！」

「そうですわね……では、また明日も勧誘活動に精を出しましょうか」

「うん！　何か作戦はある、編集長さん？」

「作戦というほどのことではありませんが、私たちと同じ一年生を中心に誘いましょう。二、三年生は、すでにどこかのレギオンに所属している人も多いでしょうから。それに……」

と、そこまで言って言葉を詰まらせる二水。「上級生たちには、夢結の悪名が広まっているはず」と、そう言いたいのだろう。

「……うん、わかったよ。じゃ、明日は一年生を中心に勧誘していこうか！」


「……と、張り切ったはいいものの、なかなかうまくいきませんわねえ……」

翌日の放課後。ひととおりチラシを配り終えた梨璃たちは、教室でラムネを飲みながら疲れた体を癒していた。

「ごめんね、梨璃ちゃん。なんの力にもなれなくて……」

そんな様子を見て、汐里がすまなそうに声をかけてくる。その口調は、初対面の時よりもだいぶくだけたものになっていた。

「ううん。汐里ちゃんが気にすることないよ。心配してくれてありがとう」

中等部時代から百合ケ丘に所属している汐里は、すでに懇意にしている先輩リリィから別のレギオ

ンに誘われている。汐里以外にも、ほとんどの生徒が他のレギオンに所属していたり、加入するレギオンを心に決めていたりといった状態であった。

「さすがは百合ヶ丘。そうそう放置されている人材なんていないものですねえ……私を除いて」

「そ、そんなことないよ！　わたしも一緒だってば！　わたしだって、自分でレギオンを作らなかったら、きっと誰にも誘われなかったと思うよ？」

「そうですわ。それに、このわたくしにさえ、まだ、一件しかレギオンへのお誘いがないんですのよ？　おかしな話ですわよね。わたくし、そんなに可愛げがありませんかしら？」

「えっ」

「えっ」

「えっ」

「……なんですの、その反応は」

「て、ていうか、二つのレギオンから誘われてたの？　それで、なんて答えたの？」

「お誘いに応えていたら、今、ここにいるはずがないでしょう？　大丈夫。わたくしは梨璃さんのものですわ」

「そっか……ありがとう」

どうして楓がここまで自分を気に入ってくれているのかわからないが、残ってくれるのはありがたかった。せっかく仲良しになった楓と離れ離れになってしまうのは悲しい。

「他のみんなも、お世話になっている先輩や友達からのお誘いを優先しちゃうもんね……私も、何人

かには声をかけてみたんだけど……」

汐里は汐里で、梨璃たちのために勧誘活動をしてくれていたようだ。だが、その表情から察するに、夢結の悪名を理由に断られたのだろう。

「先輩や友達かあ。わたし、まだ、百合ヶ丘での知り合いなんてほとんどいないし……」

「私もです。一方的に情報を知っているリリィばかりで、面識はありません……」

補欠合格組はがっくりと肩を落とし、残った楓に話を振る。

「楓ちゃんはどう？　わたしと違って、楓ちゃんは中等部の頃からリリィとして活躍してたんでしょ？　その時の先輩とか、お友達とかいないの？」

梨璃がそう問うと、楓は顎に人差し指を当てて考え込む。

「百合ヶ丘ではありませんし、いたような気もしますけれど、あまり意識したことがなくて……わたくし、他人から目標にされることはあっても、誰かをライバル視することはあまりありませんの」

傲慢とも言える発言だが、楓の表情に驕《おご》りはない。当たり前の事実をそのまま口にしただけ、といった様子だ。

「そ、そうなんだ。すごいね……」

楓の自信は頼もしかったが、レギオンメンバー集めの力にはならない。せめて一人くらい、昔馴染みがいてくれればよかったのだが。

などと梨璃が考えていると、突然、教室の扉がバン！　と乱暴に開かれた。

「たのもぉ～っ！　ここに楓・J・ヌーベルはおるかっ!!?」

「わっ⁉」

「きゃあっ⁉」

教室に残っていた生徒たちが、一様にそちらを振り向く。そこには、長髪をツインテールに結んだ可愛らしい少女が立っていた。

「そこにいたか楓よ！　逃げようとしてもそうはいかぬぞ！　わらわが来たからには、お主の天下もここまでじゃ！」

「あら、あなたは……」

「楓ちゃん、お友達？」

「ええ、まあ。お名前はたしか……」

楓の目と指先が宙を泳ぐ。

「……ミリアムじゃっ！　ミリアム・ヒルデガルド・V《フォン》・グロピウス！　宿命のライバルの名を忘れたとは言わせぬぞっ⁉」

「いやですわ、そんなにお怒りになって。わたくし、物覚えは良い方ですのよ、ミリアム……Vさん」

「省略するでないっ！」

バンバンと悔しそうに床を踏み鳴らすミリアム。どうやら楓を強くライバル視しているようだ。楓の方はどうなのかわからないが……。

「それで、何か御用ですの、ミリアムさん？　あなたはたしか、工廠《こうしょう》科に入学されたのでしょう？」

「え？　工廠科の方ですか⁉　私、一時は工廠科も受験しようかと迷ってたんですよ！」

二水が目を輝かせる。

「二水ちゃん。工廠科って、たしか……」

「はい。CHARMに代表される、リリィが用いる武装の開発、メンテナンスなどを行うメカニックを育成する学科です。私たちがリリィと呼ばれるのと同様、彼女たちは、『アーセナル』と呼ばれています。カリキュラムが異なるので、授業で会うことは少ないですけどね」

「確かに彼女の制服は工廠科のものだけど」

汐里に言われて見てみれば、ミリアムの制服は梨璃たちとは少し違うデザインであった。

「ふっふっふ。そうじゃ、そうじゃ。じゃがな楓よ、わらわはゆえあって、アーセナルとしてだけではなく、リリィとしても己を磨くこととなったのじゃ！」

「事情は存じませんが、とにかく、ご入学おめでとうございます、ミリアムさん。それで、今日はわざわざご挨拶に？」

テンション高めのミリアムに比べ、楓はいつもの調子を崩さない。

「……いいや！　用件はこれからじゃ！　楓よ、武道場へ来い！　久しぶりにわらわと勝負じゃ！」

「あら、血の気の多いこと。ですが、あなたがわたくしに勝ったことがありましたかしら？」

(楓ちゃんって、相変わらず挑発的だなあ……)

楓の態度に半ば呆れながらも、梨璃は余計な口出しをしない。楓とミリアムの間には、二人だけにわかる事情があるのだろう。

「やかましいっ！　ならば今日こそ、その苦汁の歴史に終止符を打ってくれるわっ！」

顔を真っ赤にしながら、びしっと楓を指差すミリアム。

「そして、楓よ！　この勝負でわらわが勝ったら、ひとつ、我が命を聞いてもらうぞ!?」

「あら、よろしくてよ。わたくしが負けるはずありませんものね……それで、そのお願いとはなにかしら？　飴玉でも買ってあげましょうか？」

「違うわっ！　わらわが勝ったら、お主には、白井夢結が属するレギオンを脱退してもらうっ！」

「……えっ、えぇ～っ!!?」

百合ヶ丘キャンパス内の武道場。ここには、模擬戦用の各種用具が取り揃えられていた。一見すると、板張りされたごく普通の武道場であるが、二水によると、リリィの模擬戦にも耐えられるよう補強されているのだそうだ。

「……さて。わらわの望みは先ほど言った通りじゃが、もしもお主が勝った場合、何か望みはあるかの？」

武道場で借り受けたグングニルで、びしっと楓を指差すミリアム。そのグングニルには、大きな文字で「模擬戦用」と記されている。

「ちょ、ちょっと待って！　ミリアムちゃん！　なんだか勢いで連れてこられちゃったけど、楓ちゃんがわたしたちのレギオンを抜けるってどういうこと!?」

「む、なんじゃ。聞いておらんかったのか？　わらわが勝ったら……」

「それは聞きましたけれど、どうしてわたくしを夢結様から引き離そうとしますの？　もしかして嫉妬ですかしら？」

「たわけっ！　何を考えておるかっ！　わらわはただ、お主の宿命のライバルとして放っておけなかっただけじゃ！」

「あなたと宿命で結ばれているかは置いておくとしまして、なぜ、わたくしたちの邪魔をするのですか？」

「……ふん！　わらわを甘く見るなよ？　工廠科に在籍しておっても、お主の身辺については調べてある！」

そう言ってふたたび、びしっと楓を指すミリアム。

「いちいちポーズをつけなくても結構ですわ。それで、何がおっしゃりたいんですの？」

「とぼけるな！　楓よ。聞くところによると、白井夢結とは、『死神』の異名を持つそうではないか？貴様ともあろう者が、どうしてわざわざ貧乏クジを引く？」

「えっ……ちょ、ちょっと、そんな言い方……！」

「そ、それはただの噂でして……！」

ミリアムに抗議しようと前に出る梨璃と二水。が、その前に楓が手で一同を制す。

「ミリアムさん。その噂の真偽はともかくとして、それが、あなたになんの関係がありますの？」

「……な、なんの関係があるかじゃとぉ？」

楓の冷たい物言いに、ミリアムが言葉を詰まらせる。その頬は興奮で赤くなり、心なしか涙まで浮かべている。

「貴様……皆まで言わんとわからぬかっ!?　ライバルである貴様が『死神』とともに果てては、わらわの張り合いがなくなる！　じゃから、力ずくでも白井夢結から引きはがしてやるのじゃっ！」

いやいやをするように頭を振り、髪を振り乱しながら叫ぶミリアム。まるで幼子のような仕草だが、それだけに、ミリアムの激しい感情が見て取れた。

「はぁ……やれやれ。そんなことだろうと思いましたわ……」

ふぅ、と小さいため息をつく楓。

「噂を否定するのは簡単ですけれど……今のあなたには言葉では通じないでしょう。よろしいですわ。お相手して差し上げます」

「おお、ようやくやる気になったか！」

「か、楓ちゃん!?」

歓声をあげるミリアムと、狼狽える梨璃たち。

当然である。ただでさえレギオンメンバーが足りないというのに、勝負の行方によっては楓まで去ってしまうかもしれないのだから。

そんな梨璃たちの動揺を見越してか、「余裕ですわ」とでも言いたげにぱちりとウインクをしてくる楓。

「大丈夫ですわ、梨璃さん。わたくしが負けるはずありません。それに、いくら勘違いとはいえど、梨璃さんのお姉様を侮辱した罰を与えてあげませんと」

「で、でも、絶対に勝てるとは……」

「そうですよ。私もミリアムさんについてのデータは持ってません。その実力は未知数です！」

「ふふん、慌てても遅いわ。前言撤回は許さぬぞ、楓⁉　わらわの手で、貴様を死神の手から解放してくれるわ！」

「ご心配いただきありがとうございます……ですが、余計なお世話というものですわ。わたくしが勝ったら、二度と夢結様を死神だなんて言わせませんことよ？　あの方は、わたくしが認める数少ないリリィなのですから」

「楓ちゃん、お姉様のこと……？」

「……今の言葉は、夢結様には内緒ですわよ」

そう言いながら、楓もまた模擬戦用のダインスレイフを手に取る。

「二水ちゃん。楓ちゃんは大丈夫かな？」

「楓さんのお体のことなら、たぶん大丈夫だと思います。模擬戦用のＣＨＡＲＭには殺傷力はありません。痛みや衝撃で自由を奪うくらいのものです」

「痛いの？」

「まだ自分で受けたことはありませんが、泣くくらいには痛いみたいです。その加減も、使用者の腕前や魔力によって変わりますけど」

「まあ、防具なしで剣道をやるようなものですかしら。できれば、ミリアムさんを泣かせたくはありませんけど……」

「たわけっ！　泣くのはお主のほうじゃ！　死神の手から救い出してもらえること、泣いて感謝するが良い！」

グングニルをブレードモードに変え、刀身を淡く光らせながら突進するミリアム。

「そうですわね……まずは、久しぶりにダンスを楽しみましょうか？」

楓もまたブレードモードのダインスレイフを構え、ミリアムを待ち受ける。

そして、両者の姿が重なった。

「うりゃうりゃうりゃうりゃうりゃうりゃーっ！」

「はい、はい、ほいっ……ですわ」

グングニルの軌道が幾重にも光の帯を作り、二人の姿を覆い隠す。ミリアムは開幕から全力だった。

だが、一方の楓も負けてはおらず、巨大なダインスレイフを見事に振るってミリアムの攻撃を捌《さば》きる。

「わぁ……二人とも、すご～い……」

口を開けて感心するばかりの梨璃。ＣＨＡＲＭは、使用者のマギを注がれることで体の一部と化し、実際の重量よりも軽々と扱うことが可能となる。だが、その点を加味したとしても二人の攻防は速かった。おそらく自分であれば、最初の一撃で有効打を受けていたことだろう。

「ど、どうかな、楓ちゃん、勝てそう？」

「わからない……どちらもノーダメージだけど、楓さんは防戦一方だし……」

二水も緊張した面持ちで両者の戦いを見つめている。

「やっぱり、楓ちゃん、危ないの……？」

楓がいささか不利に見えるのは梨璃も同様だった。すべて防御しきってはいるものの、楓はまったく攻撃を仕掛けていない。

「でも、楓ちゃんはまだ本気を出してないみたいだよ？」

と、黙って様子を見ていた汐里がつぶやく。

「え？」

汐里の言葉を受けて、梨璃はもう一度、目をこらして楓たちを見る。

「そりゃそりゃそりゃそりゃそりゃ〜っ！」

「はい、はい、はいっと！　お上手ですわよ、ミリアムさん？」

「ほ、ほんとだ……」

言われてみれば、楓は激しく動き回りつつも、その口元には常に微笑を浮かべている。

「と言うことは、楓さんは余裕を持って戦ってるんですよね？」

「余裕、というほどではないけど、追い詰められてもいないかな？」

どうやら、梨璃や二水とは違い、汐里には二人の攻防が正しく読めているようだ。二水によれば、汐里は中等部時代にも実戦に参加したことがあるという。その経験の差だろうか。

「ふん！　逃げ回ってばかりでは勝ちは拾えぬぞ!?」

挑発しながら、今度は槍のようにグングニルを連続で突き出すミリアム。

「……おっと！」

楓は巨大なダインスレイフを盾にして体を守りつつ、一歩後ろに飛び退く。

「逃がすかっ！」

ミリアムは楓との間をさらに詰め、グングニルを横薙ぎに振るう。

「決まりじゃっ！」

「おっと、ですわ！」

その大振りの攻撃を、ダインスレイフを斜めに構えて逸らす楓。ミリアムのグングニルはその刀身に沿ってすり上げられ、切っ先が宙へと舞う。

「ぬ!?　しまっ……!?」

「わたくし相手に大振りは禁物でしてよ!?」

楓はそのままダインスレイフを振り上げ、お返しとばかりに横薙ぎの攻撃を繰り出す。

ブォン！

巨大な刀身が唸りをあげてミリアムの脇腹を狙う。

「……くうぅっ！」

不安定な体勢のまま飛び退くミリアム。結果、攻撃をかわすことには成功したが、ごろごろと床に転がってしまう。

「あら、よく避けましたわね、ミリアムさん。欧州で御手合わせした時よりも、お強くなっていらっしゃるわ」

「……フン！　嫌みにしか聞こえんわ！」

素早く体を起こし、片膝を突いた状態でグングニルを構えるミリアム。だが、楓はミリアムに追撃を加えない。

「お立ちなさいな。これは戦争ではなく試合です。正々堂々と倒して差し上げますわ」

「……！　ぐうっ……！」

楓の温情を受け、怒りに眉を吊り上げるミリアム。

「おのれ……わらわに情けをかけるとは。お主、すぐに後悔することとなるぞ!?」

「そのセリフ、昔から何度も聞かされましたわ」

興奮して地団駄を踏むミリアムと、柳に風とばかりに聞き流す楓。どうやら二人は、昔からこういう関係だったらしい。

「うるさい、うるさいっ！　昔のわらわとは違う！　男子たるもの、三日会わざれば刮目《かつもく》して見よ、と言うじゃろうがっ！」

「まあ……あなた、男の子でしたの？」

「阿呆っ！　もののたとえじゃ！　……ええい、もう面倒くさい！　とにかく、わらわの力を見せてくれるわっ！」

そう宣言しつつ、グングニルを床に突き立てるように構えるミリアム。そして、目をうっすらと半眼に閉じる。

「見るがよい。我が新たな力、レアスキル『フェイズトランセンデンス』を!!」

「えっ、レアスキル……!?」

ミリアムの言葉に、梨璃だけではなく楓も驚いた様子を見せる。

「二水ちゃん。レアスキルって、たしか……」

「はい！　リリィだけが持つ特殊能力です！」

レアスキルとは、リリィたちが先天的に持つ固有能力の総称である。先天的資質とその人間の生き様が反映されるため、二種以上の取得は不可能とされている。

「こちらにいる汐里さんも、レアスキル『円環《えんかん》の御手《みて》』の保有者ですよ」

「へぇ～。どんな能力なの？」

「ええっと……二つのＣＨＡＲＭを同時に使えるだけ。大したことないよ」

「大したことありますよ！　円環の御手があることで、どれほど戦術に幅が出ることか！　謙遜しすぎですよ、汐里さん！」

「ふぇ～……よくわかんないけど、かっこいい～！」

使用者の魔力に呼応して作動するＣＨＡＲＭは、通常、同時に一振りしか操れない。時折、二刀流のように扱えるＣＨＡＲＭもあるが、それはあくまで、ひとつのＣＨＡＲＭを分割した状態である。

だが、汐里の能力をもってすれば、一人で二振りのＣＨＡＲＭの力を引き出せるらしい。

「まあ、あたしの話は置いておくとして……ミリアムさんの『フェイズトランセンデンス』って……？」

「ふふん。見ておれ、ギャラリーども！　わらわの能力、この楓を贄《にえ》として披露してくれるわ！」

「あらあら。ずいぶん物騒なことをおっしゃるのね……」

自分からは手を出さず、油断なく武器を構える楓。ミリアムがレアスキルの保有者と知ったせいか、楓の表情にも今までにない緊張感が走っていた。

「ようやく本気になったようじゃな……それでこそじゃ！　では、まいるぞ！　ぬうわああああああぁ……！」

大声で叫びながら、床に突き立てていたグングニルを引き抜くミリアム。その頃には、梨璃や二水たちにもミリアムの変化が感じ取れていた。

「……！　梨璃さん！　もっと離れてください！　みなさんも！」

楓が鋭く注意を呼びかける。

「……何これ……!?」

ミリアムの体から、今までとは桁違いの魔力の高まりを感じる。魔力を持たない者ですらも圧力を感じるほどの量だ。

「す、すごい……楓ちゃんより……ううん。もしかすると、あたしが見た中でも……」

汐里が驚きと称賛を込めてつぶやく。

「これは……少々、危ないですわね」

ＣＨＡＲＭを用いた戦闘において、マギは攻撃力にも防御力にも変換できる万能の力である。魔力の差だけが勝敗を決するわけではないが、非常に大きな要素であることは間違いない。

「覚悟しろよ、楓!?　たとえ模擬戦用といえど、フェイズトランセンデンスでの一撃は軽くはないぞ!?」

「に、逃げてください、楓さん！　フェイズトランセンデンスは、瞬間的に極限まで魔力を高める能力です！　その攻撃力は、数あるレアスキルの中でもトップクラスです！」

「その通り！　じゃが、逃げようとしても遅い!!」

さらに光を増したグングニルを構え、ぐっと体勢を低くするミリアム。

そして、次の瞬間、全身が一本の槍になったかのように飛び出した！

「でぇやあああああっ！」

「……っ！　速い！」

ミリアムの必殺の一撃が楓の胴体を狙う！

かわしきれないと思ったか、楓はダインスレイフを正眼に構えて迎え撃つ！

ぎゃりぎゃりぎゃりっ！

不快な音を立てながら二人のＣＨＡＲＭが交錯し、グングニルの穂先が少しだけ右に逸れる。

「ぐうっ……!?　ええぇ～いっ！」

楓が初めて苦しげな声を漏らし、ダインスレイフの横腹で払うかのようにミリアムの進行方向を逸らした。

「ぬおっ……!?」

どがぁぁ……ん。

全身が槍と化したミリアムは、その勢いのまま武道場の壁へと突進する。

壁に掛けられた木剣や模擬戦用ＣＨＡＲＭなどが散乱し、舞い上がった埃や器具の破片などでミリアムの姿が見えなくなる。

「か、壁に穴が……!?　模擬戦用のＣＨＡＲＭで、あれほどの威力を出すなんて……」

「楓ちゃん！　気をつけて！」

二水が呆然とつぶやき、梨璃が注意を呼びかける。

……だが、楓は刀身の一部にヒビの入ったダインスレイフを放り出し、すたすたとミリアムが倒れているであろう方向へと歩き出す。

「えっ……ちょっと、楓ちゃん!?　あ、危ないってば!?」

「そ、そうですよ、楓さん！　次の一撃が来たら……！」

そう言いつつも放っておけず、梨璃たちも楓を追って走り出す。

「……大丈夫ですわ、みなさん。二水さん、あなたならご存知なのではなくて？　フェイズトランセンデンスは……」

「あ、そういえば……」

無造作にガレキを退かし、中からミリアムを見つけ出す楓。そこには、すでにグングニルを握る力さえもなくして倒れるミリアムの姿があった。

「う、うぅ。体が……動かぬ……」

「わっ!?　み、ミリアムちゃん！　大丈夫!?　ケガしたの!?」

「ご安心なさってくださいな、梨璃さん。ただ疲れているだけですわ……でも、とりあえず、ミリアムさんを運ぶのを手伝っていただけますか？」

「ふぅ……ようやく楽になってきたわい……」

梨璃が手渡したラムネを飲みながら、人心地がついたという風にため息をつくミリアム。

「大丈夫？　ミリアムちゃん。さっきはいったいどうしちゃったの？」

「ただの疲労ですわ。ねえ、二水さん？」

解説をよろしく、という風に二水に話を振る楓。

「は、はい！　あのですね、梨璃ちゃん。フェイズトランセンデンスは、瞬間的にすべてのマギを放出するレアスキルです。それはつまり、絶大な威力と引き換えに、一瞬でマギを使い切ってしまうということなんですよ」

「マギを使い切る、ということは……」

「今のミリアムさんのようになってしまう、ということですわ」

マギとは、古人の言うところの『気』であったり、『精気』であったり、体力や精神力とも重なったりする部分の多い人体の活力である。それを一瞬で使い切れば、動けなくなってしまうのも道理だった。

「たとえるなら、一瞬にして長距離走を走り切ったみたいなものです。どんなに気張っても、使用後は数分間は動けないと言われています」

「うむ。わらわがこの能力に目覚めたのは、つい最近でな。そのせいで、工廠科であっても、戦闘技能を学べる百合ヶ丘を勧められたのじゃ」

「なるほど。たしかに、メカニックの方には必要のない能力ですもんね。フェイズトランセンデンスの保有者がリリィにならないなんて、人類の損失です！」

フェイズトランセンデンスの保有者を初めて見た、とはしゃぐ二水。

だが、ミリアムはあまり嬉しくなさそうに肩をすくめる。

「この能力がなければ、好きな機械いじりだけに集中できたのじゃがな。才能があるというのも考えものじゃわい」

「自信がおありになるのは結構ですけど、先ほどの勝負の結果は言うまでもありませんわよね？」

これ以上ないというほど優しげな笑みを浮かべる楓。勝者の余裕である。

「ぐっ……ま、まあたしかに、負けを認めざるを得んようじゃな。わらわの奥の手を破るとは見事じゃ、楓」

「なーにが奥の手ですの。威力は大したものですけれど、使ったら動けなくなるなんて、欠陥ありすぎですわ」

「……う、うるさい！　わらわもまだ、この能力に慣れてはおらんのじゃ！　これからじゃわい！」

「あ、あの、ところで……楓ちゃんが勝ったってことは、わたしたちのレギオンに残ってもらっていいんだよね？」

ミリアムも元気が出てきたところで、梨璃が最も気になっていたことを尋ねる。

「……まあ、そこは認めるしかあるまい。わらわとしては、楓のためにしたことなのじゃがな……」

「ミリアムちゃん、それは誤解なの。お姉様は、死神なんて呼ばれるような人じゃない！　お姉様に命を助けてもらったわたしが言うんだから間違いないよ！」

「……そうなのか？　じゃが、わらわが聞いたところでは……」

「夢結様に不幸な過去がおありだったことは認めますわ。でも、別に、夢結様に責任があるわけではないと思いますわよ」

「……そうか。ならば、信じてやるとしよう」

拍子抜けするくらいあっさりと梨璃たちの言葉を受け入れるミリアム。

「ありがとうございます、ミリアムさん。でも、ずいぶんと簡単に納得してくれましたのね？」

「仕方あるまい。負けた以上、何を言っても楓を動かすことはできんしな。それに、楓はともかく、梨璃は嘘がつけそうな顔には見えん」

「あ、ありがとう、ミリアムちゃん！」

「わたくしはともかく、って、どういう意味ですの？　失礼な」

「怒るでない。わらわは、どちらのことも褒めておらぬぞ？　梨璃には人を騙せるほどの器用さはなさそうじゃ、と申したのじゃ」

「ふえぇ～っ!?　ひ、ひどいよお、ミリアムちゃん！　まだ出会ったばっかりなのに～！」

「ですけど、言っていることは間違ってはいませんわね」

「か、楓ちゃんまで～……」

「……まあ、それはさておき、じゃ。今日は負けたが、わらわはお主との決着を諦めたわけではないぞ、楓？」

「決着って、たった今ついたような気がしますけれど」

「たわけっ！　真に負けを認めるまでは勝負の途中じゃ！」

だいぶ元気を取り戻したらしく、ふたたびじたばたと腕を振って暴れ始めるミリアム。

「勝負するのはいいけど、もう楓ちゃんを連れて行こうとするのはやめてね？」

「まあ、梨璃さんったら！　もうわたくしなしでは生きられないお体ですのね!?」

自分で自分を抱くようなポーズで身をくねらせる楓。梨璃たちはそんな楓をスルーしてミリアムの顔を見る。

「安心せい。もう二度と、そのようなことは言わん。わらわはただ、楓と個人的な勝負をしたいだけじゃ」

「よかった〜！　あ、でも、もう今日みたいな危ない勝負はなしだよ？　軽めの訓練にしようね、ねっ？」

と、平和裏に話を収めようとする梨璃。

が、そこで、当の楓が、突然、冷たい声で梨璃の提案を拒絶した。

「あら、嫌ですわよ。わたくしも忙しいんですの。ミリアムさんとの勝負は、今日限りですわ」

「えっ？」

「な、なんじゃと!?　おのれ、勝ち逃げする気か!?」

「そう言われましても、わたくし、あなたを相手にしている時間などありませんもの」

さらに冷たく突き放す楓。ミリアムがいくら食ってかかっても相手にもしない。

「くぅ……！　この卑怯者！　あ、わかったぞ！　わらわの力が恐ろしくなったな？　次に戦ったら勝てないから逃げるのじゃろう!?」

「はいはい、お好きに吠えていなさいな。事実として勝ったのはわたくしですから」

「か、楓ちゃん……」

そんな様子を見て、思わず梨璃が声をかける。勝負をするもしないも楓の自由だが、なんだかミリアムが可哀想になってきた。

……が、楓は梨璃と視線を合わせると、いたずらっぽく笑いながらウインクして見せた。そして、掴みかかってこようとしているミリアムの頭に手を置く。

「……ただし、わたくしと同じレギオンに所属すれば、いつでも一緒に訓練することはできるでしょうね。それに、わたくしの戦い方を見て、対策を練ることもできるかもしれませんわよ？」

「「あっ……！」」

「ふふっ」

梨璃と二水とが同時に驚き、汐里が含み笑いをもらす。

当のミリアムも、「その手があったか！」とばかりに目を輝かせている。

「ふっふっふ……わははははは！　その手があったか！　楓よ！　お主、勝ち逃げの機会を失ったのう？」

「そうかもしれませんわね。困りましたわ、どうしましょう。ミリアムさん、先ほどの言葉、撤回してもいいかしら？」

まったく困っていない口調で煽る楓。

「わははは！　そうはいかんぞ！　決めた！　わらわはお主らのレギオンに入るぞ！　良いな、梨璃!?」

「えっ……う、うん！　もちろん！　大歓迎だよ、ミリアムちゃん!!」

逃がすものかとミリアムに詰め寄り、ぎゅっと抱き締める梨璃。

「ただーし！　わらわが入るからには、百合ケ丘最強のレギオンを目指すぞ!?　良いな、皆の者！」

「あらあら、頼もしいですわね。わたくし、負けてしまいそうですわ」

しらじらしくミリアムをおだて上げる楓。今やミリアムは、完全に楓の掌の上だった。

ミリアム・ヒルデガルド・V・グロピウス。レアスキル「フェイズトランセンデンス」の保有者である彼女は、こうして梨璃たちのレギオンへの加入を決意したのであった。


「……と、いうわけなんですけど。お姉様、ミリアムちゃんの加入を認めていただけますか？」

梨璃たちからの呼び出しを受けて、寮のオープンテラスへとやってきた夢結。午後のお茶会の誘いだろうとティーセットを用意して待っていたのだが、そこに、夢結の見知らぬ工廠科生が現れた。

「ええっと……ミリアムさんだったかしら？　梨璃があなたをレギオンに誘ったの？」

「うむ！　まあ、正確には楓に誘われたのじゃがな！」

物怖じしないミリアムの返答を聞いて、思わずため息をつく夢結。

レギオンは科をまたいで結成できるため、ミリアムのように戦闘型のレアスキルを持った工廠科の生徒が、主力に名を連ねる事もある。

しかし——

「梨璃？　私がいては、レギオン結成は難しいと話したはずだけど？」

「は、はい！　それはうかがいました！」

夢結に叱られたと思ったのか、ぴん、と背筋を伸ばして答える梨璃。

「だったら……」

「で、でも、納得いかなかったんです！」

だが、夢結が言葉を続ける前に、梨璃ははっきりと自分の意思を告げた。夢結の反応に怯えながらも、これだけは譲れない、とばかりに瞳を輝かせている。

「お姉様、みんなから誤解されたままでいいんですか!?　わたしたちで立派なレギオンを作って、つまらない噂なんて吹き飛ばしちゃいましょう！」

「夢結様ほどの方が、せっかくのお力を活かさないなんてもったいないです！　どうか、私たちにご指導ください！」

「わらわはお主の悪名も多く聞いたが、同時に、高名も聞いておるぞ。わらわと共に戦おうではないか！」

「なんで上から目線なんですの。ミリアムさんは黙ってらして」

梨璃たち四人の熱意がこもっていたりこもっていなかったりする願いを受けて、ため息をつく夢結。

「……あまり、周りの人を悪く思わないであげて。別に私は、悪い噂に影響されたわけではなくてよ。……ただ、私自身が、戦いへの情熱を失っていただけ」

「お姉様……」

夢結の消極的な言葉を受けて、梨璃ががっくりと肩を落とす。

（でも……）

と、夢結は思う。

少し前までの自分であれば、今、こうして梨璃たちと交流を持っていることすら信じがたい事態である。

梨璃と出会ったことで、自分は一歩を踏み出した。少しだけ昔の気持ちを取り戻した。お姉様を失ってしまったが、その代わり、自らが「お姉様」となることで、守るべき対象を得ることで、リリィとして生きる道を……。

（だったら……今さら、躊躇《ためら》うことはない）

「はぁ……困った子たちね」

その言葉通り、夢結は本当に困ったように眉をひそめる。すると、梨璃たちがおずおずと顔を覗き込んでくる。

「あ、やっぱり、ダメでしたか……？」

「なんでじゃ！　わらわになんの不満があるのじゃ！」

「だから言ったんですわ。先に夢結様に相談した方がいいって」

「楓さん、そんなこと言ってなかったですよ!?」

そんな下級生たち……自らのレギオンメンバーを見て、ほんの少しだけ夢結の口元がゆるむ。こんな、いたずらっぽい気持ちになるのは久しぶりだった。

「そうね。事前に言ってもらわないと困るわ」

「うぅ……ご、ごめんなさい。でも、ミリアムちゃん、とってもいい子なんですよ？」

なおもミリアムを売り込もうと食らいついてくる梨璃。そんな彼女の頭に手を置き、四つ葉のクローバーの髪飾りを指で弄《もてあそ》ぶ。

「こういうことは、先に言っておいてくれないと困るのよ……ティーカップ、もうひとつ用意しなくちゃ。ミリアムさんの分も、ね」

〈二章　レギオン結成　了〉

大手新聞
バーーン！
週刊リリィ新聞でレギオンメンバーを募集しましょう！
週刊リリィ新聞？そんなものは聞いたことがないぞ？
？
閑ちゃんリリィ新聞を知らないの？
業界一のクオリティペーパーでしてよ？
来月からは英語版も展開する予定です
もうお前学生やめろ

金太郎飴
あら あの方…
レギオンに興味あるのかな？
優雅たれ
なによこんなもの！
バリッ
あっ!?
…あら？
あれ？
週刊リリィ新聞
あの白井夢結様が
レギオンメンバー
募集！
ペラリ…
このっ このっ このっ！
ふふふ…金太郎飴ポスターが功を奏しましたね
あれ どういう構造ですの？
バリバリ
優雅たれ

漫画/にるり

得意ないたずら
楓！「死神」のレギオンに入るなど許さんぞっ!?
なんですって!?
ミリアムちゃんお姉様のことを誤解してるよ？
つ～ん
まあまあ落ち着いてお茶でもどう？
お姉様…！
って塩味じゃーっ!?
ブーーッ!
ふふふ…
ジェット噴射
フェイズトランセンデンスとは体内のマギを爆発的に放出する能力である！
じゃがまだうまく使いこなせないのじゃ
そうなんだ～
うむ 時々無意識に発動…
へぶしゅっ!
発動
ミリアムちゃん!?
ゴオオオオオオ

Assault Lily
アサルトリリィ

ASSAULT LILY アサルトリリィ
～一柳隊、出撃します!～

ASSAULT LILY アサルトリリィ 〜一柳隊、出撃します!〜

三章 彼女の理由

三章　彼女の理由

「……ええ、大丈夫。勉強も訓練も問題ありません」

日曜日の朝。王雨嘉《わんゆーじあ》は、故郷アイスランドにいる両親とビデオチャットで会話していた。

日本とアイスランドの時差は、約九時間。こちらが午前八時過ぎなので、向こうは前日の二十三時台である。

「本当に大丈夫か、雨嘉。辛かったら、いつでも帰ってくるといい」

「そうよ。お姉さんたちも心配していたわ」

お姉さんたち、という言葉に、一瞬、雨嘉は身を硬くする。

雨嘉を心配し、優しい言葉を投げかけてくれる両親。だが、雨嘉には、その気遣いが辛かった。

(お父さんとお母さんは、本当に私を心配してくれてる。でも……)

幼少より、雨嘉を次女とした三人の娘たちを厳しく躾《しつ》けてきた両親。だが、その三姉妹の中で、雨嘉にだけはいささか甘いところがあった。

しかし、その甘さの裏にあるものに、雨嘉は気付いている。

両親の愛を疑っているわけではない。両親が嫌いなわけでもない。だが、その雨嘉に対する気遣いの前提は、「お前は、姉さんや妹とは違うのだから」という評価であった。

無論、正面切ってそう言われたわけではない。雨嘉とて、名門とされる百合ヶ丘女学院《ゆりがおかじょがくいん》に入学した身である。世間から見れば、十分に優秀な娘だ。

だが、残念なことに、雨嘉の姉や妹はさらに優秀な娘たちであった。そして、特に致命的なのは、雨嘉が他人との交流を苦手としている点であろう。

姉や妹に対するコンプレックスによるものか、それとも生まれついての性格か、雨嘉はあまり人と話すことが得意ではなかった。対して、姉たちは明るく、誰とでも円滑なコミュニケーションが取れる社交家である。きっと姉たちなら、商家の跡継ぎとしても立派にあの家を守り立てていけることだろう。

「……雨嘉？　どうしたの？」

母親の気遣わしげな声が聞こえる。姉たちのことを考えているうちに返事を忘れていたようだ。

「大丈夫……私は大丈夫だから、心配しないで。日本での生活は順調だから」

（まだ、あまり友達はできないけど……）

その言葉は口にせず、雨嘉は静かに端末を閉じた。


「あら、雨嘉さん。ご両親とのお話はお済みですか？」

寮の庭に出ると、ルームメイトの郭神琳《くおしぇんりん》がベンチに腰掛けて読書をしていた。雨嘉が両親と話をする間、気を利かせて外で待っていてくれたのだろう。

「ご、ごめんなさい、神琳さん。別に、部屋にいてくれてもよかったのに……」

そう言いながら、今のは「ありがとう」と言った方がよかったたか、と思い直す。だが、言ってしまった言葉は取り戻せない。

「気になさらないで。わたくしも、外の風に当たりたい気分でしたから」

そう言って、にこやかに笑う神琳。右と左とで色が異なる彼女の瞳が、陽の光を受けてきらりと輝く。

「あの……隣……」

雨嘉がおずおずと聞くと、神琳はみなまで言い終える前に席を勧めてくる。

「ええ、もちろんですわ。どうぞ、雨嘉さん」

「……何を読んでいたの？」

神琳の横に座って尋ねる。普段、神琳は詩集などを読んでいることが多いが、今日は違うようだ。

「ええ。ちょっとレギオン戦術の教本を」

「レギオン？　神琳さん、どこかに誘われたの？」

失礼にあたらないよう気をつけながら、慎重に訊く。と言うのも、神琳は雨嘉とはまた別の理由で孤立することが多いからだった。

気が弱く、口数が少ないがゆえに誤解されることが多い雨嘉とは対照的に、神琳は誰が相手でも言うべきことを口にできる性格であった。

だが、過ぎたるは及ばざるがごとし。正義感が強く、妥協というものを知らない神琳は、時として無用な衝突も生み出してしまうのであった。

そのような性格ゆえか、神琳は成績優秀であるにもかかわらず特定のレギオンに所属してはいなかった。ただし、これは神琳が除隊させられたわけではなく、彼女自身が属したいと思えるレギオンがなかったからという贅沢な理由だったようだが。

　その神琳が、今、レギオン戦術の教本を手にしている。雨嘉でなくても気になるところである。

「いえ、お誘いを受けたわけではないのですけれど……雨嘉さん。あなたは、一柳《ひとつやなぎ》梨璃《りり》さんという方をご存知ですか？」

「え？　ええっと……聞いたことはあるわ。たしか、白井《しらい》夢結《ゆゆ》様の……」

　先日、廊下の掲示板に「祝！　白井夢結様がシュッツエンゲルの契りを結ぶ！」という見出しのチラシが貼られていた気がする。たしか、『週刊リリィ新聞』とかいう名前だったか。

「そう。あの夢結様のシルトです。そして、わたくし、先日その方にお会いしたのです」

「へえ……どんな子だったの？」

「そうですわね。あまり多くを語り合ったわけではありませんが、温厚で、とても可愛らしい方でしたわ」

「そうなんだ……クラスが違うから、私はまだ話したことがないわ」

　適当に相槌を打ちながら、夢結と梨璃について考える。たしか、先日もクラスの子たちが噂していた。白井夢結様とは、たしか……。

「雨嘉さん。では、夢結様についての噂はご存知？」

「……えっ」

自分の思考を言い当てられた気がして驚く雨嘉。しかも、夢結の悪い噂について考えていたものだから、なおさら後ろめたい。

「ふふっ。その反応を見ると、すでにご存知のようですわね……。そう、夢結様は、度重なる不幸に遭われたことで、戦友に死を呼び込む者……『死神』だなどと一部では呼ばれているそうですわ」

「う、うん……」

うつむきながら、神琳の次の言葉を待つ。神琳は夢結に対してどのような感情を抱いているのか、それを知る前に下手な返事はしたくなかった。

白井夢結。百合ヶ丘の中でも、屈指と言われるほどの実力者。だが、同時に、戦いの中で多くの被害を出してきたリリィでもある。

雨嘉とて、夢結にすべての責任があるとは思っていない。だが、自らの命を懸けて戦うからこそ、リリィたちは縁起も重要視する。それは自らの信じる神であったり、先祖の霊であったり、愛用する道具の色であったりと形は様々だが、誰しもなんらかの験担《げんかつ》ぎはしているのだ。

だから、夢結を可哀想だと思いつつも、迷信や噂に踊らされてしまう周囲の生徒の考えも少しだけ理解できる。それが雨嘉の素直な気持ちだった。

雨嘉がそんなことを考えている間も、神琳は迷いなく言葉を紡ぎ続ける。

「中には、その悪名を信じて、夢結様や親しいご友人を遠ざけようとする方もいるとか。そのような振る舞いは、百合ヶ丘の生徒として、実に恥ずべきことだと考えます！」

「あ、うん。そうだよね。それじゃ、まるでイジメだもんね」

神琳の意思が明確になったので、安心して追従する雨嘉。

「まあ、夢結様はお強い方ですから、いじめられているというよりは、自ら周囲との壁を作ってらっしゃったようですが……」

神琳さんと似てるね、と相槌を打ちそうになり、慌てて飲み込む雨嘉。

「でも、わたくし、実際に見てしまったんですの。心ない方が、一柳梨璃さんたちのレギオンメンバー募集を妨害しているところを……」

「えっ!? そ、それで、どうしたの？」

正義感の強い神琳のことだ。ただ、その場を通り過ぎはすまい。雨嘉は我がことのように怯えながらも、その先を促さずにはいられない。

「ちょうど、その現場を梨璃さんやお仲間の楓《かえで》さんたちも見ていらっしゃったようでしたので、わたくしも微力ながら加勢いたしましたわ。幸い、その上級生の方たちはおとなしく引き下がってくれましたけど」

「じょ、上級生を相手にしたんだ……」

口下手で気弱な雨嘉には信じられないほどの勇気である。同じクラスの生徒たちが、「神琳と楓が模擬戦を行ったらどちらが勝つか」と議論していたことを思い出す。自分にも神琳たちのような実力があれば、同じように堂々と振る舞えるのだろうか。

「まあ、そのようなことはさておきまして……わたくし、人として、リリィとして、梨璃さんたちの窮状を放ってはおけません」

「え？　それって、どういう……」

なんとなく嫌な予感を覚える雨嘉。

「微力なわたくしにもできることは、たったひとつですわ。……わたくし、夢結様や梨璃さんたちのレギオンに加入いたします！　わたくしの手で、『死神』などというつまらない噂を否定してみせましょう！」

形のいい眉を吊り上げつつ、それでも、口元には笑みを絶やさぬまま。郭神琳は、決然たる口調で自らの意思を表明したのであった。


「えっ！　本当!?　わたしたちのレギオンに入ってくれるの!?」

その日の昼。神琳は、善は急げとばかりにレギオン加入を梨璃たちに申し入れていた。

寮の食堂で昼食を取るところだったらしい梨璃は、神琳の手を取り、飛び跳ねて喜んでいる。

「ご了承いただけたようで嬉しいですわ。でも、食堂ではお静かに」

にっこりと笑いつつも、性格の固さは隠しきれない神琳。

「それにしても……神琳さんほどの方が入隊してくれるなんて、すごく嬉しいです！」

二川二水《ふたがわふみ》という梨璃の友人も、頬を紅潮させて喜んでいる。

（やっぱり、神琳さんってすごいなあ……）

なんとなくついてきた雨嘉は、そんな彼女たちの様子を感心して眺めていた。

「うん！　これも、二水ちゃんが募集のチラシを作ってくれたおかげだよ！　お姉様がいて、楓ちゃんがいて、ミリアムちゃんがいて、神琳さんが来てくれて……なんだか、すごいレギオンになってきたよね！　これなら、わたしが少しくらい足を引っ張っても大丈夫！　……な～んてね！」

そんな言葉を口にする梨璃を見て、思わず表情が緩んでしまう。雨嘉にとっては、神琳たち才女よりも梨璃の方が近しい存在に思えた。

「ところで……後ろにいらっしゃるお友達は？」

と、そこで、楓が神琳の後ろに立つ雨嘉に話を振ってきた。梨璃たち一同の視線が雨嘉に集まる。

「あ、あの……私は」

いけない。きっとまた、あの表情になってしまっている。そう思った。

雨嘉は昔から、緊張すると眉間にシワを寄せた難しい表情を作ってしまう。そのせいで怒っているだとか不機嫌だとか思われて、周囲との軋轢《あつれき》の元凶となってきたのだった。

「私は……」

何か答えなくてはならない。だが、雨嘉自身は、梨璃たちのレギオンに入ろうという明確な決意はない。かといって、他に誘われているレギオンもないのだが。

「…………」

神琳もまた振り返り、押し黙っている雨嘉を見る。左右で色の違う美しい瞳が雨嘉を映す。

（……でも、神琳さんがいるのなら……）

神琳の瞳を見た時、そんな思いが浮かぶ。

もともと、自分にはあまり友人がいない。そんな中、同級生ながらもしっかりした性格の神琳と同室になったことは幸運だった。また、神琳は台湾出身、雨嘉はアイスランド出身という違いはあれど、双方とも中華系だという共通点も親近感を抱かせた。

（そうだ。せっかくなら、私も神琳さんと同じレギオンに……）

そう考える。見れば、梨璃や楓といった面々も、期待に満ちた目で雨嘉を見ている。ならば、その期待に応えてあげた方がいいだろう。

「私……」

梨璃たちのレギオンに入る。そう言おうと思った。だが、それよりも早く、神琳が梨璃たちに向き直り、言った。

「こちらは王雨嘉さん。わたくしのルームメイトで、今日は付き添いで来てくださっただけですわ」

（えっ……）

先にそう決めつけられてしまい、雨嘉が言葉に詰まる。

違う、と言いそうになったが、同時に、違わない、とも思う。自分は別に、梨璃たちのレギオンに入りたいとは思っていなかった。

ほっとしたような残念なような、複雑な気持ちで一同を見る。梨璃は少しだけがっかりした表情を見せたが、すぐに気を取り直したように笑顔になる。

「そっかぁ、残念……でも、よろしくね、雨嘉ちゃん！」

「今度、一緒にお茶会でもいたしましょう。歓迎いたしますわよ。なにしろ、わたくしたちのレギオンメンバーのお友達ですものね」

そう言いながらウインクしてくる楓。

「これでメンバーは六人！　あとで夢結様とミリアムさんにもお知らせしましょう！」

「あと三人かぁ！　なんだか、意外に簡単に揃いそうな気がしてきたよ！」

「人数集めも重要ですが、わたくし、みなさまとの連携に興味がありますわ。できれば、さっそく本日より練習に参加させていただけますか？」

神琳の加入に沸き立つ梨璃たち。神琳もまたその輪に加わり、物怖じせずに意見を口にしている。

「……そ、それじゃ、私はこれで……」

「あっ、うん！　雨嘉ちゃん、またね！」

「お付き添いありがとうございました、雨嘉さん」

最後に聞いた神琳の言葉。それは丁寧ではあったが、雨嘉にとっては明確な拒絶のように思われた。わいわいと楽しそうに語り合う梨璃たちの姿にどうしようもない疎外感を感じながら、雨嘉はその場を後にした。


「…………」

自室に戻った雨嘉は、一人、自らの身の振り方について考えていた。

携帯につけている猫のストラップをいじりながら、物思いにふける。

これは、雨嘉自身が描いたイラストを元にして作った、オリジナルのストラップだった。

雨嘉は幼い頃より、あまり感情を表に出さない子供だった。そのせいか、流行り物や可愛い物などに興味が薄い子だと思われがちであった。しかし、その実、雨嘉は人一倍少女趣味で、ファンシーグッズへの関心も強い。

この猫のストラップは、そんな雨嘉の精一杯のアピールであり、本当の自分に気付いてほしいという信号でもあった。

だが、結局、このストラップは、誰からも褒められることはなかった。当然だ。持ち主である自分が、誰とも積極的に話さないのだから。

(また、一人になっちゃった……)

神琳のレギオン加入は、雨嘉にとって予想以上に大きな衝撃であった。

いざ、こうして神琳との道が分かれてみると、自分は無意識のうちに神琳に依存していたのだと気付く。自分で何かを考えずとも、神琳のすることを模倣し、神琳と同じレギオンに入ればいい……心のどこかでそう考えていたのだろう。

しかし、先ほど、神琳は明確に雨嘉を拒絶した。いや、神琳にそのつもりはないのかもしれないが、ネガティブな自分の思考は、そのように神琳の意思を解釈した。

「これから、どうしようかな……」

口に出してつぶやく。百合ヶ丘の中においては、自分は特筆されるほどの生徒ではない。

もちろん、王家の娘として、運動でも学問でも平均以上はキープしている。だから、どこかのレギオンに加入することはできるだろう。だが、特にどこで何をしたいという希望も抱いてはいなかった。

故郷アイスランドから逃げてやってきた日本。そこで名門と呼ばれる百合ヶ丘に入れば、優秀な姉や妹に追いつく手段が見つかるのではないかと思っていた。だが現実は、そこにも自分より優秀な生徒たちがいることを思い知らされるだけだった。百合ヶ丘に入れば何かが変わる……そう考えていた自分の甘さに、今さらながら気付く。

そして今日、「神琳さんについていけばなんとかなる」と考えていた自分にも気が付いた。

「私って、どうしてこう……」

そう言いながら、神琳の机を見る。梨璃たちとの話が盛り上がっているのか、日が落ちる時間になっても彼女は帰ってこない。

「付き添いで来てくださっただけですわ」という、神琳の妙に冷たい物言い。その言葉を、雨嘉は心の中で何度も反芻《はんすう》していた。


「あっ、雨嘉ちゃん！」

翌日の昼休み。雨嘉が特にすることもなく廊下で携帯をいじっていると、一柳梨璃が元気に声をかけてきた。何かの作業中だったのか、紙束を小脇に抱えている。

「こ、こんにちは……」

視線を逸らし、小さな声で返事する。こういう時、どんな対応をすればいいのかわからない。

「昨日はありがとう！　おかげで、すっごい助かっちゃった！」

「別に、私は何もしていないけど……」

しまった。言葉がきつかったかも。今のは遠慮して言ったつもりだったが、聞きようによっては、梨璃を突き放したようにも解釈できる。

「そんなことないよ！　雨嘉ちゃんが付き添ってくれて、神琳さんも心強かったと思う！」

ぐっ、と両拳を握って迫ってくる梨璃。

（神琳さんは、そんなに気が弱くないと思うけど……）

と、これはさすがに口には出さない。代わりに、当たり障りのない言葉を返す。

「そう。よかったわね」

……またやってしまった。今の言葉は、にこやかな笑顔とともに言うからこそ意味がある。緊張で眉間にシワを寄せながら言ったのでは、まるで嫌みではないか。

「うん！　本当にありがとう！」

雨嘉の愛想のなさに気が付いていないのか、それとも気にしないフリをしているのか。梨璃はあくまでにこやかな表情を崩さない。

「ところで、雨嘉ちゃん？」

「……な、なに？」

梨璃がさらに顔を近づけ、雨嘉の手元に注目する。なぜか今度は、梨璃の方が眉間にシワを寄せ、真剣な表情をしている。

「な、なに？」

梨璃につられて自分の手元を見る雨嘉。が、そこにあるのは携帯だけだ。自分は何か、変な画面でも開いていたか？　いや、見ていたのは一般的な政治関連のニュースサイトだ。

一瞬でそこまで考えて、視線を泳がせる。すると梨璃は、逃がさないとばかりに携帯ごと雨嘉の両手を掴んできた。

「雨嘉ちゃん……このストラップ、可愛いねえ!?」

「……えっ？」

呆けた声を漏らす雨嘉。一方の梨璃は、雨嘉の両手を掴んだまま、携帯についているストラップをしげしげと眺めている。

「わたし、このストラップ初めて見たよ！　もしかして、雨嘉ちゃんが作ったの？」

「あ……うん。その……自分でデザインしたグッズを作れるサイトがあって、それで……」

誰にも話す機会がなかったが、雨嘉の趣味は絵を描くことであった。特に、絵本や児童向けの漫画のような、可愛らしいキャラクターを描くのが好みだった。

「へぇ～、すご～い！　雨嘉ちゃん、イラストレーターになれるんじゃない？」

「そ、それは言い過ぎ……業者さんが、上手く形にしてくれただけ」

口では平静を装いつつも、頬が熱くなるのを感じる。自分の絵を褒められた経験などほとんどなかった。当たり前だ。人に見せないようにしてきたのだから。

「え～、ケンソンすることないじゃない。すっごく可愛いよ、この子！」

「そ、そうかな……初めて言われた……」

と、そこで会話が止まる。

(な、何か言わなくちゃ……会話を続けなくちゃ……)

梨璃は自分のストラップに気付いてくれた。自分のデザインを褒めてくれた。それは、雨嘉にとってはたまらなく嬉しい出来事である。

(もっと、この子と話したい)

そうは思うのだが、何を言えばいいのかわからない。

「ええっと……梨璃さんは何をしていたの？」

結局、猫ストラップを褒めてもらえた礼も言えず、話を逸らしてしまう雨嘉。だが、梨璃は雨嘉の愛想のなさを気にした様子もなく、自らの小脇に挟んでいた紙束を見せてくる。

「あっ、そうだ！　わたし、チラシを貼りにいくところだったんだ！」

そう言って、律儀に雨嘉にもチラシを見せてくれる梨璃。その表には、「レギオンメンバー募集！」の文字が躍っていた。

「あ、そうなんだ。大変だね」

(今の言い方は冷たかったな)

またもそっけない言い方だったかと後悔する雨嘉。今回は失敗してたまるかと、慌てて一言を付け加える。

「よ、よかったら、私も、手伝おう、か？」

つっかえながらだったが、ちゃんと言うことができた。すると、梨璃の表情がぱぁっと明るくなる。

「本当？　嬉しい！　じゃ、お願いしちゃおっかな！」

（梨璃さん、本当に嬉しそう……）

自らの気持ちを隠さない……というより、隠せない性格らしい梨璃の表情を眩しく見つめる雨嘉。ここまで素直に喜んでくれると、手伝いを申し出た甲斐もあるというものだ。

時計を見ると、昼休みは残り二十分。これだけあれば、何枚かはチラシを貼ることもできるだろう。

梨璃と雨嘉は、手近な掲示板から順に校内を回り始めた。

「ところで、梨璃さん……」

「ん？　なに、雨嘉さん？」

校内を回る途中、雨嘉はどうしても気になることを梨璃に尋ねてみた。

「怒らないで聞いてほしいんだけど……夢結様には、昔、何があったの？」

「えっ……」

言葉に詰まる梨璃を見て、雨嘉は慌てて取り繕う。

「あっ、私が変なことを考えているわけじゃないの。ただ、私は百合ケ丘に入学したばかりで、夢結様のことぜんぜん知らなくて……その、あんなにすごい人が、どうして……って」

自分でも意外なほどに多弁になる雨嘉。みっともないことは自覚しているが、自分の言葉が足りないせいで梨璃を傷つけるのは嫌だった。

「……うん、雨嘉ちゃんに悪気がないのはわかるよ。でも、ごめん。実はわたしも、その噂についてはよく知らないの」

「そうなの？」

梨璃が怒っていないことにほっとする雨嘉。しかし一方で、新たな疑問も生じる。梨璃すらも知らない夢結の過去とは、いったいどのようなものなのだろうか？

「……それって、気にならないの？　その……たとえデマだとしても、一応知っておきたいとか……」

「それは、もちろん気になるよ。でも、変な噂を聞いたって、不愉快になるだけだし……なにより、どんな過去があったとしても、わたしのお姉様に対する尊敬は変わらないしね」

きっぱりと言い放つ梨璃。自分に対してというより、夢結に対して絶大の信頼と自信があるのだろう。

「それに、お姉様の過去を知りたくても、誰に聞けばいいかわからなくて……余計なことをしたら、お姉様を傷つけてしまうかも……」

「……」

梨璃がしょんぼりと肩を落とすと、雨嘉までも悲しくなってくる。一柳梨璃は、良くも悪くも周囲に影響を与えやすい子なのかもしれない。

（梨璃さんだからこそ、夢結様も心を開いたのかな……）

そんなことを思う。同時に、夢結が自ら孤独を選んでいた理由も気になってしまう。

寂しがり屋なのに人付き合いが下手な雨嘉は、孤独の辛さをよく知っている。夢結が自らをそんな状況に追いやった理由とはなんだったのか。

「……あのね」

肩を落としている梨璃に、優しく話しかける。

（余計なおせっかいかもしれないけど……）

そう思いつつも、雨嘉は自分の好奇心を止められなかった。それに、うまくいけば、夢結の悪い噂を否定できるかもしれない。

「資料室で過去の戦績を調べれば、何かわかるかも。梨璃さんさえよければ、後で行ってみる？」

「資料室？」

思いつかなかったという風に目を見開く梨璃。

「そこに行けば、お姉様の身に起こった出来事がわかるの……？」

「うん、おそらく……それじゃ、放課後にでも行ってみようか」


そして、放課後、梨璃と雨嘉、そして二水の三人は、『過去の戦闘データから学ぶため』という名目で資料室へと訪れていた。

当初は「お姉様の過去を勝手に見るなんて……」と躊躇《ちゅうちょ》も見せていた梨璃だったが、やはり好奇心には勝てなかった。何より、雨嘉や二水が「資料室には公開可能な情報しか載っていない。そこにある資料を閲覧してもなんの問題もない」と説得したことも大きかったようだ。

「資料室を使うという手がありましたか……私は、ネットやデータブックばかり見ていたもので、この部屋の存在は盲点でした。百合ヶ丘に入学すると、こんな利点もあるんですね……あっ、見てください、この写真！　百合ヶ丘の創設メンバーが写っていますよ！」

リリィオタクである二水は、目を輝かせながら資料室のそこかしこを眺めている。

「二水ちゃん。それより、お姉様についての資料はどこにあるかわかる？」

二水は、「わたしだけじゃ、うまく資料を探す自信がないから」という梨璃の発言により連れてきた助っ人である。いささかうるさいのが困り物だが、たしかに頼りにはなりそうだった。

「はい、任せてください！　夢結様の入学年度からすると、このあたりに……」

初めて訪れた場所だというのに、二水は勝手知ったる様子でファイルの背表紙に目を通していく。

そして、数分とかからないうちに二冊のファイルを抜き出す。

「おそらく、この資料のどちらかですね。ええっと、中身は……さすがに最近の資料はデータ化されていますね」

二水が二冊のファイルを開くと、どちらにも小さなメモリーチップが挟まれている。それを手慣れた様子で資料室内の端末に挿入し、中身を閲覧していく。

「二水さんって、こういうこと得意なのね」

雨嘉が感心してつぶやくと、二水が照れたように頭をかく。

「いえいえ。私にはこれしか取り柄がないので……雨嘉さんこそ、長距離射撃の腕前はお見事です」

「私のことを知っているの……？」

「お人柄や個人的な事柄までは知りませんが、リリィとしての戦闘データは拝見したことがあります。

とくに、アイスランドからの留学生の方なんて珍しかったですから」

「すごいわね……」

神琳や楓のような才媛ならともかく、自分ごときのデータにまで目を通しているとは。二水という少女はオタクという範疇《はんちゅう》を越えた存在かもしれない。

「……あっ、なにか出てきたよ、二水ちゃん！」

画面が切り替わったのを見て、梨璃が二水に注意を呼びかける。モニタ上には、なんらかの戦闘データらしい膨大な数字やグラフが出現していた。

「ふむふむ……これを見ると、夢結様は攻撃的性格を持ったリリィだとわかりますね。アシスト数に比べて、撃墜率が格段に高いですよ」

「それはいいけど、お姉様になにがあったのかはわかる？」

「慌てないでくださいよ。今から、中等部時代のデータを探ります。ええと、白井夢結……パートナーは、川添美鈴《かわぞえみすず》……」

「パートナーって？」

梨璃が聞くと、二水は少し気まずそうに答える。

「……つまり、シュッツエンゲルの契りを結んだ相手です。美鈴様の方が先輩ですから、当時は夢結様がシルトだったんですね」

「お姉様の、パートナー……」

画面には、川添美鈴の小さな写真しかない。どのような想いを抱いているのか、梨璃はその写真を黙って見つめていた。

「でも、今は梨璃さんがパートナーなんでしょう？　美鈴様は卒業なさったの？」

シュッツエンゲルの契りを解くことは、そうそうある事ではない。その契りが解かれるのは、姉たるシュッツエンゲルが百合ヶ丘を卒業もしくは辞めて、次代の育成を妹に託した時ぐらいだ。

「いえ……卒業ではありません。もうひとつの理由です」

二水が言葉を濁す。その口調だけで、雨嘉にも二水の言葉の意味するところがわかった。

「……なるほどね」

シュッツエンゲルの契りが解かれる、もうひとつのケース。それは、どちらかが死亡した時である。

二水が端末を操作すると、画面にその答えが出る。

「川添美鈴……アルトラ級ヒュージ討伐から帰還する際、大量のギガント級およびミドル級ヒュージの襲撃に遭う。白井夢結以下、隊員とともに応戦するが……」

二水がテキストを読み上げるが、最後の部分だけは口にしなかった。それを引き継ぎ、雨嘉が次の項目を読み上げる。

「以後、川添隊は解体。隊員は他のレギオンに合流するが、白井夢結はフリーランスを希望……」

「……」

二水と雨嘉が資料を読み上げる間、梨璃は黙ってそれを聞いていた。

「……美鈴様については、私も良く知りませんでした。ちょっと見てみましょうか。夢結様が尊敬していた方なんですから、私たちにも学ぶべきところがあるでしょう」

沈黙に堪えかねたのか、二水が川添美鈴の項目へと画面を移動させる。

だが、そこに表示された結果は、雨嘉たちリリィにとって、見なければよかったと後悔する内容であった。

「川添美鈴……ギガント級によって捕食。遺体回収不能……？」

二水が、かすれた声で美鈴の最期についての項目を読み上げる。

「捕食……食べられた？」

その文字を読んだだけで、雨嘉の背筋が氷のように冷たくなる。

ヒュージとは、それ単独で発生、誕生してきた生命体ではない。地球上の生物にヒュージ菌が取りつくことで巨大化、異形化を繰り返してきた怪物たちである。だが……。

「食べることで、リリィを取り込もうとでもいうの……？」

戦場に立つ戦士である以上、時には戦死という最悪の結果が待っていることは覚悟していた。しているつもりでいた。だが雨嘉は、「死ぬ」ことよりも「食われる」ということに強烈な恐怖を覚えた。

それは梨璃も同じようで、青い顔をして画面を見つめている。二水も驚きを隠せないようだ。

「……ヒュージがリリィを捕食する。珍しいケースとして聞いたことはありました。でも、まさか、夢結様のお姉様がその犠牲者だったなんて……」

画面下には、在りし日の美鈴が仲間たちとともに写真に写っていた。そこでは、中等部時代の梅、そして夢結もともに笑っている。

「……！　待って、二水ちゃん！　その写真、もっと大きくできる？」

「え？　これですか？」

梨璃の願い通り、二水が美鈴たちの写真を拡大する。

「うん。その写真。お姉様じゃなくて、美鈴様……そのＣＨＡＲＭをよく見せて！」

「……？」

そのＣＨＡＲＭは、雨嘉には普通のダインスレイフにしか見えない。だが、梨璃にはなにか確かめたいことがあるようだ。

そして、二水がそのＣＨＡＲＭを大写しにすると……。

「このカラーリング、それに傷ついている場所……間違いない、これは、お姉様のダインスレイフ……！」

「お姉様って、夢結様のこと？　ねえ、梨璃さん？」

雨嘉が問いかけても、梨璃は画面上のダインスレイフから目を離さない。

「……そっか……あれは、美鈴様の形見だったんだ……」

（一柳梨璃さん、か……）

翌日の訓練時間。この日は学年別の訓練となり、雨嘉たち一年生は教導官の指導のもと、各々《おのおの》、長距離射撃訓練を行っていた。

「ヒュージとの戦闘においては、ポイントマンを置く余裕があるケースは少ないわ。狙撃の際にも、周囲への警戒を怠らないでね」

吉阪《よしざか》の檄が飛ぶ。その言葉を聞きながら、雨嘉も静かにグングニルを構える。

雨嘉は、長距離射撃の訓練が好きだった。味方とのコミュニケーションや連携を重要視されるチーム戦よりも、こちらの方が集中できる。この瞬間だけは、孤独であることが許される。孤独であることに引け目を感じなくて済む。

……キュドン！

通常射撃の数発分に当たるマギを一発に込め、強力な熱線を撃ち出す。狙いは正確で、雨嘉の一撃はヒュージが描かれた的の中心を撃ち抜いた。

「……相変わらず、長距離射撃が得意なのね」

ぽん、と雨嘉の頭に吉阪の手が置かれる。突然、頭を触られたことで、雨嘉がびくっと身をすくませる。

「だけど、私が近くにいたことには気付かなかったみたいね。言っておくけど、私は気配なんて消してないわよ？」

「す……すみません」

「言ったでしょう、周囲にも気を配りなさいって。でないと、思わぬところから手痛い攻撃を食らっちゃうわよ」

対ヒュージの戦闘においては、相手が一体とは限らない。ラージ級、ギガント級といった大物が現れる時には、スモール級やミドル級が周りを固めるのが常なのである。

「こ、これから、気をつけます」

吉阪の口調はさほど厳しいものではなかったのだが、必要以上に怯えて口ごもってしまう。そんな雨嘉を気遣ってか、吉阪が再度、優しく頭に手を置いてくる。

「雨嘉さん、あなたの集中力は大したものだわ。それはひとつの才能よ。だけど、その集中力は状況に応じて使いなさい。でないと、仲間の危機にすら気付けなくなるわよ？」

「は、はい……注意します」

（仲間、か……）

吉阪はそう言うが、自分に仲間ができる日が来るのだろうか。……かといって、フリーランスとして様々なレギオンを渡り歩くという生き方もできそうにはない。

（先生に相談すれば、どこかのレギオンを紹介してくれるかな……）

そんなことを考えながら、次の生徒に射座を譲る。すると、同じく訓練を終えたらしい神琳が話しかけてきた。

「雨嘉さん。相変わらず、お見事な腕前でしたね」

「そうかな？　神琳さんと比べたら全然だよ」

そっけない対応だったかな、といつものように言葉を返した後になって反省する。しかし、事実として、総合力では神琳の方が遥かに上だった。雨嘉は、長距離射撃の一点において僅《わず》かに勝っているに過ぎない。

「そんなことはございませんわ。わたくしも雨嘉さんを参考にいたします」

屈託のない様子で雨嘉を褒める神琳。

「ありがとう……でも、神琳さんなら、すぐに私なんか追い抜いちゃうよ」

謙遜ではなく、雨嘉は本気でそう思っていた。短い付き合いだが、自分と神琳には大きな才能の差があると思う。

雨嘉は今まで、王家の娘として人一倍の努力を続けてきた。だが、いくら努力しても、姉や妹のような才能ある者に追い抜かれてきたのだ。彼女たち才ある者は、雨嘉が十日かかって覚えることを一日で身に付けてしまう。そして、神琳はそんな才ある者たちの中でも、かなり上位に位置する生徒だと雨嘉は考えていた。

「ご謙遜を。わたくし、雨嘉さんは本当にすごい方だと思っていますのよ？」

（……でも、あなたのレギオンに欲しいほどの人材ではないんでしょう）

一瞬、そんな意地の悪いことを考えてしまうが、口には出さない。

「神琳さん。少しいい？」

雨嘉が口ごもっていると、横から吉阪が声をかけてきた。

「はい、吉阪先生。何かご用でしょうか？」

落ち着いた様子で神琳が応じると、吉阪は少しだけ声をひそめた。

「ううん。用事というほどではないんだけど……あなたは、白井夢結さんのレギオンに加わったと聞いたけど、本当？」

（へえ……）

他人事ながらも感心してしまう雨嘉。神琳ほどの実力者になると、教導官すらもレギオンの進路を気にかけるものらしい。

「ええ。よくご存知で。わたくしからお願いして加入させていただきましたわ」

「そう……だったらいいの」

「どうかなさいましたか、先生？」

「うん。私が面倒を見ている上級生の中で、何人か、あなたをメンバーに加えたがっている子がいてね。もしもあなたがまだフリーなら仲介してあげようと思ってたの」

「あら。それは、お気遣いありがとうございます。ですが、すでにわたくしの進路は決まりましたので」

「ええ……そうね。もう、何も言わないわ。白井さんたちをよろしくね」

珍しく口ごもる吉阪。もしかすると吉阪も、白井夢結にまつわる「死神」の噂を気にかけているのかもしれない。

「いいえ。よろしくお願いするのはわたくしの方ですわ」

一方の神琳は、そのような噂もどこ吹く風、というように終始にこやかに対応し続けていた。

「すごいね、神琳さんは」

吉阪が去った後、雨嘉は素直にそうつぶやいた。

先ほどの吉阪の言葉には、才ある者を惜しむ響きがあった。正義感の強すぎる神琳は周囲と衝突することもあるが、その性格の扱いづらさを考慮してもなお、多くのレギオンが彼女を欲していたのだろう。

「いえ、そんなことは。雨嘉さんこそ、他のレギオンからのお誘いはないのですか？」

他ならぬ神琳にそう聞かれ、雨嘉の胸がちくりと痛む。

「…………」

「……雨嘉さん？」

「……どこからも誘われなかったら、私、神琳さんたちの、梨璃さんのレギオンに入ってもいい？」

「……えっ？」

言ってしまってから、失敗だったか、と思う。だが、口に出してしまった以上は押し切るしかない。

「私、人付き合いとか下手だし、神琳さんみたいにみんなから評価されてないし……だから、本当はあの時、神琳さんと一緒に梨璃さんたちのレギオンに入ろうと思ったの」

「…………」

神琳は否定も肯定もせず、雨嘉の言葉を黙って聞いている。こうなっては、雨嘉は一人で話し続けるしかない。今はとにかく沈黙が怖かった。

「わ、私、狙撃は少しだけ得意だよ。それに、梨璃さんや二水さんともお知り合いになって……それに、神琳さんみたいに、強くなりたいし……」

神琳の気を引きたくて、必死に梨璃たちとのつながりをアピールする。だが、神琳がいつものような愛想笑いを見せることはなかった。

「……わたくしのようになりたい、というお気持ちなら、やめておいた方がよろしくてよ」

「……えっ……？」

「失礼ながら、わたくしには、雨嘉さんが自らの道を真剣に考えておいでとは思えませんわ。そのような考えでは、雨嘉さんのみならず、お仲間にすら危険が及びます。互いの命を預け合う関係である以上、わたくしは、慎重にお仲間を選びたいのです」

「…………！」

言葉に詰まる雨嘉。何も言い返すことができず、じわりと涙が浮かびそうになる。白井夢結にまつわる「死神」の噂にも動じなかった神琳が、雨嘉とともに戦うことは拒絶している……それほどまでに、雨嘉の考え方は甘いということだ。

「……少々、厳しい言い方だったことは認めますわ。雨嘉さんなら、どこのレギオンに行ってもご活躍できるはずです。ですが、今の雨嘉さんと、わたくしの道とが交わるとは思えないのです」

「私と、神琳さんの、道……」

曖昧な表現ではあるが、なんとなく意味はわかる。たしかに今の自分では、神琳の目指す高みに至ることはできないだろう。当然だ。元から才能が違う。

「……っ！」

涙で視界が歪み、感情が爆発しそうになる。だが雨嘉は、神琳に言い返すだけの理は持ち合わせていなかった。

「……ごめん、忘れて」

できるだけ簡潔に、いつものように感情を感じさせない言い方を心がける。

なのに、こんな時に限って感情があふれ出し、震えた声しか発することができなかった。


その後の半日は最悪だった。

恥ずかしくて神琳と顔を合わせたくないのに、ルームメイトでもあるため逃げることもできない。

しかも、対する神琳の方はあくまでマイペースに「ただいま戻りましたわ」「おやすみなさい」などと声をかけてくる。とはいえ、二人とも無言だったらそれはそれで気まずいので、どちらにしても事態は同じだったかもしれないが。

「……ふう」

そして、深夜。雨嘉はぼんやりと窓から外を眺めていた。

今日は、神琳との会話を避けるため、夕食後は早々にベッドに入っていた。これ以上は寝ようとしても寝られない。

かといって、神琳が寝ているのに電灯を点けたり部屋を動き回ったりするのも申し訳ない。

そのため、雨嘉はただ、静かに外の風景を見ていることしかできなかったのだ。

（アイスランドは、今、夕方頃かな……）

姉や妹と比べられることを嫌って日本に来たのに、今はこうして祖国を懐かしく思っている。自分は本当に弱い人間だ、とつくづく思う。

（梨璃さんは元気かな……）

昨日、資料室で白井夢結と川添美鈴について調べた時のことを思い出す。そこでわかった新たな事実は、夢結が現在使用しているCHARMは、美鈴から受け継いだ形見だということであった。そして夢結は、そのCHARM、ダインスレイフを他人には触らせないほど大切にしているという。

（でも、梨璃さんは、そんな夢結様に自分を認めさせたんだよね……）

神琳から認めてもらえない自分とは大違いだ。そもそも、梨璃が夢結に対して抱く想いとは、その強さが違いすぎたのであろう。

自分は単に、神琳の近くにいればなんとかなる、と思っていただけだ。神琳に近づくために何かをしたことなどなかった。そもそも日本にいること自体、本国からの逃避なのだ。こんな自分が、神琳のような傑物に認めてもらえるはずがない。

（できれば、梨璃さんたちと一緒に戦いたかったな……）

そう考えてから、これも梨璃に対する依存だろうか、と考える。自分は、神琳に突き放された代わりに、新たな依存対象を探しているのだろうか？

（……そうじゃ、ない）

なんとなくだが、そう思う。こう言っては失礼かもしれないが、梨璃と神琳とでは、タイプがまったく違う。雨嘉を屈服させ、依存させるような「姉」とも明確に違っている。

（なんて、考えててもしかたないよね）

窓の枠に肘を置き、腕に顎を乗せる。いくらか眠気が戻ってきた。行儀が悪いが、このまま寝てしまいたかった。

顔を横に向け、なんとはなしに机の上の携帯を見る。その横では、雨嘉がデザインした猫のストラップがとぼけた顔で転がっている。

(故郷でも日本でも、お前だけは私と一緒だね……ふふ。不格好だけど、可愛い子)

(お前……昨日は、褒めてもらえてよかったね)

と、そこまで考えてから、雨嘉の頭の中に閃《ひらめ》くものがあった。

「……私の、猫……そうだよ。お前は、私だけの……」

立ち上がり、相棒である猫のストラップに指を触れる。

自分の中に浮かんだ想いが、ひどく小さく、くだらないものであることは自覚していた。だが、それこそが唯一、雨嘉の中に存在するたしかなものだという確信も抱いていた。


翌日。雨嘉はすっかり身支度を整えた上で神琳の起床を待っていた。そして、神琳が起きたところで、落ち着いて話しかける。

「おはよう、神琳さん。朝食の後で、少しだけお話、いい？」

「……ええ。わたくしでよろしければ」

一瞬の沈黙の後、いつもと同じような微笑を見せる神琳。雨嘉もそれ以上の話は続けず、食堂での朝食が終わるまでは普段通りの朝を過ごした。

そして、朝食の後。雨嘉と神琳は寮の中庭を訪れていた。

「……それで、雨嘉さん。わたくしになんのお話が？」

その表情は落ち着いているが、言葉にはいささかの警戒が見える。昨日の件を雨嘉が根に持っているかもしれないことを考慮しているのだろう。

「うん……実はね。昨日、神琳さんと同じレギオンに入りたいって言ったこと」

雨嘉は、前置きなしに本題を切り出した。その言葉を聞き、神琳がさらに身を硬くする。

「あの件でしたら、わたくしも言い過ぎたかもしれませんわね。梨璃さんたちのレギオンに入れるか否かは、わたくしが決めることではありません」

珍しく消極的な物言いをする神琳。普段は上級生が相手でも決して退かない神琳が見せた優しさが嬉しかった。

そんな神琳の態度に勇気づけられながら、雨嘉は昨晩から決めていた宣言を口にする。

「神琳さんには、ああ言われたけど……私、やっぱり梨璃さんたちのレギオンに入りたい。私には、入りたい理由があるの」

「……その理由を、わたくしにおっしゃるのはなぜですか？」

「それは……やっぱり、みんなに認められたいから。神琳さんも含めて、みんなに歓迎されたいから」

「つまり、わたくし一人だけでも納得しなければ、レギオン入りは諦めるということですわね」

「……もちろん」

左右で色の違う神琳の瞳がぎらりと鋭く光る。

「……ですが、たった一晩で、わたくしが命を預けたいと思うほどの理由ができますかしら？」

その眼光を受け、身がすくみそうになるのを感じる。下手なことを言えば、神琳からさらなる拒絶を受けるだろう。やっぱり、こんなこと言い出さなければよかったか？

そんな自分を叱咤しながら、決めておいた一言を口にする。失敗すれば、決定的に神琳から見放されるかもしれない。そう思う一言を。

「大した理由なんて、私には、ない」

「………………？」

「……で、でもっ！」

怪訝そうに首をかしげる神琳の前に、自分の携帯を突き出す。正確には、携帯にくっついている猫のストラップを。

「梨璃さんは……これ、褒めてくれたの！」

自分でも驚くほど大きな声が出た。一方、神琳は話の流れについて来られないようで、首をかしげた姿勢のまま固まっている。

「……？」

「あ、あのね！　この子、私がデザインしたの！　でも、この子のことなんて誰も気にも留めてくれなくて！　私だけが可愛がってて！」

「…………」

神琳は何も言わない。その表情の奥にある感情を読み取ることができず、雨嘉はひたすら一方的に

話し続ける。

「……でも！　梨璃さんは、この子に気付いてくれたの！　可愛いって言ってくれたの！」

「…………」

「だから……だから、私、梨璃さんを、助けたい……彼女たちと、一緒にいたい……！」

「…………」

全てを言い終わっても、神琳は黙って雨嘉の顔を見ていた。そして、たっぷり時間を置いてから、一言だけつぶやいた。

「猫さんのストラップを……褒められたから？」

「うっ……」

あらためて復唱されると、かあっと耳までが熱くなる。

「そう……それだけ……」

全てを言い終えると、体から力が抜けた。

昨夜、思いついた時には、素晴らしい案だと思った。しかし、いざ口に出してみると、まるで重みのない動機だった。

神琳は、命を預けるに足る戦友を求めているのだ。なのに、自分には、こんなことしか言えない。

「馬鹿みたい……だよね」

今度こそ見放されたか……と思い、視線を地に落とす。

神琳がじりっと半歩、雨嘉へと近づいてくる。びくっと雨嘉の体が震える。

「……いいえ。馬鹿げてなどいませんわ」

「……え？」

「士は己を知る者のために死す、と申します……立派な理由だと思いますわよ、雨嘉さん」

「え、えっ？　あ、あの……」

戸惑い、何も返せない雨嘉を前に、神琳は丁寧に頭を下げる。

「昨日は、厳しいことを言って申し訳ありませんでした……ですが、おかげで雨嘉さんの真《まこと》の言葉を聞くことができましたわ」

「あ、いえ、そんな……」

「あらためてお願いいたします、雨嘉さん。ぜひ、力をお貸しください。わたくし、あなたと肩を並べて戦いたく思いますわ」

「……！」

自然と涙が出た。「どこかのレギオン」の「誰か」になるのではない。今、神琳は、姉や妹ではなく、王雨嘉を仲間として欲している。そう確信できた。

「あら、ごめんなさい。どうか泣かないで……」

「ううん……違う、違うの……」

珍しく困った様子の神琳。そんな彼女の手を取りながら首を振る。

「とはいえ、わたくし一人が認めてもしかたありませんわね。善は急げと申します。さっそく、梨璃さんのところにまいりましょう。今度は、わたくしが付き添いですわね」

「……うん！」

拳で涙をぬぐい、梨璃がいるであろう教室に向かって歩き出す。自ら先頭を切り、神琳を後ろに従えながら。

郭神琳、そして、王雨嘉。二人はこうして、梨璃たちの七人目と八人目の仲間となったのであった。

〈三章　彼女の理由　了〉

オッドアイ

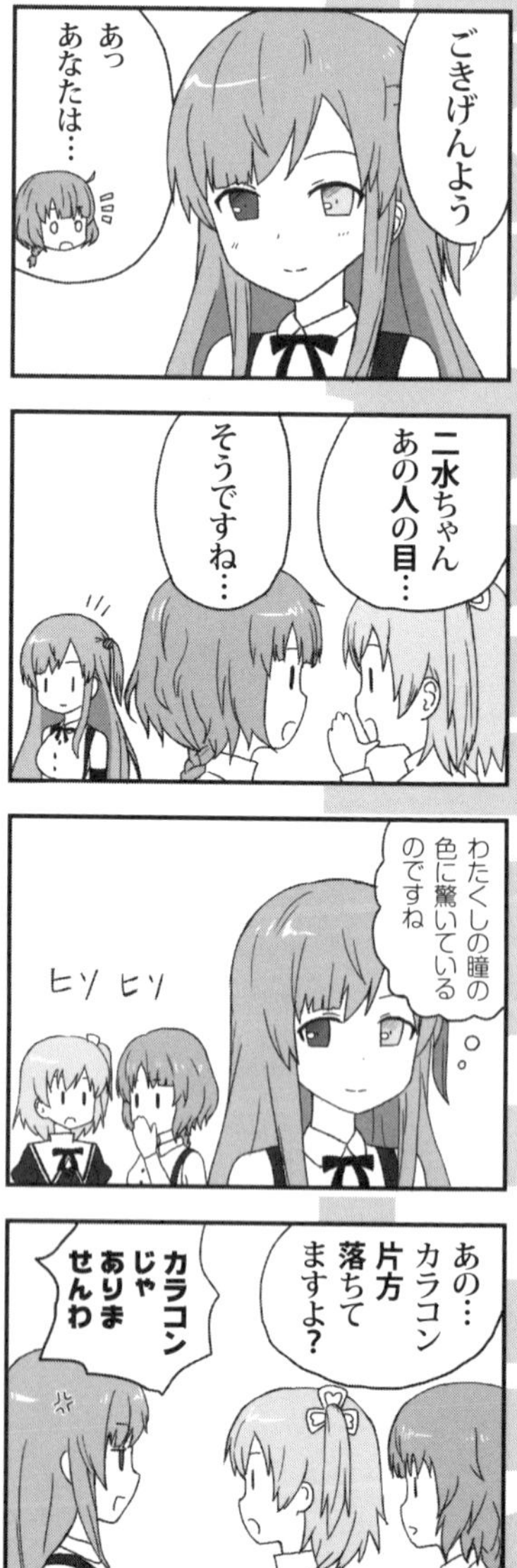
ごきげんよう
あっ あなたは…
二水ちゃん あの人の目…
そうですね…
わたくしの瞳の色に驚いているのですね
ヒソ ヒソ
あの… カラコン片方落ちてますよ？
カラコンじゃありませんわ

直球

なんでもハキハキと口にする少女 神琳
梨璃すぁ～ん！
わわっダメだよ楓ちゃん！
もう～ 楓ちゃんはちょっと変だよね 神琳さん？
ハスハス
いえ わたくしも人間ですからエロい欲求は理解できますわ
神琳さんオブラート！

漫画/にるり

メンチ切り

憎いあんちくしょう

ASSAULT LILY アサルトリリィ
〜一柳隊、出撃します!〜

ASSAULT LILY アサルトリリィ ～一柳隊、出撃します！～

Assault Lily アサルトリリィ

四章 贖罪のリリィ

この子は、もしかして馬鹿なのだろうか。

それが、安藤鶴紗《あんどうたづさ》が抱いた、一柳梨璃《ひとつやなぎりり》への第一印象だった。

「鶴紗ちゃん、はい、これ！　よかったら考えてみてね？」

そう言って梨璃が突き出してきたのは、レギオンメンバー募集のチラシ。

梨璃が白井夢結《しらいゆゆ》とシュッツエンゲルの契りを結び、ともにレギオンを結成したという話は、鶴紗の耳にも届いている。

しかし、だからといって、自分を誘ってくるとは思わなかった。

鶴紗は普段、極力、周囲と関わろうとしない。どうせ関わっても無駄だし、周りの者たちも鶴紗との関わり合いを避けるだけの理由があるからだ。

それに、たとえ鶴紗が抱える「理由」を知らないとしても、普通は、鶴紗が作っている心の壁を感じて話しかけてこないものなのだが……。

「あのね。知ってるかもしれないけど、わたしたち、レギオン作ったの！　それでね、先生に聞いたら、鶴紗ちゃんは、まだどこにも所属してないっていうことだから……」

鶴紗が冷ややかな視線をこれでもかというほど投げつけているというのに、梨璃は構わず話し続けている。

鶴紗の人嫌いを知っている生徒の何人かは、ひそひそと噂話をしながらこちらを見ている。梨璃が絡んできたせいで、無用な注目を浴びてしまった。

放っておくといつまでも話していそうなので、鶴紗は梨璃を見ることすらやめた。時計を確認すると、約束の時間になっていた。定期的に行われる、憂鬱な用事の。

「……悪いけど、用があるの。失礼するわ」

「あ、そうだったの？　ごめんね、邪魔しちゃって！」

そう言って、小さく手を振りながら鶴紗を見送る梨璃。そんな彼女を振り返ることもなく、鶴紗は教室を出た。

「……最後の手術から、半年も経っています。もう検査は不要では？」

検査衣を脱ぎ、元の制服に着替えながら、鶴紗は控え目に抗議した。

「まだ半年、よ。あなたの体のためだと思って」

そう言いながら、女性校医は検査の結果を端末へと入力していく。

(私のため……？　よく言うわ。ただ単に、データを収集したいだけのくせに)

百合ケ丘の医療センター。校内にある保健室とは別に、重傷を負った者などを治療するための医療施設である。

鶴紗は、半月に一度、ここでメディカルチェックを受けることを義務付けられていた。だが幸い、この半年、鶴紗の身に異常は出ていない。

（大丈夫……私は、大丈夫だ）

時折、他人の物であるかのように感じる自らの体。しかし、今の彼女にとって、頼れるのは唯一、この肉体のみであった。


翌日の昼休み。

鶴紗はいつものように、一人、学食で昼食を取っていた。

注文したのは日替わりメニュー。特に好みで選んだわけではない。百合ケ丘の学食の日替わりメニューはバランスが取れているため、その献立に任せておけばコンディションを維持できる。それだけの理由だった。

周囲の生徒たちは、鶴紗が作っている心の壁を感じ、極力、近づこうとはしない。また、僅《わず》かながら、鶴紗を見るだけで眉をひそめて通り過ぎる生徒もいる。おそらく、鶴紗が抱えている事情を知っているのだろう。

同じように他の生徒との接触を拒んではいても、外部からは高い名声を得ている白井夢結。そんな彼女と鶴紗とでは、埋めようのない決定的な差があった。鶴紗には、校内のみならず、世界のどこにも味方などいない。

（私の味方は、お前たちだけ……）

ぎゅっ、と左拳を握る。鶴紗はいつしか、自らの体を自己の一部とは認識できなくなっていた。だから、「お前たち」と呼ぶ。協力者ではあるが、自分自身ではない。そんな風に思っている。

鶴紗の体が自分自身の物であったのは、まだ十歳にも満たない子供だった頃までだ。その時期に、思い出したくもない事件が起こり、そして……鶴紗は作り変えられた。

対ヒュージ研究を目的として設立された機関「GEHENA」。鶴紗は、そこで数年間、様々な生体実験を受けた。そして、投薬や移植による強化手術も。

それらは、強い戦士を作ることだけに特化した、倫理や人権に反する行為の数々だった。何度も死ぬかと思ったが、GEHENAが誇る技術力は、鶴紗に死を許さなかった。

鶴紗が今、こうして生きていることは、奇跡に近い。ただし、生きていることが必ずしも幸せだと言い切れる自信はないが。

あの地獄のような施設からは解放された。だが今も、鶴紗は自らの意思で動くことを許されていない。

百合ヶ丘のリリィたちは、いわば騎士である。戦場に立ち、命を落とすことはあるが、そこに、ある程度の誇りと自由を認められている。

だが、鶴紗は違う。上からの命令ひとつで命を捨てなければならない使い捨ての駒だ。いや、なまじ「死ににくい」体になってしまっているだけに、余計にたちが悪い。鶴紗の地獄は、簡単には終わりを告げてくれないのだ。

(私に、感情は、いらない)

群れながら、のんびりとした昼食時を過ごす生徒たちを見る。所詮、彼女たちは上流階級の騎士なのだと思う。

「あっ、鶴紗ちゃん！」

「…………!?」

と、余所見《よそみ》をしている間に、いつの間にか、梨璃が机の前に立っていた。

気配に気付かなかったことに狼狽し、自分に対する怒りも覚える。校内においては誰も近づいてこないことが当たり前だったせいか、気を抜きすぎたのかもしれない。

「鶴紗ちゃんもお昼？　一緒に食べよっか？」

食べようか、と尋ねておきながら、返答も待たずに正面に座っている。まあ、ここは公共の場なのだから、梨璃の自由にすればいいのだけれど。

「あら、梨璃さん。こちらにいらっしゃいましたの？　……あっ、鶴紗さんもご一緒でしたのね。ごきげんよう」

そこへ、梨璃を追って楓《かえで》がやってきた。一瞬、こちらを見て間が空いたのは、梨璃とは違い、鶴紗の事情を知っているためだろう。

楓・J・ヌーベルはたしか、ＣＨＡＲＭ開発会社に連なる家柄の者だったはずだ。鶴紗の事情を聞かされていてもおかしくない。

「じゃーん！　今日はフンパツしてカツカレーにしました！」

さらには、同じクラスの……誰だったか、梨璃とよく一緒にいる生徒までやってきた。

「二水《ふみ》さん、野菜も召し上がった方がよろしくてよ。わたくしのサラダもつまんでくださいな」

「あ、ありがとうございます！　感激です！」

そうだ、二水という名だ。どうでもいいが。

「じゃ、私はこっちに失礼しますね」

どうでもいい、と思っていたら、二水は平気な顔で鶴紗の隣に腰を下ろした。対面には梨璃と楓が隣り合って座っており、まるで、四人でランチタイムを楽しんでいるかのような構図だ。

「ところで、鶴紗ちゃん。レギオン入りのこと、考えてくれた？」

「……考えてない」

「あら、梨璃さん。鶴紗さんを誘っていらしたの？」

隣の楓も初耳だったようだ。内心では驚いているはずだが、傍目には落ち着いて見える。

「安心して。私はレギオンに興味はないから」

「いえいえ。わたくしは、そんなことは申しておりませんわ。鶴紗さんが入ってくだされば、心強いことこの上ありませんもの」

たしかに。単純に戦力として見るなら、私は強い。そう思う。だが、それだけだ。自分に近づく者は、全て、この力だけを目的としている。「鶴紗自身」とは別に、作られ、付け加えられた力だけを。だから、鶴紗は極力、人と関わらない。関わりを持つのは、それが強制力を持つ「命令」だった時だけだ。

そんなことを考えている間も、梨璃は能天気にこちらに話しかけてきていた。

「へえ！　楓ちゃんが認めるだなんて、鶴紗ちゃん、やっぱりすごいんだ！　ねえねえ、だったら、本気で考えてみて？　わたしたち、まだ九人揃ってなくて困ってるんだ～」

(困ってる、ですって？)

軽々しい物言いに苛立ちを覚える。

「困ってるから助けろ、って？　出会ったばかりの私に？　あなた、いったい何様なの？」

そのせいか、自然と語気が荒くなる。無視しようと思っていたのに、思わず反応してしまう。

「あ……そ、そんなつもりじゃないよ？　ごめん、失礼な言い方だったよね」

イタズラを見つけられた猫のように、しゅんと縮こまる梨璃。

違う。今のは、つまらない揚げ足取りだ。梨璃が謝るほどのことではない。

「ちょっと、鶴紗さん？　今の言い方はないのではなくて？」

楓の反応は当然だ。だが、こちらも謝る気にはなれない。

「おかしいのはそっちでしょう？　遊び相手でも探してるつもり？　戦争ごっこのお仲間なら、他を当たって」

「戦争ごっこですって!?　あなた、わたくしたちだけではなく、リリィ自体を侮辱するつもり!?」

梨璃たちとの関係が決定的に壊れたことを感じる。だが、これでいい、と思う。

「本当のことを言っただけ……それに、その子が大事なら、私に近づけない方がいい。わかるでしょう？」

楓ならわかるはずだ。そう思いながら、最後にじっと目を見る。

自分の戦いは、通常のリリィに課せられたそれとは違う。楓が梨璃を気に入っているのなら、なおさら遠ざけた方がいい。

「あ、あのあの、二人とも、ケンカしないで？　わたしが悪いんだし……」

（本当にね）

周囲の生徒たちからの嫌な視線を感じる　そもそも、はじめから梨璃が自分に声をかけてこなければこうならなかったのだ。

「……私も、少し言い過ぎたわね」

そっけない一言。これが、鶴紗にできる精一杯の謝罪だった。

「あっ……」

梨璃はまだ何か言いたげだったが、鶴紗は返事を待つことなくその場を後にした。


先ほどの態度は、あまりにも子供じみていた。

やっと一人になれた校庭の芝生。鶴紗はぼんやりとそんなことを考えていた。

自分と梨璃たちとでは、住む世界があまりにも違う。その事実はすでに受け入れたつもりだった。受け入れたからこそ、何があっても動じずにいられたのだが……。

屈託のない梨璃の笑顔を思う。鶴紗が抱える事情を知れば、梨璃もまた、他の生徒たちと同じように離れていくのだろうか？

そんなことを考えながら横になり、目を閉じる。せめて良い夢を見られるように願いながら。

「はぁ……結局あれから、鶴紗ちゃんとお話しできなかったよ……」

放課後。梨璃たちレギオンメンバーは屋上に集まり、戦術について話し合っていた。

単純に言えばノインベルト戦術の肝は、複数のリリィのマギで形成された光弾「マギスフィア」だ。

ひとつのマギスフィアを幾人ものリリィが「パス回し」することで、全員のマギが少しずつ注入される。そして、最後の一人がそれを撃ち出すことで、一撃必殺の攻撃と化すのである。

だが、途中でマギスフィアのパスが途切れたり、フィニッシュショットを外したりすれば、余計なマギと体力を消費することになる。そのため、レギオン戦では個人技のみならず、チームとしての連携も重要視されるのである。

そんな戦術談義が一段落ついた休憩時間に、梨璃はふと、鶴紗の話題を口にしたのであった。

「鶴紗？　どっかで聞いたことがあるのう。たしか、わらわたちと同級生であったか？」

お菓子を口にしながら楓に尋ねるミリアム。一休みということで、一同の中心にはそれぞれが持ち寄ったお菓子が広げられている。

「ええ。わたくしたちと同じクラスの方ですわ」

「安藤鶴紗さん、ね。彼女は中等部から、広く名を知られていたわ」

「えっ？　お姉様も鶴紗ちゃんを知っていたんですか？　すごーい。鶴紗ちゃん、有名人なんですね」

「有名……そうね。彼女はあまり喜ばないかもしれないけど」

そう言って言葉を濁す夢結。

「どういうことですか？　お姉様、何か知ってるんですか？」

「知っている、というほどではないわ。ただ、良くない噂を流されている、というだけ。その噂が真実かどうかも知らないの」

「噂って……？」

「ごめんなさい、梨璃。それは言えないわ。私まで、いい加減な噂に加担するわけにはいかないもの」

「そっか……そうですよね」

梨璃としては、鶴紗のどんな噂を聞いたとしても、彼女を悪く言うつもりはなかった。むしろ、困っているのなら助けてあげたかった。だが、裏付けのない噂を口にしたくない、という夢結の主張はもっともだった。

……と、そんなことを考えていると、突然、神琳《しぇんりん》が楓に話を振った。

「ちょうどよろしいですわ。楓さん、実際のところはいかがなのでしょうか？」

「えっ!?　ど、どうしてわたくしにお聞きになるの!?」

珍しく静かにしていた楓が、びくっと身をすくませる。

「実はわたくし、中等部時代に安藤さんにうかがったことがありますの。あの噂は本当なのか、わたくしで力になれることはないか、と」

「それ、本人に言ったの？　神琳さんらしいね……」

隣にいる雨嘉《ゆーじあ》が、感心したような呆れたような声を漏らす。

「ええ。ですが、『放っておいてくれ』と言われて、なんのお力にもなれませんでしたの。ですけど、楓さんなら真実をご存知ではなくて？　……対ヒュージ研究に関することですもの」

「そ、それは……」

楓が言葉を詰まらせていると、横からミリアムが元気に顔を出す。

「おう！　この楓は、グランギニョル社の創設者一族じゃからな！　そのあたりの事情には通じておるぞ！」

「ちょ、ちょっと、ミリアムさん！　あなたは黙ってらして！　……いくらグランギニョル社の一族とはいえ、わたくしなど、まだまだ小娘。知っていることなど限られていますわ」

いつもとは違い、妙に謙虚なことを言う楓。

「あら、そうなのですか？　それにしては、なんだかお慌てのようですが……」

「楓ちゃん、何か知ってるのなら、教えてくれない？　わたし、鶴紗ちゃんが困ってるなら、力になりたい！」

だが、神琳をはじめとした一同からの期待と疑念がこもった視線を受けて、楓もついに折れた。

「はぁ……わかりましたわ。梨璃さんのお耳汚しですし、鶴紗さんにも申し訳ないので黙っておりましたが……」

と、言ってから、夢結と神琳を見る。

「どこまでお聞き及びかはわかりませんが、夢結様や神琳嬢《じょう》が聞かれたという噂は真実ですわ」

「……！」

梨璃の隣で、夢結が息を呑む音が聞こえた。

「これは、あまり口外しないでくださいましね」

……そして、楓は語った。鶴紗が、体のほとんどに手を加えられた強化人間であること。そしてそれらの多くは、人権や倫理を無視したものであったことを。

「そ、そんな……そんなの、許されるの？」

梨璃がつぶやくと、二水が代わって答えた。

「強化人間計画自体は、非常に少数ながら例はあります。普通は、戦闘中に重傷を負ったリリィのために義手や義足を作る程度ですが……」

「それ以上の改造は、倫理的な面から、多くの国家で禁止されているはず」

白い肌をさらに青白くさせながら語る雨嘉。

「だったら、どうして……!?」

「つまり、鶴紗さんのお父様に関する噂も本当だったのね」

夢結が楓の言葉を促す。

「……ええ。鶴紗さんのお父上は、戦争犯罪者……かつて、ＧＥＨＥＮＡを、人類を裏切った……自らと家族のためにヒュージに通じた方なのです……」

「え、えぇっ!?　ヒュージに……!?」

予想もしなかった言葉に、思わず大声を出してしまう。誰かに聞かれはしなかったかと辺りを見回すが、幸い、この場には梨璃たちしかいなかった。

「そ、そんなこと、できるの？　ヒュージの仲間になる、なんて……」

できるだけ声を抑えながら尋ねる。これには、二水が代わって答えてくれた。

「不可能なことではないかも。ごく稀《まれ》にだけど、意思や社会性を持つヒュージもいるって噂もあるし。鶴紗ちゃんのお父さんは、なんらかの方法でヒュージと意思を通わせようと考えたのかもね」

「だ、だけど、そんなことをして、本当に助けてもらえるの？　ヒュージは鶴紗ちゃんのお父さんとの約束を守る気だったの？」

「わかりませんわ。その結果が出る前に、お父上の計画は露呈し、軍に拘束されましたから」

そこまで言って、楓はうつむく。

「……あれ？　でも、今の話と、鶴紗ちゃんになんの関係が……？」

梨璃の中にも、ほとんど確信に近い答えは生まれていた。だが、それを否定してほしくて、楓に確認する。

「おわかりかと思いますけれど……鶴紗さんは、お父上の罪を強制的に肩代わりさせられたのです。人類全てを裏切った男の娘。加えて、戦士としての高い才能を持っていた彼女は、強力なリリィを人工的に造るための実験にうってつけだったんです。そんな鶴紗さんは、人体実験の恰好の素材にされたんです」

「……!?　そ、そんなのおかしいよ!!」

ふたたび大声を出す。今度は周囲など気にしない。

「……親と子は支え合うもの……とはいえ、いくらなんでも度を越していますわね」

神琳もまた、静かに怒りを燃やしている。

「でも、噂によれば、彼女はもう実験体としての生活からは解放されたのでしょう？」

夢結の言葉に楓がうなずく。

「ええ。鶴紗さんへの仕打ちを知った何人かの有力者が助け出したと聞いていますわ。その中の一人が、百合ケ丘の現理事長だとか」

「なら、鶴紗さんはもう自由の身ということ？」

ほっとした様子で雨嘉がつぶやく。

「……いえ。理事長たちが取りつけられた条件は、人体実験の中止までだったらしいですわ。鶴紗さんは、今でも……」

と、楓がそこまで言いかけた時。

百合ケ丘キャンパス内に、ヒュージの来襲を知らせる警報が鳴り響いた。


キャンパス全体に、ヒュージ来襲を告げる警報が鳴り続けている。

スモール級やミドル級が数体出たくらいなら、このような警報は鳴らない。つまり、面倒な事態になっているということだ。

だが鶴紗は、この警報が鳴る前から事態に気が付いていた。正確に言えば、知らされていた。校内の警報よりほんの数秒前ではあるが、鶴紗の端末に出動要請が届いていたのである。

校庭を横切り、百合ヶ丘の裏門へと走る。鶴紗の迎えの者は、そこに現れるはずだ。

鶴紗に命令を与えるのは、百合ヶ丘とは別の独立した組織。ＧＥＨＥＮＡと、その息がかかった鎌《かま》倉《くら》府《ふ》の防衛隊である。

鎌倉府の防衛隊は一応、国防軍の下に位置する組織だが、現在では各府の防衛隊はかなり自由に動ける裁量権を得てしまっている。いちいち何かするたびに政府の許可を取っていたような平和な時代とは訳が違う。

鶴紗が裏門に着くと、ほとんど間をおかずに防衛隊の車両が入ってきた。

車両からは防衛隊の女性隊員が一名降りてきた。もう一人の隊員は、運転席でエンジンをかけたまま待機している。

「安藤鶴紗さんですね？　すみませんが、ご同行願います」

（願います、ね。こちらに拒否権などないけれど）

そう思いながらも、鶴紗はあくまで無表情に応じる。

「承知しています。ＣＨＡＲＭは持参していますので」

「了解しました。念のため、第二世代のＣＨＡＲＭは車両内にも用意していますので、必要があればどうぞ」

さすがに念が入っている。他のことはともかく、戦闘に関しては鶴紗のバックアップをしてくれるということだろう。

「詳しい説明は、移動しながら車中でさせていただきます」

「わかりました。急ぎましょう」

隊員を促し、自らは後部座席に乗る。鶴紗の仕事の始まりだった。


「……あれ？」

警報を聞いた梨璃が屋上から周囲の様子をうかがっていると、裏門に立つ鶴紗の姿が見えた。

鶴紗は防衛隊らしき制服の人物となにやら話をしている。そして、その手にはＣＨＡＲＭ用のライフルケース。

「楓ちゃん、あれって……？」

「……先ほどのお話の続きですわ。鶴紗さんの身は、ご本人だけのものではありません」

「それは、どういうこと？」

夢結も楓に詰め寄る。

「……そうですわね。わたくしの知っていること、全てお話ししますわ」

梨璃たちが話している間に、鶴紗は自ら軍用車両へと乗り込んでいた。車はすぐに走り出し、梨璃たちの視界から消えていった。

「市内に、大量のミドル級、スモール級のヒュージが発生しています。目的は不明。我々も応戦しているのですが、対処しきれているとは言えません」

車両での移動中、隊員は悔しそうに状況を説明してきた。

「それで、私はどうすれば？」

鶴紗は、隊員の心中になど興味はない。ただ、自分が何をするべきかだけを聞かされれば、それで良かった。

「それで……その、安藤さんには、ヒュージの群れを、自然公園まで誘導してもらうようにと、それだけを聞かされております」

「囮《おとり》ね。わかったわ」

隊員が言いづらそうにしている事実を、鶴紗はきっぱりと明言した。別に当てこすりではない。本当のことを述べただけだ。

「後から、リリィの部隊もやってくるのでしょう？」

「は、はい。レギオンが出動するまでの間、時間を稼いでくれればいい、と」

(戦争ごっこのお嬢様たちが、後からのんびりやってくるわけね)

そんなことを思っている間に、鶴紗の耳にもヒュージと防衛隊との戦闘音が聞こえてきた。

「あ、あの！　敵を引きつけると言っても、どうやって……？」

鶴紗がＣＨＡＲＭを起動させると、先ほどの女性隊員が不安そうに声をかけてきた。

「やり方は私に一任されています。ご迷惑はかけません」

「そ、そんな。迷惑だなんて。ただ、お一人でどうやって……？」

心配そうに鶴紗を見る隊員。まだ若い彼女は、鶴紗の事情……父による人類への裏切り行為を知らないのかもしれない。

「どうやって？　……見ていればわかります」

おしゃべりをしている暇はなかった。シューティングモードで起動したダインスレイフを構え、鶴紗はヒュージの群れへと突撃していった。


鶴紗の視界に、二体のミドル級ヒュージが入ってくる。スモール級の数はそれ以上だ。

ミドル級は、通常兵器で掃討できる中では上限に位置するヒュージである。その上位のラージ級となると、ＣＨＡＲＭを有したリリィたちでなければ倒せない。そして、さらに上のギガント級ともなれば、レギオン単位で形成した「マギスフィア」の一撃でなければとどめを刺せない。

いいや、厳密に言えば、圧倒的な火力で攻撃を加え続ければ通常攻撃でもギガント級を倒すことは可能なのだが、あまりにもエネルギーのロスが大きいため無理に等しいとされている。

その点、ギガント級より二段階落ちるミドル級はＣＨＡＲＭを用いなくても倒せる敵ではある。だがそれは、戦車や戦闘機といった高火力兵器であればの話だ。そんな怪物が複数体――油断できる相手ではなかった。

「ヒュージと接触。住宅街。斜面を上がって緑地帯に誘導します」

耳の後ろにつけた通信機を用い、防衛隊に状況を知らせる。その向こうでは、先ほどの女性隊員の声と、上官らしい中年の男の声が聞こえた。

『安藤鶴紗さん、ヒュージを誘導中。安藤さんの援護が必要かと』

『……安藤の娘か。なら慌てるな。あれは死なんよ。市民の避難を優先しろ』

（……正しい判断ね）

市民の保護こそが防衛隊の最優先任務だ。それは間違いない。だが、上官らしき男の声からは、鶴紗への侮蔑が感じられた。おそらく、父が犯した罪を知っているのだろう。そして、鶴紗の肉体に与えられた異能の力も。

（でも、戦場に立った以上は、現場の判断で動かさせてもらう）

鶴紗に与えられた役目は時間稼ぎ。だが、ただ黙って逃げ回るつもりはない。隙さえあれば、自分がヒュージを一掃してやる。そう思っていた。

「ＣＨＹＵＡＡＡ！」

住宅街の斜面を走っていると、スモール級が一体、左から飛びかかってきた。鶴紗は鋭く反応し、相手の着地を待たずして撃ち抜く。ダインスレイフの一撃が命中すれば、スモール級なら敵ではない。

「ＧＩＹＡＡ！」

「ＣＨＹＵＡ！」

今度はミドル級とスモール級。まずは敵を減らした方がいい、と判断した鶴紗は、迷わずスモール級の方に走る。スモール級の口から、細い熱線が走る。予測していた鶴紗は横にステップしてかわす。

スモール級の攻撃とて、本来は並の拳銃弾に負けない威力がある。だが、リリィの体表に張られたシールドがあれば、その威力は大幅に減じられるのだ。とはいえ、シールドを使うたびに体内のマギを消費するため、回避するに越したことはない。

「邪魔っ！」

横に構えたダインスレイフをブレードモードに変え、そのまま右から左へと振り回す。大剣と化したダインスレイフはそのままスモール級を両断し、返す刀で今度はミドル級を狙う。

「ＪＵＡ！」

人型のミドル級は素早く両腕をクロスさせ、硬い甲の部分で鶴紗の攻撃を受けた。ダインスレイフはいくらかミドル級の腕に食い込んではいるが、傷を与えたとは言い難い。

「チッ！」

一撃で倒せなかったことに焦りを覚える鶴紗。周囲からは、複数のスモール級が迫ってくる気配を感じていた。

「ＪＵＪＡＪＡ！」

腕を振り回し、鶴紗を捕まえようとするミドル級。鶴紗は身をかがめながら後ろに飛び退く。ミドル級はなおも追撃を仕掛けてきており、シューティングモードに変えている暇はない。鶴紗はそのまま大剣を振り、ミドル級の右手へと叩き込む。

「ＪＹＡ！」

短い悲鳴とともに、ミドル級の右手の指が何本か飛ぶ。

「ＣＨＹＡ！」

ミドル級にとどめの斬撃を加えようとした鶴紗だったが、そこに、左右から同時にスモール級が襲いかかる。

「くっ……！」

ミドル級の右横をすり抜ける。置き土産として、駆け抜けざまにミドル級の右腹に一撃を入れた。

「ＪＡＡＡ！」

ミドル級が、苦しみながらも長い腕を後ろに振るう。そのバックハンドブローのような攻撃を飛んでかわす鶴紗。

「ＣＨＹＡ！」

そこに二体のスモール級が襲いかかってくるが、その動きは鶴紗の予想通りだった。

跳躍する前から体をひねり、体勢を整えていた鶴紗は、そのまま全力で大剣を振るう。その力任せの一撃で、スモール級二体の頭部はまとめて破壊される。

「これで……！」

少しバランスを崩しながらも着地し、ミドル級の腕が届く範囲から飛び退く鶴紗。そこへ、通信機から上官らしき男の怒鳴り声が聞こえてきた。

『なにをしている、安藤の娘！　貴様の役割は誘導だろうが！　ヒュージの数は二十体以上いるんだぞ⁉　ミドル級にいちいち構うな！』

「……わかったわ」

短く答えながら数歩後退し、ブロック塀に背を付ける。頭の中で地図を確認し、ヒュージ誘導のコースを想定する。

だが、そのせいで、ほんの一瞬だけ、殺気に気付くのが遅れた。

『安藤さん！　逃げてっ！』

通信機の向こうから、女性隊員の叫び声が聞こえる。慌てて正面を向くが、ミドル級もスモール級も、まだ何も仕掛けてきてはいない。しかし。

バガアッ！

鶴紗は一瞬、地震に見舞われたのかと思った。背後のブロック塀ごと撃ち抜かれたのだと気付いたのは、自らの体が宙に舞ってからだった。

「ＪＩＹＵＡＡＡ！」

遥か後方からミドル級の声がする。別のところにいたミドル級の遠方射撃により、鶴紗の脇腹に、小さくはない穴が空いていた……。


「准尉！　安藤さんが被弾！　ミドル級からの攻撃、重傷です！」

鶴紗が攻撃を受けたのを見て、女性隊員が悲鳴にも近い報告を入れる。

だが、それを聞いた上官は、嗜虐《しぎやくてき》的な笑みを口元に浮かべる。

「お前は、安藤の娘について何も知らんのだったな。まあ見ていろ……あいつは、人間じゃない」

「かはっ……」

鶴紗が吐血する。気管に血が入ったしい。当然だ。腹に穴が空いたのだから。

前方に吹き飛ばされたものの、なんとか着地する。だが、バランスは取れずに鶴紗の足がフラつく。

「JYUAAAAA！」

それを勝機と見たか、前方のミドル級が鶴紗に迫る。先ほど、指を斬り落とされたヒュージだ。

長い腕を振り回し、渾身の力で拳を叩き込んでくるミドル級。

『安藤さん！　前！』

通信機の向こうから、女性隊員の悲鳴が聞こえる。重傷を負った今、鶴紗はとどめを刺されるのを待つばかりだ。だが。

ざんっ！

ミドル級が拳を振り下ろすより早く、その背中から生えてきたものがあった。

肉厚で、鈍く銀色に輝く刀身。ダインスレイフである。

「づぇあああああぁっ！」

雄叫びとともに鶴紗がダインスレイフを振り下ろすと、ミドル級の左足が千切れ落ちた。

鶴紗は、ミドル級よりも一瞬早く、その腹に刺突を叩き込んだのである。

「JYU!?」

戸惑ったようにも聞こえるミドル級の悲鳴。それを聞いて、鶴紗の口元に皮肉げな笑みが浮かぶ。

「あら？　人間じゃないのはお前たちだけだと思った？」

鶴紗が、傷を負った脇腹を軽く擦《さす》る。その手の下では、重傷だったはずの傷が早くも塞《ふさ》がりはじめていた。

リジェネレーター。倫理を無視した人体実験によって与えられた、成功例の少ない能力。常人なら完治までに数ヶ月かかるような傷でも、鶴紗は数十分程度で治すことができる。

「さあ、続きをやりましょうか、化け物！」

そう叫びながら、ダインスレイフでミドル級の頭部を破壊する。そのまま横にステップすると、後方から発射された二撃目が、同士討ちとなってスモール級を破壊した。

鶴紗はダインスレイフをシューティングモードに変え、先ほどのお礼とばかりにレーザー砲で二体目のミドル級を撃ち抜いた。

「……化け物同士、仲良くしましょう」


「ＣＨＹＵＡ！」

数体のスモール級が鶴紗を追ってくる。ミドル級は三体。

いかに鶴紗が不死身とはいっても限界はある。脇腹の傷はもう塞がったが、痛みは残っている。ここはおとなしく、当初の命令通り敵を誘導するべきだ。

「こっちよ！」

振り向きざまに撃つ。当たらなくても構わない。こちらの威嚇射撃に反応し、さらに数体のスモール級が現れた。

「ＪＵＡＡ！」

「ＣＨＹＡＡ！」

ミドル級の鳴き声とともに、何体かのヒュージが同時に熱線を撃ってくる。

(ミドル級のは、まずい……！)

ミドル級の熱線を優先して避け、スモール級の攻撃は避けられるものだけを避ける。あとは当たるに任せるしかない。

ジュッという軽い火傷《やけど》のような音とともに袖が裂け、小さな傷を負う。鶴紗にとってはどうということはない傷だが、それでも一瞬、痛みによる影響は受ける。

そして、ヒュージたちを誘導する中、鶴紗は足にもミドル級からの一撃を受けていた。幸い、直撃は免れたが、鶴紗の力をもってしてもまだ完治はしておらず、動きはいくらか鈍ってしまっている。

(でも、まだ動ける……！)

長大なダインスレイフを落とさないように注意しながら、鶴紗はなおも走った。

足が鈍っている分、住宅街の細い道を利用する。かといって、下手なルートを選べば敵に包囲される。一瞬の油断もできなかった。

『安藤さん、市民の避難もあと少しで終わります！　がんばってください！』

通信機の向こうから女性隊員の声が聞こえる。なんの役にも立たない情報だったが、気分は少し楽になった。

（それにしても、数が多い……！）

鎌倉府は現在、関東に住む人間たちにとっての防衛線である。旧山梨《やまなし》県のほとんどはすでにヒュージの手に落ち、生き延びた人類は隠れ住むように集落を形成している。そんな中、地元の安全を守るとともに、隙を見ては山梨の人々を援助するための最前線が鎌倉府なのである。

だが、この現状を見ると、鎌倉府すらも危険な状態になりつつある。ヒュージたちの増殖速度は、人類の想像を越えているのかもしれない。

「ＪＹＵＡ！」

「……チッ」

余計なことを考えている暇はなかった。住宅の隙間を抜けた先には、さらに別のミドル級が立っていたのだ。

「ゾロゾロと……！」

完治しかけていた足を踏ん張り、跳躍する。そのまま、ガードしようとしていたミドル級の左手首を斬り落とす。

「ＪＵＡ！」

苦しむミドル級。これなら突破できる。鶴紗がそう考えた時。

「ひゃっ……」

鶴紗の耳に、まだ幼い子供の声が聞こえた。

「!?」

まさか、と思って振り向くと、まだ幼稚園生くらいに見える少女が、自動販売機の陰に隠れるようにしてこちらを見ていた。

「JYUAAA!」

同時に、ミドル級も少女の方を見た。怪物に睨《にら》まれた少女は、喉の奥で悲鳴を漏らすと、一目散に駆けだした。

「ひっ……お、お父さぁ〜ん!」

ただの偶然なのか、それとも、人質にしようという知恵があるのか。ミドル級は、眼前の鶴紗を放って少女を目がけて走り出す。

「くっ……馬鹿!」

誰にともつかない悪態をつきながらミドル級を追う。そのまま足を斬ろうかと考えて、思いとどまる。今、ミドル級を斬れば、勢いあまった巨体が少女を押し潰すかもしれない。

「ちっ……!」

舌打ちしながらミドル級に並び、追い越そうとする。しかし、その時には、ミドル級もまた少女に追いついていた。

「JYUAAA!」

大きな拳が少女を襲う。それは、標的である少女よりも大きく、重い拳だった。

「……お父さん！」

少女の叫び声を聞きながら、鶴紗はダインスレイフを捨てた。

「きゃっ!!?」

「ぐうっ！」

武器を捨て、身軽になった体で横合いから少女に飛びつく。ミドル級の攻撃を紙一重でかわし、そのまま少女とともにアスファルトに転がった。

「い、痛……」

「我慢しなさい。それより、走れるわね？」

鶴紗には、少女をうまくあやすようなことはできない。何より、今はそのような状況でもない。

「で、でも、お父さんは……？」

泣きそうになる少女の手を引き、ミドル級との距離を取る。が、そこに、先ほど鶴紗を追ってきていた他のヒュージも合流した。

「JYUA！」

「CHYUAAAA！」

「……くっ」

ミドル級の後ろを見る。そこには、先ほど鶴紗が投げ捨てたダインスレイフがある。あれを回収しなければ反撃もままならない。

「……いい？　あなたのお父さんは、きっと無事。だから、この坂道を走って下りなさい」

「お、お姉ちゃんは？」

戸惑い、鶴紗の制服の裾を掴みながら訊いてくる少女。が、ヒュージたちはそのような都合には遠慮しない。ミドル級が走り出し、スモール級のうちの二体が熱線を浴びせてきた。

「きゃあっ⁉」

「くうっ！」

鶴紗はともかく、少女にはスモール級の一撃ですら致命傷となる。自らの身を盾にして熱線を受けながら、鶴紗は少女を斜面へと突き飛ばした。少女は足をもつれさせてごろごろとアスファルトの上を転がるが、鶴紗には謝っている余裕もなかった。

「走りなさい……走れえっ！」

鶴紗がそう叫び終えた時、ミドル級の巨大な拳がその頭上に振り下ろされた。


「ぐ……う……」

一瞬か、それとも数秒か。正確にはわからないが、僅かな間、意識が飛んでいた。すぐに意識を回復できたのは、リジェネレーターの力があってこそだと思う。

ただし、それが幸せな結果とは言い難かったが。意識さえ失っていれば、今、眼前に迫る追撃の痛みも感じる必要はなかっただろうから。

「ぐうっ……⁉」

横薙ぎの拳を食らい、鶴紗の体がブロック塀に叩きつけられる。塀が崩れ、いくつかのブロックは倒れた鶴紗の上に落ちてきた。

いたぶろうとでも言うのか、ミドル級は鶴紗の体を掴み、路上へと放り投げる。

くぐもった悲鳴とともに転がる鶴紗。リジェネレーターの能力は傷を癒やしてゆくが、まだ完治には程遠い。

(せめて、ダインスレイフを……)

震える膝に力を込めながら立ち上がる。が、そこに、スモール級が体当たりを仕掛けてきた。

「あぐっ……!?」

ふたたび地面に倒される鶴紗。

(あの子は、逃げられたかな……)

そんな中、鶴紗は先ほどの少女の身を案じていた。

自分は所詮、死ねない身だ。防衛隊のお偉方にとっては、鶴紗が活躍しようとしなかろうと関係ないのだ。今、こうしてヒュージにいたぶられているだけでも、十分に時間稼ぎの用は成せている。

(……いくら、傷が回復するといっても……痛くないわけじゃないけどね)

誰にも愛されることなく、誰とも触れ合うことなく、常人なら死ぬほどの傷を負い、そして回復してゆく鶴紗。

(どうせなら、死ねた方が……)

そんなことを思いながら、無感動にヒュージの群れを見る。

その視線の先では、数体のミドル級が大口を開け、熱線を発する準備を整えていた。

(あなたたちは……私を殺してくれる?)

ヒュージが熱線発射前に発するキィンという高音を聞きながら、鶴紗はそんなことを願っていた。


ギィン!

複数のヒュージによる熱線発射音が、周囲の空気を揺らす。

鶴紗はアスファルトに両膝を突いたまま、目を閉じてその着弾を待った。

鶴紗の中には、「死にたくない」という本能的な思いと、「死んでもいい」という自暴自棄な思考とが入り混じっている。

そして、鶴紗の身を、軽い振動が襲う。予想していた痛みより遥かに小さな衝撃だ。熱線の熱さも感じない。

いや、むしろ、痛みというより、温かなものに包まれているような……。

「……大丈夫? しっかりして、鶴紗ちゃん!」

「……えっ……?」

違和感とともに鶴紗が目を開けると、最初に視界に入ってきたのは、一柳梨璃の顔だった。

周囲を見回すと、鶴紗は梨璃と抱き合うような格好で地面に倒れていた。熱線が命中する瞬間、梨璃が助けてくれたらしい。

「あなた、どうしてここに……？」

「だって、鶴紗ちゃん、危なかったから！」

まったく答えになっていないことを口にする梨璃。

「そうじゃないわ。あなたは、この作戦に参加していないでしょう？　それに……危ないところだったわよ？」

先ほどまで自分がいた場所を見る。複数のヒュージによる熱線を受け、アスファルトには大穴が空いていた。いかにリリィがマギでの防護を固めているとはいえ、当たればただでは済まなかった。

「無茶なことをするものじゃないわ。私なら心配ないから。私の体は……」

「うん、聞いた！　鶴紗ちゃんの体のこと！」

梨璃の言葉を聞いて、鶴紗の胸がちくりと痛む。自ら話そうとしていた内容ではあるが、やはり、尋常ならざる自らの体に劣等感はある。

「だったら、なんで……」

なんで来た、と言うつもりだった。だが、全てを言い終える前に、梨璃が答えをくれた。

「だって……痛くないわけじゃないんでしょ!?」

シンプルな答え。あまりにも単純すぎて、鶴紗が返答に詰まる。

「クラスメートでしょ？　近くに痛がってる人がいたら、放っておけないよ！」

「…………！」

梨璃の言葉を聞いて、鶴紗は今、自身の思いを理解した。

教室に一人でいる間も、鶴紗はずっと痛みを感じていた。孤独を好んでいたわけではなく、ただ、孤独に追い込まれていたのだ。そして、梨璃は直感で感じたのだろう。鶴紗の痛みを。

「……逃げなさい」

「えっ？　鶴紗ちゃん？」

梨璃を押しやりながら、手近にあったダインスレイフを握る。

「助けてくれたことには感謝するわ。生きていられたら、いずれ、あらためてお礼を」

そう言いながら立ち上がる。

「ダ、ダメだよ！　鶴紗ちゃん、すごいケガだよ!?　あとは任せて！」

「……悪いけど、あなたじゃ無理よ」

訓練中、何度か梨璃の実力は目にした。少しは上達してきているようだが、まだまだ一人前には程遠い。自分のような化け物のために、この、初めての友人を死なせるわけにはいかなかった。

ダインスレイフを杖のようにして立ち上がる。傷で朦朧《もうろう》としていたとはいえ、少し話しすぎた。ヒュージの追撃が来ていないのが不思議なくらいだ。

（……？　そういえば……本当に、敵の攻撃が……）

血で霞む目をこすり、眼前のヒュージたちを見る。

すると、ヒュージたちはすでに鶴紗の方を見ておらず、戸惑ったように四方を警戒していた。

「……大丈夫だよ、鶴紗ちゃん」

梨璃は、落ち着いた様子で鶴紗に肩を貸し、体を支える。そんな二人の眼前で、一体のミドル級の頭部が爆《は》ぜた。

「……命中」

「さすがですわ、夢結様。わたくしも負けていられませんわね」

「わらわも負けぬぞ！　見ておれよ!?」

弾道の元を辿《たど》ると、住宅の屋根の上に白井夢結と楓の姿が見えた。その横ではもう一人、小柄な少女もＣＨＡＲＭを構えている。

「ＪＹＵ……？」

その夢結に向かっていこうとしたスモール級が、横から現れた別のリリィによって両断される。

「義によって、助太刀いたしますわ……雨嘉さん、援護をよろしく」

「う、うん！」

左右で色の違う瞳を輝かせながら鶴紗たちの前に降り立つリリィ。たしか、名前は郭《くお》神琳。その後方でも、別のリリィが援護射撃の準備をしている。

「り、梨璃ちゃ～ん！　大丈夫でしたか～!?」

そこへ、二水がバタバタと慌てた様子で駆け込んできた。そして、梨璃とは逆側から鶴紗を支える。

「私も手伝います！　ひとまず安全なところへ行きましょう！」

「……大丈夫、自分で歩ける。私に触ると、血で汚れるわよ」

「……この緊急事態に、何を言ってるんですかっ！」

「そんなこと言ってる場合じゃないでしょ!?」

「…………」

二水と梨璃、二人同時に怒鳴られ、鶴紗は何も言い返せない。

彼女たちの言っていることは正論だった。だが、まさか、「戦争ごっこ」と揶揄《やゆ》していたリリィ、しかも、決して優秀とは言えない二人から叱られるとは思ってもいなかった。

「……ふふ」

鶴紗は二人に従い、肩を貸されるに任せた。なぜか今は、彼女たちから叱られたことが心から嬉しかった。

鶴紗が、梨璃と二水によって運ばれていく。その後ろ姿を、楓は横目で確認した。

（……ごめんなさいね、鶴紗さん）

楓が鶴紗を初めて見たのは まだ、聖メルクリウス中等部時代だった。姉妹校である百合ケ丘とは、定期的に交流戦などを開催していた。

そして、楓は鶴紗の身にまつわる噂を知った。当時、すでに鶴紗は人体実験からは解放されていたが、今日のように厳しい任務に投入される日々を送っていた。

助けてやりたいと思った。父親にもそう言ってみた。が、それは父にも不可能だと言われた。いかにグランギニョル社とはいえ、各国の国防軍の決定を左右するような権限はない。それに、彼らには、鶴紗を救うメリットがなかった。「人道的見地から助けたい」と言って、素直に受け入れられるような世界ではない。下手に「実験体」の処遇に口出しをすれば、グランギニョル社が鶴紗の身を狙っていると解釈され、無用な疑惑を生む恐れすらあった。

いかに優秀なリリィだったとはいえ、ただの少女である楓には、それ以上、何もしてやれなかったのだ。

(でも、わたくしが愚かでしたわ)

自分の家や権力など関係なかった。ただの一個人として、クラスメートとして、文字通り、鶴紗を支えてやればよかったのだ。今の梨璃のように。

「遅ればせながら……お力になりますわよ⁉」

ダインスレイフを一閃し、スモール級を斬る。視界の先では、夢結がミドル級の相手をしていた。

「負けませんわよ⁉」

神琳や雨嘉の援護も受けながら、楓は別のヒュージを目指して駆けだした。


「ふわぁ……」

鶴紗とともに斜面を下りながら、梨璃は横目で夢結たちの戦いぶりを見ていた。

梨璃も二水も念のためCHARMを起動しているが、一体もこちらには来ていない。夢結たちがヒュージを完全に足止めしているのだ。

「お姉様、やっぱり、すごい……」

楓や神琳の戦いも見事だが、やはり、梨璃の視線は夢結に釘づけだった。ブレードモードとシューティングモードの使い分けに無駄がなく、かつ、一撃一撃が重い。その優雅な容姿とは裏腹に、非常に攻撃的なリリィとして名を馳せているだけのことはある。

「……さすがね」

鶴紗もぽつりとつぶやく。

「いえいえ、最初の奇襲がうまくいったからですよ！　安藤さんが敵を引きつけてくれたおかげです！」

慰めではなく、心からといった様子で語る二水。

「ふふっ……ありがとう」

鶴紗は傷の痛みに顔をしかめながらも、素直に礼を言う。

「鶴紗ちゃん、あと少しだからね！」

坂道の下に、防衛隊が設営したバリケードが見える。あそこまで行けば、人々と合流できる。安全を確保できる。

梨璃たちが安心した瞬間。

「……梨璃!!」

その背後から、夢結の鋭い声が響いた。

「えっ……!?」

梨璃が振り向くと、一体のミドル級が坂の上から跳躍し、一気にこちらとの距離を詰めようとしていた。

「……梨璃!!」

ミドル級が予想を超える動きで夢結たちの攻撃をかいくぐる。

「しまった……!」

ヒュージはスモール級やミドル級というように大きさで分類されてはいるが、その能力や強さは多種多様である。ヒュージ菌の宿主となった生物によって基本能力が変わる上に、その進化にも様々な変異が生じる。

そして、そのミドル級は、特に速度に特化したタイプであった。

「JYUAAAA!」

坂道の上から宙を舞い、そのまま梨璃たちを押し潰そうとするかのように襲いかかるミドル級。

「逃げて!」

「梨璃さん、危ない!」

他の誰かも声をあげる。梨璃たちはその声で後方の異変に気付く。

「……離れて!」

鶴紗が叫び、両脇の梨璃と二水を突き飛ばす。そこへ、ミドル級が両足を踏みしめるように着地した。

「梨璃っ⁉　……鶴紗さんっ⁉」

「ああっ……！」

ミドル級の足は直撃こそしなかったものの、衝撃で梨璃たち三人はアスファルトの上に転がる。そして、ミドル級はその両腕を素早く振るった。

「ＪＹＵＪＡＪＡＪＡ！」

「あぁっ……ぐぁ⁉」

梨璃たち三人はその腕に殴られ、吹き飛ばされ、それぞれ壁面や地面に叩きつけられる。

死んではいないようだが、朦朧としているのか、三人とも立ち上がらない。

「ＪＹＵ……」

そして、ミドル級は、最も近くで倒れている梨璃に狙いを定めた。

「梨璃さん⁉」

夢結の後ろで、楓が悲鳴をあげる。

ミドル級はゆっくりと梨璃に近づき、その足を持ち上げた。踏み潰して、確実にとどめを刺す気だ。

夢結は、全力で梨璃めがけて走った。ダインスレイフは今、ようやくシューティングモードに移行した。使い慣れているはずの武器なのに、今はその挙動がもどかしく感じる。

「ＪＹＡ！」

ついにミドル級が、その足を振り下ろす。

……今から撃っても、間に合わない。

そう思った時、夢結の脳裏に、一人の女性の顔が浮かんだ。愛する人が、ヒュージに食われていく瞬間。その記憶だった。

「うぅ……」

梨璃は、自らに迫るヒュージの足裏を見ていた。見てはいたが、衝撃から体が回復していない。避けられない。

(負ける、もんか……!)

以前、夢結に助けてもらった時のようには諦めない。たとえ未熟でも、自分はリリィなのだ。

完全には避けられなくても、直撃さえしなければ……腕や足を負傷しても、反撃のチャンスは巡ってくるかもしれない。そう思いながら、懸命に体に力を込める。

……どん!

だが、梨璃が動く前に、ミドル級のその足が宙を舞った。

ヒュージの本体はまだ、同じ位置に立っている。吹き飛んだのは、その片足だけだ。

「JYA……?」

当のヒュージ自身、まだ己が片足を失ったことに気付いていないようだった。

「……梨璃さん!」

梨璃が事態を理解する前に、楓が梨璃を抱き起こした。鶴紗たちのところには、神琳と雨嘉が到着している。

夢結がダインスレイフの一撃で梨璃を救ってくれたことに気付いたのは、その時だった。

「お姉様、ありがとうございます!」

「素晴らしい早撃ちでしたわ、夢結様。大振りなダインスレイフであの速度とは……」

と、そこまで言いかけて、楓の言葉が止まる。梨璃にも楓が言葉に詰まった理由がわかった。

ダインスレイフをブレードモードに変え、片足のミドル級に迫る夢結……その身から放たれる魔力は、梨璃たちが知っているものとはまったく違っていた。

「……貴様っ!」

片足のミドル級が倒れるよりも早く、夢結はその胴体を切り裂く。そして、さらにその上半身に一撃、二撃と追撃を加え、地に落ちることすら許さない。

「えっ……お、お姉様!?」

「夢結様、もう大丈夫です! 勝負はついておりますわ!」

すでにミドル級が息絶えているにもかかわらず、無用な攻撃を加え続ける夢結。そして、そのミドル級の体を破壊し尽くすと、残ったヒュージたちに単身で突撃していく。

「貴様ら……私の……!」

「夢結様、一人では危険じゃ! わらわたちも行くぞ!」

何かをつぶやきながら突撃する夢結。ミリアムの制止も耳に入っていない。

「あああぁぁぁ――――っ!?」

獣の咆哮に近い叫び声をあげながら、ヒュージの群れに迫る夢結。その戦いは無謀なようでありながら、致命傷となるような攻撃は一切食らわない。普段の計算された戦い方とは違い、直感だけで動いているかのように見える。そして、何より……。

「……強い」

雨嘉がつぶやく。

夢結は単身で二体のミドル級を相手取り、しかも、あっという間に屠《ほふ》っていく。

「たしかに強い。じゃが、あれは……」

ミリアムが言葉を詰まらせる。今の夢結の状態を、なんと言い表していいのかわからないのだろう。

「とにかく、夢結様を援護いたしましょう」

神琳の声で我に返り、周囲のスモール級を射撃で撃ち抜いてゆく一同。だが、その援護さえも不要と思えるほどに夢結は強かった。

「……消えろっ！」

瞬く間に手近にいるヒュージを倒す。しかし、それだけではなく、またもヒュージの肉体に過剰なまでの追撃を加えていく。

「貴様らが……貴様らがいるから!!」

ヒュージの赤錆色の体液を返り血のように浴びた夢結。その姿は、普段の華のある夢結と同一人物とは思えない。全身に死の臭いを纏《まと》った今の夢結は、見る者に地獄の幽鬼を連想させた。

「お姉様……」

梨璃は痛む体を押さえながら、夢結に向かって斜面を上がっていく。

ヒュージに対する怒りは、梨璃たちも……いや、人類全てが同じ気持ちだろう。だが、それにしても、今の夢結はおかしかった。ヒュージの死骸に無用な攻撃を加えるなど、梨璃の知る夢結の行いとは思えない。

夢結は、新たに立ちふさがったスモール級に五度の斬撃を加えて破壊した。誰の目にも、一撃目で勝負がついていることは明白なのに、である。

「どこなの!?　……中にあるんでしょう!?　出しなさい！」

意味のわからないことを言いながらダインスレイフを振るう夢結。すでに動かなくなっているヒュージたちの腹を割き、その肉片を蹴り飛ばしている。

「お、お姉様！　落ち着いて!?」

今の夢結は普通の状態ではない。そう確信し、その名を呼びながら駆け寄る梨璃。だが、夢結は名を呼ばれても振り向くことなく、すでに全滅したヒュージたちの死骸を荒らしていた。

「お姉様！」

たまらず、強引にその肩に手を置く梨璃。

……次の瞬間。梨璃の首筋に、ダインスレイフの冷たい刃が押し当てられていた。

「お、お姉……様？」

梨璃にケガはない。ダインスレイフは皮一枚ギリギリのところで寸止めされていた。

呆然と夢結の目を見る梨璃。だが、対する夢結は、梨璃以上に戸惑った表情をしていた。

「……梨璃……無事……？　でも、今は……お姉様は……？」

声を震わせる夢結。梨璃は夢結の両手を握り、そっとダインスレイフを下げさせる。

「ぜんぶ、終わりました……鶴紗ちゃんも、わたしも無事です……お姉様のおかげです」

そう言って、夢結を抱き締める。

「……そう……」

夢結の手元から鈍い音がした。ダインスレイフが機能を停止した音だ。

「終わった……終わったことなのよね」

落胆したような夢結の声。だが、すぐに深呼吸をして息を整え、梨璃から身を離した。

「……心配かけて、ごめんなさい。少し、疲れたわ。帰りましょう」

微笑する夢結。

無理をして笑っているのは明らかだったが、それでも、夢結が先ほどまでの状態を脱したことだけはわかった。

夢結の身に、心に何が起こったのか、梨璃にはわからない。だが、今はとにかく、みんなと一緒に帰りたかった。

「ええ。帰りましょう、お姉様」

〈四章　贖罪のリリィ　了〉

クローン

超回復能力を持つリリィ安藤鶴紗
爪が伸びてきた…
切ろう…
パチン
パチン
あ、飛んだ…
ムクムク…

お金持ち

楓さんはたしかグランギニョル社の創設者一族でしたわよね？
うっ…
グランギニョル社？
CHARMを開発している企業よ
？
その通りじゃ…つまり…
タカリ放題なのじゃあー
CHARM一本ください！
楓さん！ラムネがたくさん欲しいです！
ちょっわたくしの会社じゃないんですのよ！

漫画/にるり

引きつける

ヒュージが攻めてきましたわ！
たいへんなんとかしないと！
私に任せておきなさい

カーーニバーール

鶴紗の味方

私の体は普通じゃない…
おう俺に任せておけ！
お前の味方は左手だけじゃねえぜ！
あたしたちもついてるわよ！

Assault Lily
アサルトリリィ

ASSAULT LILY
アサルトリリィ
〜一柳隊、出撃します!〜

ASSAULT LILY アサルトリリィ ～一柳隊、出撃します！～

五章 託されたもの

五章　托されたもの

黙々と、鶴紗《たずさ》は食べ続けていた。

「鶴紗ちゃん、そんなに食べて大丈夫？　ケガしたばっかりなんだよ？」

「大丈夫。念のために休まされたけど、すでに傷は塞がっているから」

梨璃《りり》たちが鶴紗を救出した日から一夜が明けた。

授業を休んだ鶴紗のために、梨璃たち一年生組はノートを持って鶴紗の部屋を訪れていた。

「……と言いますか、ケガがどうこう以前に、この量はどうかと……」

楓《かえで》が、呆れたようなつぶやきを漏らした。

鶴紗の前には、大量の食べ物。

おにぎり、メンチカツ、サバ味噌の缶詰、おでん、野菜スティック、うどん、ゆで卵、バナナ、牛乳、お菓子もろもろ……とにかく、たくさん並んでいた。

そして、それらの食べ物を次々と口にしていく鶴紗。その食べ方は決して下品なものではなかったが、スピードは速かった。

「……よかったら、あなたたちもどうぞ」

手近にあるお菓子を指し示す鶴紗。だが、見ているだけでお腹いっぱいである。

「私たちは別に……」

雨嘉《ゆーじあ》は遠慮するが、隣に座る神琳《しぇんりん》は涼しい顔で応じた。

「ですが、ただ見られているだけでは鶴紗さんも召し上がりにくいのでは？　わたくし、少しだけいただきますわ」

そう言って、クッキーをひとつ食べる。

「うん。遠慮しないで」

そう答えながら、鶴紗は野菜スティックをかじった。

「あ、あの～。うかがっていいのかわかりませんけど……これって、安藤さんの体質とご関係が……？」

二水《ふみ》がおずおずと尋ねる。

「ええ。リジェネレーターの反動……治癒能力を使った後は、また大量のカロリーを溜め込んでおかなくちゃいけないの」

「それにしても、よくこんなに食えるのう。胃が丈夫なんじゃな！」

皮肉ではなく、素直に感心している様子のミリアム。

「これだけ食べても太らないというのは、たしかに羨ましくはありますわね……」

楓もまた、女の子らしい感想を漏らす。

「羨ましいって、私の体が？」

鶴紗が一瞬、食べ物を口に運ぶ手を止める。

「……あ。無責任な言い方に聞こえたら謝罪しますわ。わたくしはただ……」

ばつが悪そうに視線を逸らす楓。

だが、鶴紗はすぐに表情を和らげ、楓の口に野菜スティックを突っ込んだ。

「もごっ……!?」

「……残念でした。これでも、ちゃんとカロリーは計算してるのよ」

「鶴紗ちゃん……」

初めて見せる、鶴紗のいたずらっぽい行動。そんな様子を見て、梨璃たち一同の緊張が解ける。

「それより……梨璃？」

「は、はいっ！」

照れたような表情で、初めて梨璃の名を口にする鶴紗。対する梨璃もいささか照れながら返事をする。

「レギオン入りの話だけど……まだ、生きてる？」

「!? も、もちろんだよ！」

鶴紗からの前向きな言葉に、梨璃はずいっと顔を近づける。

しかし、対する鶴紗は、少しだけのけぞり、梨璃との距離を空けた。

「……だけど、本当にいいの？　私の父は……」

「鶴紗ちゃん」

何か消極的な言葉を口にしようとした鶴紗。だが、梨璃はその発言に強引に割り込む。そして、きゅっと眉を吊り上げながら鶴紗を見た。

「わたしたちの仲間になってくれるの⁉　くれないの？」

表面上の言葉とは裏腹に、有無を言わさぬオーラを放ちつつ迫る梨璃。

「……ふふっ」

そんな梨璃を見て、鶴紗が笑う。

「私から切り出したのに、躊躇《ため》っちゃってごめんなさい……梨璃、あらためてお願いするわ。私を、あなたたちのレギオンに加えてくれる？」

「もちろん！　ね、みんな？」

「ええ。わたくしたち、もう戦友ですものね」

楓の言葉に、全員がうなずく。

「今後、もし、安藤さんに出動の要請があれば、わたくしたちもお手伝いいたします。もう、お一人で無理をされないでくださいね」

「⁉　そ、そんな……私の事情に、みんなを巻き込むわけには……」

神琳の言葉に、鶴紗が戸惑いの表情を浮かべる。

「そうは言っても、放っておけないよ！　それに、これにはお姉様も賛成してくれたから。もう決まりだよ、鶴紗ちゃん。いいでしょ？」

「……はぁ……」

まだ納得いかないという風にため息をつく鶴紗。しかし、ミリアムがばんばんとその背を叩く。

「なんじゃなんじゃ、辛気臭いぞ？　こういう時は素直に礼を言えばいいんじゃ！　わらわたちにどしんと任せておけ！」

「……そうね。わかった。私も、全力であなたたちを守るわ」

「うん！　頼りにしてるよ、鶴紗ちゃん！　はい、ラムネも飲んで！」

「ふふ、ありがとう……ところで」

梨璃からラムネを受け取りながら、鶴紗がふたたび表情を曇らせる。

「白井《しらい》……夢結《ゆゆ》様はどうしたの？　あの時の夢結様は、すごい活躍だったと聞いているけど、なんというか……」

言葉に詰まる鶴紗。

負傷し、頭が朦朧《もうろう》としていた彼女にも、夢結の異常な様子が感じ取れていたのだろう。

避けていた話題を口に出され、梨璃たち一同も黙り込む。

「……うん。昨日から、お姉様はね……」


白井夢結は、一人、自室に籠もり続けていた。

鶴紗を救出するための戦闘の後。残った少数のヒュージは、後から駆けつけたレギオンによって一掃された。

「夢結さんがほとんど片付けてくれたから、あまり出番はなかったけどね」

そのレギオンのリーダーが、苦笑しながらも自分を称えてくれたことを覚えている。

……が、夢結には、それ以前の記憶が定かではなかった。

鶴紗の加勢に入り、ヒュージと交戦し、梨璃たちを逃がし……そして、高機動型のヒュージに隙を衝かれ、梨璃が危機に陥った。覚えているのはそこまでだ。

そこからの記憶がまったくないわけではないが、それらは断片的で、光景を思い出そうとしても、霞がかかったようにしか浮かんでこない。

記憶が明確になるのは、自らが梨璃の首筋にダインスレイフを押し当てていることに気付いてからだ。

それまでの間、自分は単独で敵中に飛び込み、過剰なまでの破壊を繰り返していたらしい。

普段の夢結の姿とはかけ離れていた。レギオンの誰かがそう言っていた。だが、その姿を晒すのは、初めてのことではなかった。

(また……やってしまったのね)

その自覚がある。

夢結が保有するレアスキルは、「ルナティックトランサー」。

「バーサーク」という俗称で呼ぶ者もいる。

ルナティックトランサーは、その俗称の通り、一時的に自らを興奮状態にさせるレアスキルである。

体内にあるマギを意図的に暴走させることで、恐怖心を消し、肉体的能力を飛躍的に高める。

うまく扱えば危険な能力ではない。自らの平常心を維持しつつ、肉体のみ強化するのがルナティックトランサーの真髄だ。だが……使用者の精神が乱れると、敵味方関係なく戦いを挑む狂戦士となる危険性も秘めていた。

そして夢結は、「お姉様」を失って以来、自分の心が不安定な状態にあることを自覚していた。だから、この能力を長らく封印してきたのだ。

しかし、梨璃の危機を目の当たりにした時、ふたたび、この力を使ってしまった……いや、違う。使ったわけではない。暴走し、意に反してトランス状態に陥ってしまったのだ。

結果だけを見れば、ルナティックトランサーの能力には感謝すべきだろう。おかげで、梨璃を守ることができた。だが、問題はそこではない。

（……あの時、初めて思い出した。お姉様の……）

夢結は、お姉様——川添美鈴《かわぞえみすず》を失った瞬間の記憶もおぼろげだった。あの時もまた、狂気に陥って必死に戦っていたから。

しかし、梨璃が今にも死を迎えようとした瞬間、思い出した……思い出したくなかったものを。

「お姉様……梨璃……」

忌まわしい自らの肉体と能力を呪いながら、夢結は一人、暗い部屋にうずくまり続けた。


「夢結様……どうだった？」

遠慮がちに聞いてくる二水。

「やっぱり、会ってもらえなかったよ。夢結様、どうしちゃったんだろう……」

梨璃はそう言いながら、一口、ラムネを飲む。大好物のラムネも、今はなんだか苦く感じる。

「困りましたわね。梨璃さんがお一人で会いに行かれれば、夢結様も出てきてくださるかと思ったのですが……」

二日続けて授業を休んだ夢結を心配し、放課後二水と楓が梨璃の部屋へと押しかけてきた。

大勢で行くと夢結が話しにくいのではないか、という配慮で梨璃一人を送り出してくれたのだが、結果は昨日と同じく思うようにはいかなかった。

「夢結様、ちゃんとご飯は食べてるのかな？」

「一応、同室の先輩に差し入れは渡したけど……あんまり、食事もしてないみたい」

「……お姉様によると、夢結様がこのまま欠席理由も申し出ないようなら、教導官が強制的に呼び出すそうだ。その時、無理矢理にでも栄養を摂《と》らされるだろう」

黙って本を読んでいた閑《しず》が会話に参加する。普段、閑は何事にも無関心を装っているが、必要なタイミングには声をかけてくれる。短い付き合いだが、梨璃にもそれがわかりはじめていた。

「呼び出し!?　お姉様、先生に怒られちゃうの!?」

呼び出しという言葉に、梨璃が驚いて問い返す。

「もしかして、わたくしたちが勝手に鶴紗さんを救いに行った件ですの？　あれでしたら、たしかに叱られはしましたが、もう済んだ話ではなくて？　結果として、鶴紗さんもお救いできたわけですし」

「結果さえ良ければいい、というわけではないだろう……が、夢結様の呼び出しは、その件ではない。教導官も夢結様を心配しているのだ」

閑は、教導官が夢結を保健室まで呼び出し、体調を確かめるつもりのようだ、と語った。

「なるほどです。夢結様、お食事もされませんし、それに……」

「ルナティックトランサーの後遺症もあるかもしれませんしね」

二水が濁した言葉を楓が受け継ぐ。

一昨日、暴走状態に陥り、梨璃にさえも襲いかかろうとした夢結。

その原因が夢結のレアスキル「ルナティックトランサー」にあることを、梨璃も二水や教導官から聞かされた。

ルナティックトランサーは、意図的にマギを暴走させ、肉体的能力を高めるスキルだ。だが、それはつまり、本来、発揮すべきではない出力を肉体に求める技でもある。そのため、うまく制限して使用しなければ自分自身をも傷つけかねない。

「うん……お姉様、心配だね」

(それに……)

もうひとつ、最も気になる点は、梨璃も口にはしなかった。

たしかに、夢結の肉体も心配だ。だが、それ以上に気がかりなのは、夢結の精神状態だった。

ルナティックトランサーの副作用とはいえ、あの時の夢結は普通ではなかった。

もちろん梨璃には、夢結を責めるような気持ちはない。結果として夢結は仲間を傷つけなかったたし、今後もそうに違いないと信頼している。

だが……問題は、夢結自身が自分を許すか否かだ。

話ができない以上、夢結が何を考えているのかはわからない。しかし、おそらく、強く自らを責めているのではないかと思う。

（お姉様……）

もう一度、強く夢結のことを想った時、部屋のドアをノックする音が響いた。

「あら、お客様かしら」

「あっ、わたしが出るよ！　は～い……あっ！」

「ヨッ、梨璃。みんなもいるナ。今、暇カ？」

梨璃がドアを開けると、そこには百合ヶ丘二年生、吉村《よしむら》・Ｔｈｉ《てぃ》・梅《まい》が立っていた。


「この間は大変だったみたいだナ、梨璃。梅にも言ってくれれば手伝ったのニ」

「あ、ありがとうございます！　でも、おかげさまで鶴紗ちゃんも無事でした！」

「……ウン。夢結、がんばったみたいだもんナ」

沈みかけた夕日を見ながら、梅は控え目に笑った。

梨璃たちは、梅とともに百合ヶ丘の中庭を訪れていた。梅の訪問の理由は言われずともわかる。梅もまた、夢結を心配しているのだろう。

「梨璃は、夢結のアレ……ルナティックトランサーを見るの、初めてだロ？　驚いたカ？」

「……は、はい。正直に言って、びっくりしました。普段は冷静なお姉様が、あんなに興奮するなんて……あっ、でも、わたし、だからって、お姉様を尊敬する気持ちに変わりは……」

「アハハ、わかってるよ、それハ。……それに、昔は夢結も、もっと上手にレアスキルを制御できてたんダ。本当は、怖い能力じゃナイ」

そう言って、手をひらひらと振る梅。

「梅様は、以前にも夢結様と一緒に戦ってらしたのですか？」

楓が問うと、隣にいる二水が代わって答える。

「梅様は、かつて、『アールヴヘイム』と呼ばれた伝説のレギオン『十人目のメンバー』だったんですよ！　一年生にしてジークルーネの座に就いた竹腰千華《たけこしちか》様や夢結様を始めとした十三人で結成されていたんです！　あ、ちなみに、梅様の十人目っていうのは補欠って意味じゃなくて、いざって時のスーパーサブです！」

二水が鼻息荒く説明すると、梅は照れたように頬をかいた。

「イヤ、ほめすぎだぞ。梅はただ、練習が嫌いだからスタミナがなかったンダ」

「それにしたって、夢結様と肩を並べるなんてすごいです！」

「それで、お姉様は、その頃はなんともなかったんですか？　その……あの力を使っても？」

興奮気味の二水を抑えて話を戻す梨璃。すると、梅もふたたび表情を引き締める。

「ウン。あの頃は……夢結にも、お姉様がいたからナ。うまく自分の力を操れてタ」

「お姉様がいたから？　どういう意味ですか？」

「……ンーと。よく知らないけど、ルナティックトランサーを安心して使えるのはお姉様のおかげ、みたいなことを言ってたゾ」

だが、梅も肝心なことは知らないようで、曖昧な答えしか返ってこない。

「二水ちゃんは何か知ってる？」

「えっ？　えーっと……すごい戦闘能力を発揮するということは知っていましたが、パートナーが必要だとまでは……」

リリィマニアである二水にも話を振るが、さすがに、なんでも知っているというわけではないらしい。

「そっか……それがわかれば、お姉様の力になれるかもしれないのに……」

梨璃が肩を落とす……と、その時、背後から低い女性の声が響いた。

「ルナティックトランサーの保有者は、体内のマギのみならず、精神も不安定な状態に陥るわ。だから、一人では、その暴走状態を支えきれないの」

「え……？」

振り向くと、そこには梨璃たちの担任である教導官、吉阪《よしざか》が立っていた。

「吉阪先生、今のはどういう……？」

梨璃が問うと、吉阪は言い含めるようにゆっくりと語り出した。

「ルナティックトランサーは、いわば狂気に陥って戦うためのスキルよ。その危うい状態を抜け出すには、己以外の誰かの中に、自らの人間性を置いておく必要がある……つまり、心から依存できる、甘えられる相手が必要なのよ」

「依存できる相手？」

梨璃がさらに訊くと、吉阪は懐から煙草を取り出し、火を点けた。百合ヶ丘のキャンパス内は全て禁煙だが、梨璃たちは余計な口を挟まず、吉阪の次の言葉を待つ。

「たとえ狂気に陥っても、決して忘れない相手。その人物の顔を見れば、己を取り戻せる。そんなパートナーが必要なの。そして、白井さんはその相手を失ってしまった……」

吉阪は紫煙とともに言葉を吐き出していく。

「…………」

「だから、本人も私も、あの能力は封印すべきだと考えていたのだけど……意図せずに発動してしまったようね」

「で、でも……お姉様のおかげで、鶴紗ちゃんもわたしたちも助かったんですよ!?」

吉阪の言葉から夢結を責める響きを感じて、思わず庇う梨璃。だが、吉阪は細い眉をひそめた。

「どうかしら……あの状態になった白井さんは、敵味方の区別がほとんどできないわ。心を占めるのは、ただ敵を倒すことだけ……実際に目にしたのなら、思い当たる節があるんじゃないかしら？」

「そ、そんな！」

咄嗟《とっさ》に反論しようとした梨璃。だが、梨璃が言葉を探しているうちに、楓がぽつりとつぶやきを漏らす。

「……たしかに、夢結様はあの時、梨璃さんにダインスレイフを突きつけていましたわ。すんでのところで止めてくださいましたが……背筋が凍りました」

「か、楓ちゃん！」

親友からの裏切りのような一言に、梨璃も思わず語気を強めてしまう。

「……申し訳ありません、梨璃さん。ですが、わたくしは誰よりも、梨璃さんの味方なのです。そして、夢結様が梨璃さんに害を及ぼそうとしたのはまぎれもない事実ですわ」

心苦しそうにしながらも、きっぱりと言い放つ楓。

「か、楓さん、梨璃ちゃん……」

両者の間に立つ二水も、何も言えずに目を泳がせている。

「吉阪センセー、あんまり夢結を責めないでやってほしいゾ。梨璃本人が怒ってないんだカラ、別にいいんじゃないカ？」

「ま、梅様、ありがとうございます！」

梅からの援護射撃に思わず弾んだ声をあげる梨璃。だが、吉阪は梅の言葉でさらに表情を曇らせた。

「吉村さん、あなたの優しいところ、私は好きよ……でも、だからといって、判断を曇らせてはいけないわ。これは一柳《ひとつやなぎ》さんだけの問題じゃないのよ？　このまま白井さんを放置しておいて、彼女がもし別の人を傷つけたとしたら、誰にも責任は取れないわ」

「…………」

梨璃は黙って唇を噛む。

たしかに、襲われるのが自分だけであればまだしも、他人にまで害を及ぼすとなると適当なことは言えない。

「ルナティックトランサーは、自らの攻撃性を剥き出しにする能力でもあるの。生まれ持った性質は、誰にも矯正できないかもしれないわ」

「……先生は、あの姿こそが夢結様の本質だと？」

吉阪の言葉を慎重に確認する楓。

「別に責めているわけではないのよ。戦士としては、素晴らしい資質のひとつだわ……だけど、彼女の目的は、仲間を守ることではなく、ヒュージを狩ることにあるのかもしれない。そういうことよ」

「……っ！」

ぎゅっと拳を握る梨璃。すると、吉阪は梨璃の肩に手を置き、意外なほど優しく語りかけてきた。

「一柳さん。白井さんを目標にするのはあなたの自由よ。だけど、彼女と行動をともにする限り、またいつあなたに刃を向けてくるかわからないわ。その危険性だけは肝に銘じておいて」

なだめるような吉阪の物言いに、何も返せずに黙る楓たち。

……だが、数秒の沈黙の後、梨璃は低い声で吉阪の言葉を否定した。

「違います」

「……なあに、一柳さん？」

口調は優しいものの、目を細めて梨璃を睨む吉阪。

「お姉様は、危ない人なんかじゃない。戦いに心を囚われてなんかいません」

きっ、と鋭い目で吉阪を見返す梨璃。

「……大した信頼だけど、根拠はあるの？　いい加減なことを言えば、あなただけではなく仲間にも危険が及ぶのよ?」

「梨璃さん。お気持ちはわかりますが……」

梨璃と吉阪とを取り成そうとする楓。だが、梨璃は構わず、さらに一歩、吉阪に詰め寄る。

「違うんです、先生。お姉様は、そんな人じゃありません……今、わたしがここに立っていることが、その証明です」

「……白井さんがダインスレイフを寸止めしたことを言っているの?」

距離を詰めたことで、吉阪と梨璃の身長差がさらに強調される。吉阪が目だけを動かして梨璃を見下ろす。感情を思わせない、厳しく冷たい視線だった。

「いいえ。この間のことだけじゃありません。ずっと前……わたしが、お姉様に初めて会った時からです」


一昨年の十二月。山梨県《やまなし》。

梨璃は、父や近隣住民とともに、暗い森の中を走っていた。

彼らは全て、山梨都市部からの立ち退きを余儀なくされた避難民だった。

つい数年前まではなんとか平穏を保っていた山梨県だったが、日増しに激しくなるヒュージの侵攻を前に、ついに陥落した。

梨璃たちを率いるのは、鎌倉府《かまくらふ》から派遣されてきた防衛隊の十数名。数百人にも及ぶ梨璃たちの一団を守るには、あまりにも心許《こころもと》ない。

それでも、梨璃たちは逃げる他なかった。懐かしい町を離れるのは悲しかったが、あそこに残っていたのでは、いずれヒュージの餌食となるだけだ。

「みなさん。できるだけ静かに、急いでください。あと少しで山を越えられますから！」

はじめはバスや自動車で移動していた梨璃たちだったが、途中の道が大型ヒュージによって破壊されていた事により断念。また、度重なる小型ヒュージの襲撃もあり、いつしか、散り散りに分かれて逃げる羽目に陥っていた。

今、一緒に行動しているのは梨璃と梨璃の父、そして友人である和夕《かゆう》の三人だけ。周囲の森から人の気配は感じるものの、その姿は見えない。

「お父さん……お母さんたちは、大丈夫かな？」

「ああ。母さんたちの方にも防衛隊の人がついていた。きっと、鎌倉府に着けば合流できるさ」

逃走の混乱の中、梨璃は、母や弟とはぐれてしまっていた。だが、二人を捜しに戻ることはできない。今はただ、鎌倉府で合流できることを信じて進む他ない。

と、その時。

「ＪＵＪＹＡ！」

梨璃の頭上に、ミドル級のヒュージが現れた。

ビビビビ……という不快な羽音が響く。悪いことに、空を飛ぶタイプのヒュージだ。

まだ梨璃たちの存在に気付いてはいないようだ。と言うより、多数の人間たちの中から、次の標的をどれにするか決めかねているのかもしれない。

「……梨璃！　和夕ちゃんと逃げろ」

小声で言いながら、父が梨璃の背中を押す。だが、その時になって初めて、梨璃は和夕とはぐれていることに気付いた。

「お父さん、和夕ちゃんがいない！」

「なんだって……!?」

防衛隊に急かされるまま前進するうちに、和夕もまた梨璃たちとはぐれてしまったようだ。

「どうかしましたか？」

立ち止まる梨璃たちを見て、防衛隊員の一人が近付いてくる。梨璃たちに話しかけながらも、その銃口はミドル級の方を向いたままだ。

「隊員さん！　和夕ちゃんが、わたしの友達がいないんです！　つい、さっきまでは一緒だったんですけど……」

梨璃が詰め寄るが、防衛隊員はなだめるように掌を突き出してきた。

「落ち着いて。きっと、お友達も逃げています。だから、あなたたちは静かに前進を……」

彼がそう言いかけた時。

「きゃあぁぁぁ～……！」

後方の森の中から、和夕の悲鳴が響いた。

「和夕ちゃん!?」

防衛隊員の後方に広がる森を見る。そこには、スモール級のヒュージに追われる和夕の姿があった。

「ひっ……きゃあぁぁー！」

細い悲鳴をあげながら、木の少ない、開けた台地へと走り出る和夕。

「……いけない！」

防衛隊員が叫ぶ。

遮蔽物がない場所は歩きやすいが、その分、敵にも発見されやすい。逃亡中、何度も防衛隊員が梨璃たちに注意したことだった。

しかし、恐慌状態に陥っている和夕には冷静な判断力は残されていない。

「ＪＵＡ！」

悪い事に、頭上のミドル級までも和夕の方へと飛んで行こうとしている。

「和夕ちゃん……こっちだよ！」

いてもたってもいられなくなり、梨璃は和夕の方へと駆けだす。

「梨璃!?」

「駄目だ！」

父と防衛隊員の悲鳴が響くが、和夕の危機を放ってはおけなかった。

「和夕ちゃん！」

開けた場所に飛び出し、和夕の名を呼ぶ。

「あっ……梨璃！」

梨璃を見つけて、和夕が一瞬、安堵の表情を浮かべる。が、いくぶんか冷静さを取り戻したのか、拒絶の言葉を口にした。

「来ちゃダメ！　危ないよ！」

「……畜生！」

梨璃の後方から悪態が聞こえ、小銃を連射する音が聞こえた。

「ＣＨＹＵＡａ⁉」

何発もの銃弾を受け、スモール級が前のめりに倒れる。

「やった……⁉」

歓声をあげる梨璃。ＣＨＡＲＭならぬ一般兵器でも、スモール級ならば十分に倒すことができる。

だが、スモール級を倒してもなお、防衛隊員は絶望的な叫び声をあげた。

「……そいつの相手は無理だ！　早く逃げて！」

が、その助言に従う暇もなく、ミドル級が梨璃と和夕の前へと降り立った。

「ＪＵＡＡ……」

「り、梨璃ぃ……」

和夕が、震える手で梨璃にしがみつく。逃げなければ、と思うのだが、体が動かない。

「ＪＵ……」

ミドル級が、その大きな口を開く。格闘ではなく、熱線で仕留める気なのだろう。

キィンという不快な高音が夜の森に響く。

「梨璃！　……待ってろ！」

遠くから、父の叫び声が聞こえる。防衛隊員とともにこちらへと走ってきているようだ。

（来ないで、お父さん）

そう思ったが、口すらも動かない。絶望的な死を前に、梨璃は己の無力さを知った。

……だが。

その時、梨璃の頭上に、黒髪の天使が舞い降りたのだった。


「もう、平気よ……危機は去ったわ」

黒髪のリリィはそう言うと、梨璃と和夕の方へと歩み寄ってきた。

「……二人とも、無事ね？」

「あ、は、はい。その……ありがとうございました！」

「百合ヶ丘の……白井夢結さんですね？　ご協力、感謝します。お越しになるとは聞いていなかったので驚きました」

梨璃が命の恩人に頭を下げると、駆け寄ってきた防衛隊員が彼女の名を呼んだ。

（白井、夢結……）

「お力になれて何よりです」

夢結は防衛隊員に応じながら、頭につけた羽根飾りのようなものを操作した。それが、百合ヶ丘のリリィが使用する長距離通信装置だと知ったのは、後になってからのことだ。

カチリ、と音を立てる羽根飾り。夢結がスイッチを入れたようだ。

『……ちょっと、夢結さん!? 今、いったいどこにいるの!? 一人だけはぐれていましてよ?』

すると、装置からは予想外に大きな音声が響いてきた。どうやら、通話の相手は少し怒っているようだ。

「申し訳ございません。電波の障害があったようで、道を間違ってしまいました」

『……本当なの？ あなたが地形を読み違えるなんて珍しいですわね？』

「お恥ずかしい限りです」

涼しい顔で謝る夢結。言葉の上ではともかく、その態度には申し訳なさそうな様子は微塵《みじん》も感じられない。

「ところで、そちらの戦況はいかがですか？」

『もちろん、問題ありませんでしたわ。わたくしたちは引き続き、伊豆《いず》の警戒に当たります』

得意げに答える通信相手。それを聞き、夢結が僅《わず》かに口元を緩《ゆる》める。

「そうでしたか……安心いたしました。ところで、また電波が乱れつつあるようです。わたくしは、一度、御殿場《ごてんば》の駐屯地で防衛隊と合流いたします」

『ちょっと、夢結さん!? 別に、電波が乱れた様子は……』

ブッ。

そこまで話すと、夢結は明確に、通信機の電源を切った。

「あ、あの……大丈夫なんですか、戻らなくて」

思わず、間の抜けたことを聞いてしまう梨璃。

だが、夢結はそれには答えず、軽く肩をすくめただけであった。

「御殿場まで、わたくしも同行いたします。できるだけ、多くの人を集めてください。ここから先は安全です」


「そのようなことが……」

梨璃が語り終えると、楓が、ふうとため息をついた。

「命令違反……白井さんたら」

吉阪は、ため息をつきながら携帯灰皿に煙草を押し込む。

「そうです。お姉様は、命令違反を犯してまで、たった一人でわたしたちを助けに来てくれたんです！　だから、そんなお姉様が、戦いに心を囚われているなんて……そんなはずはないんです！」

先ほどと同じ言葉を繰り返す梨璃。その瞳は燃え上がるような熱を持って吉阪を見つめている。

しかし、吉阪は梨璃の視線に動じた様子もなく、ぽつりと吐き捨てる。

「その話が事実だったとしても、なんの反論にもなっていないわ。あなたたちが救われたのも、白井さんが単独でヒュージを狩った、その結果でしかないでしょう」

「そんな……！　お姉様は、わたしたちのために、危険を承知で……！」

「先生、それはあまりにも……！」

梨璃と楓がさらに反論を試みるが、吉阪は手でそれを制した。

「おしゃべりはここまでにしましょう。あなたたちは、白井さんを庇うことが念頭にある。何を見ても、どうせ白井さんにとって良い方にしか解釈しないわ」

「それをおっしゃるなら、先生の方こそ……！」

「言いたいことはわかるわ。つまり、私たちがいつまで話しても、平行線にしかならないということよ。……ならば、証明してみせなさい。あなたたちが白井さんを説得して、彼女の能力を御してみせて。口ではなんとでも言えるものね」

「……わかりました。お姉様なら、きっと大丈夫です！」

そう言って、梨璃は吉阪に背を向ける。

「どこへ行くの、一柳さん？」

「お姉様のところに！　わたし、もう一回、お姉様のところに行ってきます！」

「今すぐ？　やめておきなさい。無理をすれば、かえって彼女を頑《かたく》なにさせるだけよ」

「それでも！　……今日、会ってもらえなくても、明日でも、明後日でも、絶対に！」

そう答えながら走る梨璃。楓たちも、吉阪に一礼してから梨璃の後を追う。

「やってみなさい。ただし、無理だった時には、ここにいられると思わないでね？　戦えないリリィを置いておくほど、百合ケ丘は甘くはないわ」

吉阪の冷たい宣告。その言葉から逃げるように、梨璃はさらに足を速めた。

梨璃たちが去り、中庭には、吉阪一人が残された。

「……盗み聞きは感心しないわね」

が、吉阪は背後に立つカエデの木を振り返る。すると、その陰に隠れるようにして立っていた生徒が静かに進み出た。

「……申し訳ありません。話に割り込む間がなかったもので」

「伊東《いとう》さん……何かご用？」

現れた生徒は、梨璃と同質の一年生、伊東閑であった。

「いえ、特に何も……ただ、教導官というお仕事も大変だな、と思いまして」

「……ふふん」

閑の言葉に、吉阪が照れたように鼻を鳴らす。

「どうってことないわ。あなたたちの青い尻を叩いてあげるのも、大人の仕事のうちよ」


「お姉様？　……お姉様は、起きてますか？　お食事は召し上がっていますか？」

「どうかしら。ベッドに入ったままで、起き上がってこないから。……食事は、あまり摂ってないみたい。あなたたちからの差し入れは渡してあるけれど……」

ドアの向こうから、梨璃の声が聞こえる。応対してくれているのは夢結のルームメイト、秦祀《はたまつり》だ。

梨璃にも、祀にも、余計な心配をかけているとは思う。だが、夢結は返事をすることもなく、ただベッドにうずくまっている。

(梨璃……来ては駄目……)

記憶の中にあるお姉様、美鈴の顔が、なぜか梨璃と重なる。最期に美鈴が見せた顔に。

(美鈴、お姉様……)

夢結は今や、完全に思い出していた。あの瞬間の美鈴の顔、そして、その身体に走った傷痕を。

美鈴の胴に大きく走った切り傷……あれは、見間違えるはずもない。CHARMによって受けた傷。

それも、大型の、ダインスレイフ。夢結が今愛用している武器によって作られた傷だった。

(まさか、私は……ダインスレイフで人を、仲間を、お姉様を……!?)

心では否定したくても、理性がそれを阻害する。

昨日、梨璃すら手にかけようとした己を思い出す。そして、美鈴の死の瞬間の記憶が曖昧だった白分。

それは、愛する者を手にかけたという事実からの逃避ではなかったか。

「お姉様……お邪魔をしてごめんなさい。また明日、おうかがいしますから」

気遣わしげな梨璃の言葉が響く。

一時は、梨璃とともに歩んでみようと思った。少しくらい無理をしてでも、自分を立ち直らせようと考えた。

しかし、美鈴の死に際を思い出した今となっては、その決意はあまりにも危険なものだと気付いた。

（梨璃、駄目よ。来ては駄目。私に近づけば、あなたまで……）

夢結はぎゅっと固く目をつぶり、今の現実からも逃避しようとするかのように丸まり続けた。


翌朝。

夢結は、誰に起こされるでもなく目を覚ましていた。

すでにルームメイトは学校に行っており、今は夢結一人だ。

（私も、そろそろ外に出ないと……）

と、そこまで考えて、出なかったからといって、何も支障がないことに気付く。

リリィとしての評価も、授業の単位も、どうでもよかった。

（だけど、それでも……）

このまま、何もせずに腕を鈍らせることへの抵抗があった。仲間と、美鈴とともに磨き上げた技は、もはや、夢結一人の物とは思っていない。だからこそ、美鈴を失った後もリリィとして戦いの中に身を置いてきたのだ。

しかし今は、自らの腕への責任感すらも罪ではないかと思えてくる。自分が弱ければ、リリィなどでなければ、誰も傷つけないのではないか。そう考えてしまう。

（でも……どちらにせよ、このままというわけにはいかないわ）

戦えないリリィが、いつまでも百合ヶ丘に在籍してはいられない。我儘《わがまま》はこれくらいにして、なんらかの決断を下さねばならない。

その時——部屋のドアを、控え目にノックする音が響いた。

「白井さん……いる？」

一瞬、梨璃が来たのかと考えた夢結。だが、その声は、百合ヶ丘の校医のものであった。

（……がっかりしているの、私は？）

自らの内に沸き上がる未練を否定しながら、夢結はドアを開けた。

「……おはようございます、先生」

「おはよう、白井さん。少し、やつれて見えるわね。ちゃんと食べてないんでしょう」

そう言って笑う校医。たしか、大野《おおの》という苗字だったはずだ。

「ま、とりあえず簡単に身支度をなさい。保健室で、軽く健康状態をチェックするわ」

「はい」

百合ヶ丘における校医は、ただの養護教諭ではない。正式に免許を持った医師であり、リリィたちの健康管理については学院長に並ぶ発言権を与えられる。その彼女からの呼び出しなら、応じないわけにはいかない。夢結は黙々と大野の勧めに従った。

その後、夢結は保健室で健康診断を受けた後、頼み込まれるようにして食事を摂った。そして職員室にも連れて行かれ、担任から、そろそろ訓練へ参加するよう勧められた。勧められたと言っても、半ば強制である。健康上、なんの問題もないと確認された以上、夢結には断るだけの理由がなかった。

「お疲れ様、白井さん。もう戻っていいわよ。今日は、ゆっくり寝ていなさい」

大野に解放され、一人、廊下を歩く。その間も、夢結は自らの身の振り方について考えていた。

（これ以上、私の力のことで梨璃たちに迷惑をかけたくはない……だったら……）

他のレギオンに移る、という案も頭をよぎったが、「死神」と恐れられた自分を受け入れるレギオンがそうそうあるとは思えない。また、仮に受け入れられたとしても、ルナティックトランサーの力を制御できない限り、新たな犠牲者を生むだけだろう。

もうひとつ、リリィを辞めるという最終手段もあるが、学校が、周囲がそれを許すとは思えなかった。悲しいことだが、自分は優秀なリリィとしての評価を得てしまっている。人類の敵、ヒュージを倒すためには、無駄にできない「駒」であることは自覚していた。

（やはり、私は一人で戦うしか……）

不意に涙が溢れそうになる。ルナティックトランサーの保有者は、良くも悪くも感情に左右されやすい。それを知っていたからこそ、夢結は常に平静を装ってきた。だが、その強がりも限界に達しようとしていた。

「お姉様……！」

夢結が、すでにこの世にいない敬愛の対象に助けを求めた時。

「お姉様……」

夢結の前に立った人物が、同じ言葉を口にした。

見上げると、そこに立っていたのは、かつての夢結と同じ立場……守られるべきシルト、一柳梨璃であった。


「お姉様……！」

梨璃は、自らの鼓動が高くなるのを感じながら夢結へと呼びかけた。

たった二日、顔を見ていなかっただけなのに、ずいぶん久しぶりに会ったように思える。

「梨璃……」

夢結は、梨璃を一瞥《いちべつ》しただけで、すぐに視線を逸らす。

「お姉様、体調はいかがですか？」

梨璃が呼びかけても、夢結はやはり目を合わせてはくれない。胸の奥が冷えるような感覚を覚えながら、梨璃はなおも言葉を続ける。

「あ、あの、おかげさまで、鶴紗ちゃんも、わたしたちもケガはありませんでした。本当にありがとうございます！」

「…………」

会話のきっかけが掴めず、まずは礼を言う梨璃。だが、夢結は返事をしてくれない。

「お姉様……？」

一歩だけ、距離を詰める。すると、夢結が初めて顔を上げた。

「来ないで、梨璃」

「……？」

その言葉通りに足を止め、視線で夢結の真意を問う梨璃。

「ごめんなさい……梨璃。私は、あなたを守ってあげられない。シュッツエンゲル……守護天使にはなれない……むしろ、あなたたちを傷つけてしまう……」

そう言いながら後退し、梨璃との距離を空ける夢結。

「お姉様、何を言っているんですか？　この前だって、お姉様のご活躍で……」

「そうよ。覚えているでしょう？　私、あと少しで、あなたをこの手で……！」

夢結は、泣きそうな顔で自らの手を見る。

「……そんなの、平気ですよ。こうして今、わたしは元気にしてるじゃないですか。お姉様が来てくれなかったら、それこそわたしはどうなっていたか……」

「それは、結果でしかないでしょう⁉」

声を荒らげる夢結。しかも、その発言は、昨日の吉阪のものと同じだった。

だが、対する梨璃の返答もまた、吉阪へのものと同じである。

「そんなことはありません！　初めて会った時も、お姉様は、わたしたちの命を助けてくれたじゃないですか！　お姉様は、とても優しい方です。わたしはそれを知っています！」

「梨璃……」

初めて、夢結が梨璃の目を見た。いつもは凛として力強い瞳が、今は涙で揺らいでいる。

「でも……私、やっぱり戦えない……自信がないの。私は、自分を信じられない。みんなと一緒にいたら、また、誰かを傷つけてしまう……」

「……だったら、戦わなければいいじゃないですか」

「えっ……」

こともなげに言い放つ梨璃。その、あまりに簡単な物言いに、夢結は固まったように梨璃を見返す。

「でも、私はリリィを辞めるわけには……そんなの、誰も許してくれない……」

「わたしが許します！」

即答する梨璃。

「……ありがとう、梨璃。でも、気休めは結構よ。リリィでない私に、戦わない私に、いったいなんの価値があるというの？」

そう言って、廊下にへたり込む夢結。夢結は、幼少期よりリリィとしての教育を受け、常に周囲から一目置かれながら成長してきた。そんな夢結にとって、リリィという肩書は自らを支える柱となっていたのだろう。

「なんの価値もないなんて……そんなこと言わないでください！」

だが梨璃は、あえて強い口調で夢結の言葉を否定した。

「り、梨璃……？」

普段、従順な梨璃が出した大声に、夢結は目を丸くする。

「戦わなくても、リリィじゃなくても、お姉様はお姉様です！　……わたしの憧れの人を馬鹿にするのは、たとえお姉様自身でも許しません！」

自分でも、何を言っているのかよくわからない。だが今の梨璃には、こういう形でしか気持ちを伝えることができなかった。

「梨璃……あなた、どうして、そこまで……」

夢結もまたうまい言葉を口にすることができず、ただ首を振り続ける。

「……大きな声を出してごめんなさい、お姉様。今は、何もお考えにならなくても結構です……それより、お食事はお済みですか？」

「少しだけ、それから、栄養剤をもらってきたわ」

「ダメですよ、そんなのに頼っちゃ！　わたし、学食のおばさんにお願いして、サンドイッチ作ってもらってきたんです。召し上がってください。ね？」

半ば決めつけるようにそう言うと、梨璃は夢結の手を引いて学生寮へと向かった。


学生寮のオープンテラス。

授業中である今は、梨璃と夢結以外の人影はない。

「お姉様。タマゴサンドとツナサンド、どちらになさいますか？」

「……梨璃のお勧めに任せるわ」

「え～っ？　どっちも美味しそうだから迷うなあ……それじゃ、まずはタマゴの方をどうぞ！」

弾んだ声で夢結に食事を勧める梨璃。もちろん、場の空気を明るくするためでもあったが、半分は本当に楽しんでいた。

まだ完全に復調したようには見えない夢結だが、今、こうして自分と一緒に食事をしてくれているのだ。昨日と比べれば大きな一歩である。

（お姉様が元気になるまで……ううん。たとえ、元気になられなかったとしても、わたしは、ずっと一緒ですからね）

そう思いながら夢結の顔を見つめる。すると、夢結が恥ずかしそうに視線を逸らす。

「そんなに見つめられたら、なんだか食べづらいわ。梨璃、あなたもどう？」

「え。でも、これはお姉様の……」

「私だって、全部は食べきれないもの。私からのお願いよ。ね？」

こうして話していると、夢結は以前とそう変わらないように見えた。

「そういうことなら……」

と、サンドイッチをひとつ口に運ぶ梨璃。一口食べると、今さらながら梨璃は自分が空腹だったと自覚した。思えば、夢結のことが気にかかって、朝食もあまり喉を通らなかったのだ。

（今は、ご飯を食べて体力をつけよう。そうすればきっと大丈夫。お姉様も、わたしも！）

何も根拠はないが、自分と夢結の未来は明るい。そう信じたかった。

そして、梨璃がサンドイッチの二口目を口にした時。

ゴゴゴゴォ……。

遠くから、低く、長い、地鳴りのような音が響いてきた。

百合ケ丘全体に警報が鳴り響いたのは、その数秒後であった。

「！　警報……!?　ヒュージ!?」

「梨璃、端末を！」

百合ヶ丘のリリィには、緊急時に備えて携帯端末が貸与されている。

その端末を見ると、警戒レベルは五段階のうちの三。先日、鶴紗が出動要請を受けたのは、「警戒担当のレギオンのみ出撃」のレベル二である。今回のレベル三は、それより上、「全レギオンの出撃準備」を意味する。

「お姉様！　わたしたちはどうすれば……!?」

「私たちのレギオンは、まだ全員揃っていない。学院から正式に認められた隊ではないわ。おそらく、出動要請はない。校舎内の待機と警備を命じられるはず」

緊急事態とあってか、夢結もはきはきとした物言いを取り戻している。

「あれ？　ちょっと待ってくださいね」

梨璃が夢結の横顔を頼もしく思っていると、手にしている携帯端末が震えた。楓からの通話着信である。

「もしもし、楓ちゃん？　今、どこにいるの？」

『それはこちらがお聞きしたいですわ、梨璃さん。夢結様に会いに行かれたにしてもお帰りが遅いのでは？』

「ご、ごめん。お姉様に食事をしてもらってたの。それより、何があったの？」

『市街地にヒュージが出現したらしいですわ。しかも悪い事に、三ケ所も同時に』

「え!?　じゃあ、鶴紗ちゃんは!?」

『今回はラージ級の出現も予想されるとのことで、レギオンを組んでいる人たちだけで出撃するらしいですわ。わたくしたちは留守番ですわね』

「そうなんだ。よかった……」

『よくありませんわ！　先生も怒ってらっしゃいますわよ。梨璃さんも夢結様も、早く教室にお戻りになって！』

「は、はいっ！」

「梨璃、私なら大丈夫。お互い、教室に戻りましょう」

楓との話が聞こえていたのか、夢結が梨璃を促す。

まだ夢結のことが気がかりではあったが、緊急時に二人だけで休んでいるわけにもいかない。

梨璃はひとまず、夢結とともに校舎へと戻った。

「……それじゃ、お姉様。お気をつけて」

校舎に着いた梨璃は、廊下の分かれ道で夢結に手を振った。

「教室に行けば、他のリリィもいるから大丈夫よ。あなたこそ気をつけなさい」

そう言って背を向ける夢結。梨璃はしばらくその背中を見送った後、自らも教室に急いだ。

「……あっ、やっと来られましたわね？」

一年椿《つばき》組の教室に戻ると、生徒は四分の一ほどしか残っていなかった。

「遅くなってごめん……ところで、他の人たちは？」

「レギオンに入っている人たちは、もう出撃しちゃったの。私たちも、これから校庭に出なくちゃ」

そう言って、二水が視線で窓の外を示す。そこには、すでにＣＨＡＲＭを構えたリリィたちが続々と車両で、あるいは徒歩で町を目指していた。

「残された私たちは、念のため待機ですわ。梨璃さんも来たことですし、早くＣＨＡＲＭを用意しましょう」

同じく教室に残っていた楓が一同を急かす。みんな、梨璃が来るのを待っていてくれたのだろう。

「う、うん！」

待機と聞いて少しだけ安心する梨璃だが、のんびりしてはいられない。梨璃は、楓たちとともにＣＨＡＲＭが保管されている武器庫へと急いだ。


「みんな、全員集まったわね。それじゃ、とりあえずは校庭で待機ね。周囲の警戒を怠らないように」

椿組の一同が集まると、吉阪が号令を下した。

校庭には上級生の姿もあるが、その多くはレギオンを組んで出撃している。今、この場を占めている大多数は一年生である。

「はい、先生！　今、戦況はどうなっているんですか？」

二水が挙手とともに質問すると、吉阪は少しだけ眉をひそめた。

「すでに聞いているでしょうけど、市街地の三ヶ所にヒュージが現れているわ。現在、各レギオンが出動しているけれど、それでも戦力が足りないかも。あなたたちも、心の準備はしておいてね。校庭から出ない分には、自由にしていてくれて構わないわ」

「わたしたち、出撃するかもしれないんだ……」

「望むところですわ。わたくしたちの力、見せて差し上げましょう」

梨璃が小声で不安を漏らすと、楓は豊かな胸を反らして自信をうかがわせた。

だが、梨璃が心配しているのは、自分ではなく夢結の身であった。

「お姉様、まだ元気になったわけじゃないのに、いきなりこんなことになって……大丈夫かな」

「……大丈夫。二年生のリリィも一緒なんでしょう？　私たちより、よほど安全」

そう言いながら、抱き寄せるように梨璃の頭を撫でてくれる鶴紗。

「それに……梨璃も夢結様も、私の恩人だもの。いざという時は、私が守る」

「鶴紗ちゃん……ありがとう！」

「ちょっと、鶴紗さん。梨璃さんを元気づけるだけなら、そのようなスキンシップは不要でなくて？　さっさと離れなさいな」

ずいっと梨璃と鶴紗の間に割り込む楓。

「……でも、普段、スキンシップが過剰なのは、楓さんの方では……」

「あら。お言いになりますわね、二水さん。ですが、わたくしは梨璃さんを守る騎士。常にお傍にいるのは当然でしてよ」

「おう、お主たち。何を楽しそうに喋っておるのじゃ？　わらわも交ぜんか！」

楓や二水がじゃれ合っていると、他のクラスからミリアムまでがやってくる。

「ミリアムちゃん。自分のクラスにいなくてもいいの……？」

「いいも何も、今は自由行動中じゃろ」

ミリアムが首を振って自分のクラスを指し示す。すると、工廠科《こうしょうか》である檜組《ひのき》の一同は、整備をかねて待機するためか、ＣＨＡＲＭを手に各々《おのおの》校舎へと戻っている。

「待機と自由行動は違いましてよ、ミリアムさん」

「気をつけないと……こっちにも、ヒュージが流れてくるかも」

そこに神琳と雨嘉も加わり、夢結を除くレギオンメンバー七人が揃う。

「流れてくるかも、って……ヒュージの数、そんなに多いの？」

「うん。たぶん……市街地の上に、黒い点がたくさん見えるもの。きっと、あのひとつひとつが、飛行型のヒュージなんだと思う」

そう言って空の向こうを指差す雨嘉。だが、梨璃にはその黒い点とやらが見えない。言われてみれば、なんとなく空が黒っぽいような気がするだけだ。

「ふぇ～……雨嘉ちゃん、あんなに遠くが見えるの？」

「はっきりとではないけど。私、昔から目はいいの……でも、見間違いかも……」

慎重に言葉を選ぶ雨嘉。

しかし、その言葉を言い終えないうちに、知らない生徒の声が雨嘉の言葉を肯定した。

「ヒュージよ！　気をつけて！」

「えっ⁉」

声のする方を見ると、それぞれ別方向から三体ほどのヒュージが飛来してくるのが見えた。大きさから言って、いずれもスモール級である。

「百合ヶ丘にまで飛んでくるなんて……出動している人たちは何をしていますの⁉」

楓が不満を漏らすが、神琳は余裕の笑みを見せる。

「空を飛ぶタイプを全て撃ち落とすのは難しかったのでしょう。むしろ、町の人たちに襲いかからずにいてくれて幸いですわ」

鶴紗もダインスレイフをシューティングモードに変えながらうなずく。

「あれくらいなら、簡単に撃ち落とせる。問題ない」

梨璃たちの周囲にいるリリィたちも、一様にＣＨＡＲＭを構える。ほとんどのリリィが出撃しているとはいえ、ここには、今でも数十人以上のリリィが待機している。スモール級が数体程度であれば、どうということはない。

タン！　ダダダン！　ダン！

事実、三体のスモール級はリリィたちからの一斉射撃を受けて、梨璃が手を出すまでもなく砕け散った。

「ご覧になりましたか、梨璃さん？　わたくしの一撃が当たりましたわ！」

「え、そうなの？　ごめん、よく見えなかったよ……だって、いっぱい当たってたんだもん」

「たった三体のスモール級にこの人数って、ちょっとやりすぎだよね」

二水も苦笑して梨璃に同意する。

わざわざ撃ち落とされに来た哀れなスモール級のおかげで、一瞬、場の空気が緩む。

だが、次の瞬間。

梨璃たちの足元が、みしり、と少しだけ揺れた。そして……。

「きゃあああっ⁉」

校門近くにいた生徒が叫び声をあげる。見ると、オケラのような前足を持ったヒュージが校庭の端から顔を出していた。

地中を進んできたらしいそのヒュージは、器用に手を動かしながら地上へと姿を現す。

「地中から？　……でも、スモール級じゃないの！」

リリィの一人が、ブレードモードのＣＨＡＲＭで斬りかかる。

「ＣＨＹＡ⁉」

「やった……！」

狙い通りに一撃でスモール級を倒し、喝采をあげる。しかし。

「ＪＹＵＡ！」

「がっ……⁉」

スモール級を倒し、安堵の表情を見せた次の瞬間。

先ほどの穴を押し広げるようにして飛び出した別の個体が、さらに大きな鉤爪《かぎづめ》でそのリリィを横殴りに吹き飛ばした。

「ＪＹＵＡＡＡ！」

「えっ、これって……」

「ミ、ミドル級よ！　みんな、気をつけて！」

「嘘でしょ、どうして!?　どうして、百合ケ丘めがけて……！」

突如として現れた中型ヒュージを前に、狼狽するリリィたち。

しかも悪いことに、ミドル級、スモール級を問わず、ヒュージたちは続々と穴から這い出てくる。

「空からも来る！」

雨嘉の警告が飛ぶ。今や、上空に浮かぶ点は、雨嘉でなくとも見えるほど大きなものになっていた。

「みんな、落ち着いて！　ここにいるのはミドル級以下だけよ！　落ち着いて対処すれば勝てない相手じゃないわ！」

吉阪が慌てるリリィたちに注意を呼びかけ、態勢を整えさせる。

「……そっか。いきなり出てきて驚いたけど……」

「この人数なら、勝てない相手じゃない！」

吉阪の言葉に、いくらか冷静さを取り戻す一年生たち。

見れば、少数の二年生、三年生は、すでにヒュージ相手に的確に反撃を加えている。

「そ、そうだよね。先輩たちもいるし、勝てるよね!?」

梨璃も同様に勇気づけられ、傍らにいる仲間たちに確認する。

「うむ！　わらわたちなら大丈夫じゃ！　どーんと任せておけ！」

薄い胸をどんと叩き、梨璃を元気づけるミリアム。

どん！

今までになく大きな地鳴りが校庭を襲ったのは、その時であった。

「な、なんじゃあっ!?」

バランスを崩しそうになりながらミリアムが振り向く。震源は、先ほどヒュージたちが出現した穴であった。

その穴は、まるで大きな玉でも詰まっているかのように、二度、三度と揺れを引き起こす。

それを見て、梨璃は一瞬、不謹慎とは思いながらも好物のラムネを連想した。ビー玉が強くはまりすぎて、なかなか開けられない時の瓶を。

と、梨璃がそんなことを考えていると。

ついに、その「中身」が、穴の強度に打ち勝った。

どぅ……ん！

飛び出したのは、巨大な腕。その掌《てのひら》だけでも、ミドル級の胴体ほどの大きさがある。

次いで、頭部と思われる丸い部分が穴をこじ開け、ついには、もう片方の手も出し、上半身全てを地上に露出させた。

その大きさ、その迫力は、梨璃が今までに見たスモール級、ミドル級とは桁違いであった。

「ぎ、ギガント、級……？　どうして、百合ヶ丘に!?　どうして、あんなに大きいのが地下に!?」

「わかりませんわ！　元から、この町の地下に潜んでいたのか、それとも、地下で進化して大きくなったのか……ただ、わかっているのは……」

「わたくしたちは、今、危機に瀕《ひん》しているということですわね」

神琳が楓の言葉を受け継ぐ。その表情は厳しいものではあったが、左右で色の違う瞳には、まだ希望の光が残っていた。

「ど、どうすればいいの？　先輩たちに任せる!?」

見ると、上級生たちはギガント級の周囲を油断なく包囲しながらスモール級、ミドル級を相手取っている。

「ううん。ダメだよ、梨璃ちゃん。ギガント級以上は、レギオンじゃないと倒せない……」

「あ、そうか！」

ギガント級以上のヒュージは、事実上、ノインベルト戦術を用いなければ倒せない。チーム戦によって「パス」を回し合い、高いレベルで練り上げたフィニッシュショットを叩き込む必要があるのだ。

「だったら、どなたでもいいですわ。急造のレギオンでも結構ですから、早く決めてしまいませんと」

「そうじゃのう。じゃが……」

ミリアムがブレードモードに変えたＣＨＡＲＭを構える。その視線の先では、校庭の穴からさらに多くのヒュージが湧き出ていた。

「ノインベルト戦術を……パスを上手く回すには、このザコどもが邪魔すぎる。まずは、ギガント級以外を倒さねばの！」

「き、気をつけてください。ミドル級は、決してザコ敵じゃありませんよ！」

二水も震える手でグングニルを構える。もちろん梨璃も。

「……とにかく今は、手当たり次第に戦うしかないね！」

梨璃たちは、肩を並べてヒュージへと突撃する。

「え……えぇぇぇーいっ！」

近づいてきたスモール級に、シューティングモードでの連射を叩き込む。いくつかは外れたが、ヒュージの背後に味方がいないことは確認している。

梨璃の弾を何発か受けて怯んだところを、楓が一閃して倒す。

「うまいですわよ、梨璃さん！　わたくしがフォローしますから、存分に戦ってくださいな！」

「二水さん。あなたもよ。私たちに任せて」

楓に並びながら、鶴紗が二水にも声をかける。

「は、はい！」

二水の射撃も梨璃同様にたどたどしいものではあったが、何発かはヒュージに命中する。

「今は、ギガント級にはあまり近づかないようにいたしましょう！　下手に手出しをしても、無駄にマギを消費するだけですわ！」

神琳が注意を呼びかけながらミドル級に斬りかかる。

「ちっ、面倒じゃのう！」

悪態をつきながらミリアムも神琳を追う。根っからの工廠《こうしょう》科生であるミリアムだが、恐れを知らない性格なのか、どんどん前に出て戦っている。

「……背中は、任せて」

援護射撃のタイミングを計る雨嘉が、頼もしい言葉をつぶやく。

「GYUAAAA……！」

梨璃たちがミドル級以下を相手にしている間に、ギガント級はとうとう全身を地上に出してしまった。そして、ぐるりと上半身を回し、上級生たちの一団へ向かい歩み始める。

「あっ……あのヒュージ、二年生の方に行ったよ!?」

「そのようですわね。ですが、むしろ好都合ですわ。二年生の方々が引きつけてくださっている間に、わたくしたちは小さいのを殲滅《せんめつ》しましょう！」

背中合わせに作戦を確認する梨璃と楓。

他のリリィたちもそう判断したようで、ギガント級は追わず、手近にいるヒュージとの戦いに集中している。

「さあ、早いうちに手下を倒してしまいましょう！」

神琳が号令をかける。その命令を待つまでもなく、鶴紗やミリアムが敵に突撃する。

「右、スモール級、任せたわ」

「なんじゃ、わらわは小さい方か？　まあよいわ！」

二人が並んで二体のヒュージに立ち向かう。鶴紗は時折、背中に目があるかのようにサイドステップし、援護射撃の射線を空けてくれる。その隙に梨璃たちは、狙い定めた射撃を叩き込むことができた。

一方、ミリアムの隣には楓が立ち、煽りながら援護の斬撃を入れていた。

「ほら、ミリアムさん。そちら、敵が来てますわよ。ちゃんと気付いてらして?」

「うるさいわ! お主に言われんでもわかっておるわい! ……そりゃ!」

楓との対抗意識からか、素早く立ち回り、奮闘するミリアム。

(よかった、なんとかなりそう……)

急なヒュージの来襲には驚いたが、やはり百合ヶ丘のリリィは並ではない。ギガント級だって、きっと上級生がなんとかしてくれるだろう。

そう思い、安心する梨璃。

しかし、その矢先。

ごぅん……。

重く、硬い音とともに、百合ヶ丘の校舎に亀裂が走ったのだった。

「……えっ!?」

梨璃が振り向いた時には、すでに、校舎の三階あたりにヒビが入っていた。ギガント級が校舎に拳を叩き込んだのだとわかったのは、その後だ。

「ど、どうしたの、みんな!? 敵を校舎に近づけては危険よ! 校庭の中心に誘い出して!」

吉阪たち教導官が慌てた声をあげる。

現在、ギガント級が殴っているのはほとんど無人の普通科校舎だ。だが、工廠科の校舎には、先ほど戻った多数の生徒が待機している。敵を校舎側に近づけさせるのは危険だった。

だが、対する上級生たちも、戸惑いの声を返す。

「そ、それが、わからないんです！　このヒュージ、私たちが攻撃しても、ぜんぜんこっちを見なくて……」

その言葉の通り、ギガント級は足元の上級生には目もくれず、校舎の三階あたりを見つめている。

「どういうこと……？　まさか、他に何か目的があるとでも……？」

吉阪が訝《いぶか》しげに唸《うな》る。

そうしている間も、ギガント級はふたたび拳を振り上げ、校舎を殴ろうとしている。

「あのままじゃ、校舎が！」

「みなさん、離れてくださーいっ！」

リリィといえども人間である。もし、校舎が崩れ、瓦礫にでも巻き込まれれば無傷では済まない。

梨璃と二水はギガント級の足元にいる上級生に呼びかける。

しかし、その巨大な拳が振り下ろされることはなかった。

ザギィン……！

校舎の三階から人影が飛び出し、銀色の火花を散らしながらギガント級の顔面に斬撃を叩き込んだのである。

人影は、そのままギガント級の膝辺りを蹴りながら衝撃を吸収し、その足元に着地する。

「あれは……」

遠目にではあったが、梨璃には見えた。見間違えるはずのない、そのシルエットは……。

「お姉様!?」

そこに立っていたのは、白井夢結……しかも、先日と同じ、禍々しいマギに包まれた、バーサーク状態に陥った夢結であった。

「……貴様ァ!」

離れた場所にいても、夢結の鋭い叫び声が聞こえた。夢結は素早くギガント級の足元に駆け寄り、その脛《すね》に斬撃を入れる。

「夢結様は、ギガント級と一人で戦うおつもりなんですの?」

楓が呆れたようにつぶやく。

事実上、単身でギガント級を倒すことは不可能である。並の攻撃であれば、ギガント級以上のヒュージはものともしない。また、一説によると、一個人のマギを叩き込んでも、その「波長」とも言うべきものに順応し、耐性をつけてしまうのだとも言われる。

だからこそ、複数のリリィのマギと波長を合成し、必殺のフィニッシュショットを放つノインベルト戦術が必要なのである。

そんなことは夢結も承知のはずだ。だが、ルナティックトランサーの制御に失敗した夢結には、冷静な判断力が残されていないのだろう。

　しかも、驚くべきことはもうひとつあった。

「お姉様……避けてっ！」

　先ほどまでは校舎を狙っていたように見えたギガント級が、今は的確に夢結を追い、その拳や足で攻撃を繰り返している。

　一撃でも食らえば危険だというのに、夢結は大きくは避けず、攻撃を加えることを優先している。見ているだけでも寿命が縮みそうな戦い方である。

「と、とにかく、助けなくちゃ！」

　夢結の方へと駆ける梨璃。

　楓たちも後に続く。

「でも、あの光景はどういうことなのでしょうか？　まるで、ギガント級が夢結様だけを標的にされているような……」

　梨璃に追従しつつ、誰にともなく神琳がつぶやく。

　それは、梨璃も気になっているところであった。先ほどから、周囲の上級生が何をしてもギガント級は反応しない。ただ、ひたすらに夢結だけを攻撃している。

「……これは、仮説ですけど……」

　最後尾の二水が、控え目に口を開く。話している間も、ヒュージは次々と梨璃たちに襲いかかってくる。ギガント級が空けた大穴からは未だに新手のヒュージが湧き出しており、校庭を自由に歩き回っていた。

「仮説でもなんでも良いわ！　なんでもいいから話せ！」

並走しながらミリアムが急かす。

「は、はい。昔の記録で読んだことがあるんです。マーキング型のヒュージを」

「マーキング型？　動物の縄張りとかの？」

雨嘉の言葉に二水がうなずく。

「はい。強敵……つまり、強力なリリィを徹底的に追い詰める習性を持ったヒュージの群れです。その体液を浴びると、数週間の間は、ヒュージにのみ感知できる臭いを発してしまうとか……」

「ヒュージを引きつけるフェロモン……あまり発したくありませんわね」

楓が不快そうに顔をしかめる。梨璃も同意だったが、尊敬する夢結がそのような状況に陥っているのはもっと嫌だった。

「つまり、あいつは、初めからお姉様を狙ってやってきたってこと？　でも、いつ、そんな体液を……あっ」

二水に問うまでもなく思い出した。鶴紗を救いに向かったあの日だ。あの日も夢結はバーサークに陥り、そして、ヒュージたちに過剰なまでの攻撃を加えた。そして……。

「あの時、お姉様のお体に、ヒュージの返り血……というか、体液がかかっていた……」

「おそらく、その時だと思う。あのヒュージたちの中に、マーキング型が交じっていたんだよ」

「じゃあ、どうすれば……!?」

目の前に立ちふさがるスモール級を、楓とともに倒す。あと少しで夢結と合流できそうだというのに、小型ヒュージの数はやたらと多い。

「決まって……いますわ！」

自らも別のスモール級を斬り捨てながら楓が答える。

「あのギガント級を倒すしかない。そうでしょう？」

雨嘉の言葉に、神琳や二水もうなずく。

「でも、それは、誰が……」

何もわからない自分を情けなく思いながらも、梨璃は仲間に問う。

すると、夢結への道に立ちふさがる最後のスモール級を追い払いながら、鶴紗が答えた。

「梨璃、あなたは夢結様を連れて逃げて。せめて誰かが、あのギガント級を倒すまで」

梨璃がうなずく。だが、夢結に到達するまでの間には、さらに多くのヒュージの群れが道を阻んでいた。


（……殺す……殺してやる！）

今や、夢結の思考はそれだけで満たされていた。

はじめは、何が起こったのかわからなかった。ギガント級は、自分だけを追ってきた。

怖かった。美鈴がいた時には何度も討伐したことのあるギガント級が、今ではとてつもなく大きく見えた。

だが、恐怖とは別に、夢結にはひとつだけ気になる点があった。このギガント級が現れた時、その腕、その装甲を見た時に覚えた既視感。

それを確認するため、夢結はあえて校舎に入り、ギガント級を誘導した。

その行動は、ギガント級が本当に自分を標的にしているかどうかの確認でもあった。

幸か不幸か、ヒュージはやはり夢結を正確に追ってきた。

……そして、三階の窓からヒュージと目を合わせた時。確信したのだ。

このギガント級が、美鈴を食ったヒュージと同型だということを。

そこからは、止まらなかった。

「うううあああああ!!」

雄叫びとともにダインスレイフの連撃を浴びせる。

セオリーで行くなら、シューティングモードを活用すべきだ。夢結の中の冷静な部分が、そうアドバイスを送る。

「ふん」

関係ない。多少のリスクはあろうとも、基本的にブレードモードの方が破壊力は大きい。それに何より、この方が、ヒュージの苦しみを手ごたえとして感じられるではないか!

「GYUAAA!」

ギガント級が大きな手を振り回す。夢結は後退せず、前に詰めることでそれをかわす。ギガント級は、まだ熱線を使ってきてはいなかった。油断しているのか、それとも、単体の夢結には当てられないと思っているのか。

（どちらにしても……好都合！）

時には開けた中庭で。時には整然と並ぶ木々に隠れながら。ルナティックトランサーに与えられた機敏さを活かし、夢結はギガント級との舞いに熱中していた。


行く手を阻むヒュージと戦いながら、梨璃たちは、夢結がギガント級とともに単身、皆から離れていくのを見ていた。

「お姉様、ダメです！　こっちに！　みんなと合流してください！」

梨璃が呼びかけても、夢結はギガント級しか見ていない。その表情は、遠目に見てもわかるほど、明確な喜悦を浮かべていた。

「夢結様、すごい……けど、一人では……」

二水がつぶやく。いかに夢結が強くても、ギガント級は単身では倒せないのだ。このまま戦い続ければ、いずれは捕まり、致命傷を負うことになるだろう。

「せめて、夢結様を元に戻して差し上げることができれば……」

神琳が歯ぎしりする。

「それが可能な方は、お一人しかいませんわね」

楓が答える。二水を狙っていたスモール級の熱線をダインスレイフで弾きながら。

「梨璃、行きなさい。私たちも後から追う」

「えっ？　で、でも、どうやって？」

「とにかく走って。私たちが後ろから援護する」

雨嘉が答える。

「だけど、本当に……？」

さらに遠くなった夢結を見る。そして、その間に立ちふさがる大量のヒュージを。

みんなを信じていないわけではない。だが、ヒュージの数は雨嘉たちだけで駆逐し、道を空けられるとは思えないほどであった。

「そこは、ほれ。皆の力を借りるしかあるまい。……おーい、そこな娘たち！　ちと、助力を頼む！」

自らもスモール級をいなしながら、ミリアムが手近な生徒に声をかける。

「……ちょっと、何よ、その言い方！」

「娘たち、って、あなたたち、下級生じゃなくて？」

スモール級を相手にいささか苦戦しながらも、律儀に返事をしてくれる数人の生徒。

が、そのうちの一人が、梨璃たちを見て大きく目を見開いた。

「……あ！　あなたたち、あの時の!?」

「え……わっ？」

二水が小さく悲鳴をあげる。

その二年生は、以前、梨璃たちが貼ったチラシをはがしていた張本人……夢結を「死神」と呼んで嫌っていた生徒であった。

「あら、先輩がた。お久しぶりでございます。ご機嫌いかがですか？」

挨拶代わりか、その二年生を苦戦させていたスモール級を撃ち抜きながら笑う神琳。

「ご機嫌なわけないでしょう!?　それより、あれはどういうこと!?　白井夢結さんが、一人でギガント級と戦っているようだけど？　彼女、また何か問題を起こしたの？」

「え？　いや、あれには、事情というか……別に、お姉様が悪いわけではないんです。それに、今はそんなことを言っている場合じゃ……！」

非常時だというのに食ってかかってくる上級生。その剣幕に押されながらも、梨璃も反論を試みる。

だが。

「そうよ。こんなことしてる場合なの!?」

上級生は、梨璃と同じ言葉を言い返してきた。そして、びしっと梨璃の鼻先に指先を突きつける。

「偉そうに私たちに反抗しておきながら、あの子を一人にしておくなんて、どういうつもり？　そんな軽い気持ちなら、レギオンだなんて言わないことね！」

「あ……は、はい。ごめんなさい……」

正論で返され、しゅんと落ち込む梨璃。この先輩たちの言う通りだった。

他人には偉そうなことを言っておいて、結局は自分も、夢結を一人で戦わせてしまっている。

「ご高説、痛み入りますわ。でも、今は嫌みなんて言っている時間こそないのではなく……て!?」

そう叫びながら、また一体、スモール級を切り裂く楓。だが、ヒュージの数はほとんど減ったようには見えない。

「……ふん」

楓の言葉を受けて、二年生たちもふたたびＣＨＡＲＭを構える。

「だったら、はっきり用件を申し上げるわ」

もう一人の生徒も、楓たちと肩を並べた。

「一柳さん、だったかしら。さっさとお行きなさい。私たちも援護するわ」

「え……!?」

梨璃が目を丸くしていると、その生徒は照れたような表情で顎をしゃくった。早く行け、という仕草だ。

「先輩がたは、夢結様を疎《うと》んじておいでては……？」

神琳が率直な疑問をつぶやくと、別の二年生がもう一度、鼻を鳴らした。

「ふ……あなた、正義感が強いのはいいけど、ものの見方が真っ直ぐすぎるわ。私たちも、百合ヶ丘の生徒なのよ？」

「たしかに、私たちは夢結さんを悪く言った……でも、ヒュージよりも嫌っているとでも思った？ 物事には優先順位というものがあるのよ、一年生さん」

「先輩……。あの、ありがとうございますっ！」

梨璃が声を詰まらせる。

「お礼は後よ！」

「梨璃さん、行ってくださいな！　わたくしたちも後で！」

「……うん！　みんな、お願いね！」

眼前には、梨璃一人では到底、対処できない数のヒュージ。だが、梨璃は仲間の援護を信じて、脇目も振らずに駆けだした。

走る。走る。

楓たちからの援護を受けて、または、自らもヒュージの攻撃をかいくぐって。

そして、ようやく夢結に追いついた時、梨璃は、ギガント級ともども学生寮前に到達していた。

「お姉様……！」

夢結は、なおも単身でギガント級と渡り合っている。重い一撃をかわし続ける集中力には驚嘆させられるが、ところどころ服が裂け、浅い傷を負ってしまっている。ギリギリのところで敵の攻撃を見切るための代償だ。

「あああああぁ!!」

夢結は猛々しく叫び、ギガント級の腿に斬撃を入れる。

その一撃で、ぐらり、とギガント級の体が傾いた。

「やった……！」

ギガント級は、ノインベルト戦術を用いなければ倒せない。その事実を知ってはいても、思わず喝采をあげる梨璃。

しかし、その笑顔は、すぐに戦慄で固まることとなった。

「お姉様……!?」

梨璃の視線の先では、攻撃を加えたはずの夢結までもが地面に片膝を突き、荒い息を吐いていた。

「GYUOOA……!」

夢結よりも先に、ギガント級が体勢を立て直す。大きな掌を広げ、まるで虫を潰そうとでもするかのように夢結を狙う。

「く………!」

夢結は目でギガント級の掌を追ってはいるが、体も、足も動いていない。

(もしかして、もう、体力が……!?)

おそらく夢結は、疲労で満足に動けないのだろう。

考えてみれば当然だ。精神力によって普段の限界以上の力を引き出し、なおかつギガント級と一人で渡り合っていたのだ。

(助けなくちゃ……!)

どうやって、とは考えなかった。今はとにかく、夢結から敵を引き離すことしか頭になかった。

ダン、ダン、ダン!

梨璃のグングニルが火を噴き、ギガント級の腕に小さな穴を空ける。

「こっちを向きなさい! こらっ!」

さらにヒュージの背中を撃つ。ダメージがなくてもよかった。梨璃に腹を立て、こっちを向いてくれれば。

（あ、でも……）

撃ってから気付く。さっき、ギガント級は、夢結以外の二年生には興味を示さなかった。このヒュージは、「マーキング」された夢結だけを狙い続けているのである。

（こっちを向いて……！）

敵であるヒュージに心の中で懇願しながら弾を撃つ。

「……ＧＹＵＯ」

すると、ギガント級がその手を止め、梨璃の方へと首を向けた。

「えっ……や、やった！」

ガッツポーズを取る梨璃。こちらを向いた理由のほどはわからないが、ひとまず夢結を救うことができた。

（……だけど、わたしじゃ、ギガント級の相手はできない）

自分には、夢結のように攻撃を見切る技術はない。下手に戦えば、それこそ虫のように潰されるだけだ。

幸い、ギガント級はしばしば動きを止め、先に殺す獲物を選ぶかのように夢結と梨璃とを交互に見ている。

（今のうちに……勝てないのなら、逃げるっ！）

迷わずにギガント級の横をすり抜け、夢結へと近づく。下手をすればギガント級に踏まれかねないコースだったが、今はとにかく最短距離を選んだ。

「お姉様っ！」

返事を待たず、空いた左手で夢結の腕を掴む。ルナティックトランサーのことは気にしない。夢結が自分を斬るはずがないし、斬られるのならそれまでだった。

「梨……璃？」

強引に腕を引かれ、足をもつれさせながらも、夢結は確かに梨璃の名を口にした。

「お姉様、ご無事でよかった！　あまり無理をなさらないでください！」

そう言いながら、寮の中庭にある林へと入る。少しでも身を隠せるようにと、梨璃なりに考えた結果だ。

「ＧＹＵＯＵＵ……！」

ギガント級は両手で木々を押しのけながら梨璃たちを追ってくる。だが、梨璃たちの正確な位置はつかめていないようで、ただ直進しているだけであった。

「これなら大丈夫かも……お姉様、二手に分かれましょう！」

「二手って……？　梨璃、無理はしないで。私を置いていきなさい。今の私じゃ足手まといだわ」

体力を使い果たしたせいか、夢結はバーサーク状態を脱していた。だが、その代わりに足はフラつき、まともに走ることもできないほど疲弊している。

「そんなこと言われて、わたしが従うとでも思っているんですか⁉」

強い口調で夢結をたしなめ、その両肩をつかむ。

「いいですか、お姉様。このまま、校舎の方に戻ってください。他のみんなと合流すれば、きっと大丈夫です」

「合流すれば……って、あなたはどうするの？」

不安げに梨璃を見上げる夢結。

そんな夢結の肩から手を放し、地面に置いたグングニルを拾い上げる。

「失礼ながら、今なら、わたしの方が戦えます」

「梨璃……!?」

夢結が、自分の判断に賛成してくれるはずはない。だから、返事は待たなかった。

「ちょっとだけ、ほんのちょっとだけ、時間を稼ぎます！　お姉様は、みんなを呼んできてください！」

後ろで夢結が何かを叫んでいたが、梨璃はもう止まらなかった。

「……さあ、今度はわたしが相手だよ！　かかってきなさい！」

震えそうになる足を押さえながら、あえて林から飛び出す。

「GYUO？」

幸い、と言うべきか否か。ギガント級はまたしても梨璃に興味を示した。

そして。

巨拳が降ってきた。

「……きゃあぁぁ～っ⁉」

ギガント級は、まるでモグラ叩きでも楽しむかのように手を振り続ける。

反撃など、思いもつかなかった。

それはまるで、自動車が何台も降ってくるかのような猛攻。一撃でも食らえば勝負は終わる。

（しかも……）

上からの攻撃というものが、こんなに避けにくいとは知らなかった。

懸命に上空を見上げながら回避する梨璃だが、上にばかり気を取られていると、足元がフラつきそうになる。

（お姉様は、こんな状況で反撃までしていたの……⁉）

あらためて夢結の凄さを実感する梨璃。

ごう、という音を立てて、またひとつ、巨拳が地面に叩きつけられる……そして。

「あっ……⁉」

梨璃は、その拳をなんとかかわした。だが、その拳によって跳ね上げられた石までは予測できなかった。

ごっ、という鈍い音がして、梨璃の側頭部に痛みが走る。一瞬の後、くらっと視界が歪む。

（しまっ、た……！）

大したダメージではない。深い傷ではないはずだ。だが、脳の衝撃によって生まれた僅かな間は致命的であった。

「ＧＹＵＯＵＡ！」

同じように拳を降らせてくるギガント級。梨璃は先ほどの夢結と同じく、視線だけでそれを追っていた。

（あ、これ……避けられ、ない……）

ブン！

梨璃の視界が、高速で流れていく。痛みはないが、視界とともに思考も揺れる。脳がふたたび揺さぶられたようだ。

（わたし、やられちゃったの……？）

夢結の顔を思い浮かべる。少しは時間を稼げただろうか。自分が死んだら、どう思うだろうか。自分が死んだら、夢結はまた傷つくかもしれない。さらに心を閉ざすかもしれない。

そう考えると、心の奥底でふつふつと燃えるものが生まれた。

寝てはいられない。まだ戦わなくては。

思考がクリアになっていく。自然と口が動く。

「わたし、生きなくちゃ。お姉様のために……！」

目を開くと、そこには、青空が見えた。そして、見知った顔も。

「オウ、そうダナ。死んじゃったラ、みんな悲しむゾ」

「……え……？」

気付くと梨璃は、吉村・Ｔｈｉ・梅に抱えられるようにして立っていた。

「……ま、梅様⁉　どうしてここに⁉　っていうか、わたしはどうなって……⁉」

慌てて周囲を見回すと、立っている場所は先ほどと変わらぬ寮の中庭であった。ただし、梨璃のいる位置は二十メートルほど移動していた。

「いヤー、間に合ってよかっタ！」

「間に合う、って……梅様が、わたしを、運んで？」

「ン。梅は、『縮地』ってレアスキルを持っててナ。びゅんって動けるんダ。疲れるから、あんまりたくさんは使えないけどナ！」

あっけらかんと説明する梅。

その頃、ようやくギガント級が拳を持ち上げる。だが、その拳の下に梨璃がいないことに気付き、苛立ったように唸り声をあげた。

「GYU……OU！」

「梨璃、もう動けるナ？　あいつ、怒ってるゾ！」

「は、はいっ！　でも、どうしますか？」

梅が来てくれたことに安心する一方、頭も冷静になってきた。先ほどは夢結を逃がすことで頭がいっぱいだったが、考えてみれば、たった二人で勝てる相手ではない。

「ウン。だから、反撃は考えなくていい。逃げて時間を稼ぐんダ」

「時間を稼ぐって……でも」

あの夢結ですら、最後は体力切れで窮地に陥った。時間稼ぎに意味があるとは思えない。

「大ジョブだ。みんなも、そのうち追いつく」


「先輩がた。あとはお任せしてもよろしくて？」

神琳と二人がかりでミドル級を倒し、その残骸の上に立つ楓。少し高くなった場所から辺りを見回すと、他のリリィたちも善戦を見せていた。夢結がギガント級を誘導したことが良い方に働いているようだ。

「……ええ。小型だけなら、私たちでも問題ない……きゃっ!?」

スモール級の攻撃を危ういところでガードしながら返事をする二年生。

「あまり、楽勝そうには見えませんけど」

「……いいから、行きなさいっ！」

声を張り上げる二年生。

「その元気なら大丈夫じゃな！　みんな！　わらわたちも、そろそろ梨璃を追うぞ！」

言うが早いか、ミリアムは一人で走り出す。

「あっ、ミリアムさん！　一人じゃ危ないですよ！」

つられて二水も走り出す。二人とも、梨璃と夢結が心配で気が気ではないのだろう。それに、「先に行ってるゾ！」という言葉とともに姿を消した梅のことも。

「ああ、ミリアムさん、二水さん！　危なくてよ!?　わたくしたちも行きますわ！」

楓がミリアムたちを追い、神琳や雨嘉も続く。

……だが、鶴紗だけは楓たちから離れ、校舎に向けて走り出した。

「安藤さん、どこに!?」

最後尾の雨嘉が鶴紗を見とがめる。しかし、鶴紗は立ち止まることなく校舎へと走った。

「少し用事があるの。すぐに追いつくわ」


「わひゃあああぁっ!?」

梨璃の髪を、ギガント級の拳がかすめた。

上ばかりを見ていると、地形に足をすくわれそうになる。いかに梅が加勢してくれているとはいえ、決して油断はできなかった。

しかも、ギガント級は相変わらず梨璃を執拗に狙ってくる。

「梨璃、そっち、おっきな石があるゾ！　転ぶなヨ！」

梨璃に指示を出しながら飛びあがり、梅がギガント級の腰に斬りつける。

「GYUU……」

さすがに梅がわずらわしくなったのか、ギガント級が振り返る。その隙に、梨璃は動きやすい場所に移動することができた。そして。

……バチン！

遠距離から射出されたレーザーが、ギガント級の頭部を揺らした。

「……梨璃さん！　お待たせいたしましたわ！」

楓たちが、寮の前に延びる並木道に立っていた。

「楓ちゃん！」

楓、二水、ミリアム、雨嘉、神琳。

五人のリリィが、援護射撃をしながら梨璃たちに駆け寄ってくる。

「梨璃、夢結様はどうしたのじゃ？」

「お姉様は、もう限界だったみたいで……林を抜けて、逃げてもらったの」

「ご無事ですのね。それは何よりですわ……さて、このヒュージはどういたしましょう？」

そう話しながら、神琳は雨嘉とともにヒュージの左側に走る。楓とミリアムはその逆だ。

「さっき、先生が、町に出動したみんなに応援要請を出していました！　もう少し我慢すれば……」

「……その話、聞いてきたけど、向こうも数が多いそうよ。少なくとも四、五十分以上は戻ってこられないみたい」

二水が言いかけたところに、鶴紗が遅れて合流する。

「鶴紗さん！　お一人でどこへ？」

「ちょっと、先生と話を……それより、来るわよ」

「ＧＹＵＯＵ！」

ギガント級は拳を振り上げ、またも梨璃を狙ってくる。

「わああっ！」

地面を転がりながら避ける梨璃。

「ちょっと、梨璃さんに何をされますの？　やるのなら、わたくしを狙いなさい！」

楓が声をあげて気を引こうとするが、ギガント級は梨璃しか見ていない。

「駄目ダ！　こいつ、夢結と梨璃にしか興味ないみたいなんダ！」

「梨璃さんにまで？　どういうことですの？　あのヒュージは夢結様を標的にしていたのではなくて？」

ギガント級に肉薄し、その足の甲に斬りつけながら二水に問う楓。

「マーキングは、夢結様に対してのものだったはず……あっ！」

二水はギガント級から離れた位置で何事かを考えていたが、ハッとしたように顔を上げた。

「……あの時、梨璃ちゃんは、ルナティックトランサー状態の夢結様を抱き締めていた……」

「その時に、梨璃にもフェロモンがついたわけね」

鶴紗も楓に続いてギガント級の足首に斬撃を入れる。ギガント級の巨体が揺らぎ、その間に梨璃が逃げる。

「もし、わたしがやられちゃったら、次の標的はお姉様になっちゃうんだよね？　……わたし、がんばるよ！　五十分だろうと一時間だろうと、逃げ切ってみせる！」

「はぁ……くっ……」

足が、鉛に変わったように重かった。

「もう少しで、校舎に……」

さほど広くない林も、今の状態だと深い森のように思えた。手にしたダインスレイフすら、持ち上げることができず地面に引きずっている。

はじめは、梨璃に加勢しようと思った。しかし、今の自分が行ったのでは、かえって梨璃を危険に晒してしまう。

(私は……なんて無駄なことを……)

美鈴を食ったのと同じ型のギガント級。あいつと対面した時、またもやバーサーク状態に陥ってしまった。自信を御することができなかった。

あの時、激情に囚われなければ、今ごろは梨璃と肩を並べて戦えたかもしれないのに。

「……うっ！」

涙で視界が揺らぎ、木の根に足を取られる。受け身を取る気力すらなく、夢結はうつ伏せに地面に倒れた。

「ふ、ふふ……」

そんな無様な自分に対し、蔑みの笑みを浮かべる。

(何が、百合ヶ丘を代表するリリィよ……木の根も避けられないくせに)

「この……！」

激高して身を起こす。そして、林の中に座り込んだまま、拳で自分の足を叩く。

「この！　……動きなさいよ！　役立たず！　馬鹿！　今、動かなくてどうするっていうの!?」

勝手なことを言っているのはわかる。悪いのは誰でもない、自分自身だ。だが、それでも何かに当たらずにはいられなかった。たとえ、相手が自分の体であっても。

……イイイ……。

「……!?」

夢結が、六度目の拳を自分の足にぶつけた頃。

林の中に、小さく、不快な高音が響いた。

その音は、たった今発生したものなのか、それとも、夢結が気付かなかっただけなのかはわからない。

しかし、なんの音であるかはわかる。聞こえてくる方角も。

夢結の背後、梨璃たちのいる方角から……ギガント級ヒュージが、熱線を準備する音。

「梨璃……!?」

夢結の叫び声と同時に、低く重い音が林を揺らした。

キュ、ドオン……！

「……梨璃いっ！」

慌てて立ち上がろうとして、ふたたび足がもつれる。地面に転がったダインスレイフに足を取られ、ふたたび転がる。

「くっ……うぅ……！」

屈辱である。リリィたるものが、自分の手足となるべきCHARMに足を取られるとは。

怒りと悲しみが入り混じった感情でCHARMを見る。亡き美鈴の形見であるダインスレイフを。

（お姉様……！）

美鈴の顔が浮かぶ。そして、ギガント級の熱線に苦しめられているであろう梨璃の顔も。

（させて、たまるか……！）

二人の顔を思い浮かべた途端、全身の血が熱くなるのを感じた。

ルナティックトランサー状態に入る前兆だ。

（……違う！　いけない！）

地に伏したまま、ぐっと耐える。バーサーク状態に入っても、事態は何も好転しない。先ほども、そのことを後悔したばかりではないか。

（でも、あいつは、お姉様を……！）

美鈴の最期を思い出すと、枯れたはずの体力が蘇るのを感じる。だが、この激情に身を任せれば、自分は仲間すら傷つけかねない狂戦士に堕してしまう。

立ち上がりたい。だが、立ち上がれば、また仲間に迷惑をかけるかもしれない。その板挟みに苦しみながら、夢結は土の上を転がった。

「くぅ……！　違う！　私は、助けたいの、みんなを……！」

転がりながら、自分の理性に語りかける夢結。

「私の体なら、言うことを、聞きなさいっ！」

自らの身を抱くようにして悶《もだ》える。だが、ルナティックトランサーの影響は、徐々に夢結の全身を満たそうとしていた。

ドォオン……。

「！」

ふたたび、低い音が林を揺らす。ギガント級が、また熱線を放ったのだ。

「ぐう、ぅ……！」

焦りと怒りが夢結を支配する。もはや理性の鎖は千切れるのを待つばかりとなっている。

（たとえ、倒せなくても……！）

皆のために時間を稼げればいいではないか、と、夢結は考えた。それは、バーサーク状態に陥る自分自身の正当化であったが、もはや、その思考に抗うだけの理性は残されていない。

（駄目よ。言うことを聞きなさい）

夢結の中の冷静な部分が最後の警告を放つが、その声にはなんの強制力もなかった。

立ち上がり、美鈴から受け継いだダインスレイフに近づく。ダインスレイフは、木漏れ日を受けた一角に横倒しになっていた。

この武器を手にして、ギガント級と戦う。勝てなくても構うものか。そう思った。

……だが、ＣＨＡＲＭのグリップに手をかける寸前。理性を失いかけた夢結の瞳に、小さな花が映った。

ダインスレイフの陰に隠れるように咲く、小さな白い花。

和名でシロツメクサ、と呼ばれる植物であった。


「……大丈夫でしたか、梨璃さん⁉」

ギガント級が放った二度目の熱線。それは中庭にある植物たちをも溶かし、大地から不気味な蒸気を立ち上らせている。

危うく熱線を受けそうになっていた梨璃だったが、楓が手を引いてくれたおかげでなんとか危機を回避できていた。

「だ、大丈夫！　みんなは⁉」

「わ、私も危なかったけど、梅様に助けてもらったよ……！」

二水が青い顔をしながらギガント級との距離を置く。

「みんな……気をつけロ。すぐに援軍が来るからな！」

そうは言っているが、梅の表情からはいつもの余裕がなくなっている。

(そうだよね……まだまだ、応援は来そうにないし……)

敵の動きに注意しながら、視線だけで腕時計を確認する。信じがたいことだが、まだ五分ほどしか時間は経っていない。このまま五十分も時間を稼ぐと考えると気が遠くなりそうだ。

「一度、逃げた方がいいかもしれませんわね」

神琳が提案し、次いで、その理由を告げる。

「いかにわたくしたちでも、この緊張状態をそう長くは保てませんわ」

「もし集中力が途切れたら、あの熱線を避けきれない……」

雨嘉も神琳に同意する。

「そうね。あいつ、足は速くなさそうだし」

鶴紗も賛同し、梨璃たちの方向性は決まったかに見えた、が。

「GYUO……GOP……」

不意に、ギガント級がその動きを止めた。そして、その長い腕を前に掲げ、両手の五本指を大きく開く。

「GYU……AUG!」

「な、何をしていますの?」

「わからない……」

梨璃たちが様子をうかがっている間も、ギガント級はうめき声をあげながら大きく指を開いていく。

みりみりっ。

やがて、その指の股がついに裂けた。

「ひっ……」

二水が喉の奥で悲鳴を漏らすのが聞こえた。

傷口から体液が撒き散らされることを想像して、梨璃たちはギガント級との距離を取る。しかし、ギガント級はほとんど体液を流すことはなく、その裂け目は肘のあたりまで到達した。

「GYU、OUUUU！」

そして、その五本の指だったものは、生きている鞭のように別個に動き出した。ギガント級の両腕が裂けたことで、合わせて十本もの触手が誕生している。

「えっ、ちょっと……なにこれ!?」

「あまり気持ちのいいものではありませんわね。お気をつけになって、梨璃さ……きゃっ!?」

梨璃に注意を呼びかけようとした神琳が、慌てて身を沈める。

ギガント級の「指」のうちの一本が、神琳の頭部に向かってきたのである。

「大丈夫、神琳さん!?」

「ええ。ですが、わたくしたちも油断してはいられないようですわね」

「いい加減、向こうもイラついておるのじゃろう」

「GYUOOOOOOUA！」

ひときわ高く叫ぶと、ギガント級は激しく両腕を振りはじめた。しかも、その先端にある十本の指は、別個の生き物のように好き勝手な方向へと暴れ回っている。

「ぐっ!?」

「きゃっ!?」

それらの動きを全てかわすわけにはいかず、梨璃たちも打撃を受ける。

それらは致命傷ではなかったが、胴体に受ければ骨がきしむほどの打撃だった。マギによる防護がなければ、一撃でアバラが折れていただろう。

「みなさん、散ってください！」

楓の号令とともに、梨璃たちが散開する。今までになく機敏に動く「指」を前に、固まっているのは危険だった。

「わぁっ⁉」

バチン、という音とともに、梨璃の手を触手が打つ。

手の甲が折れるのではないかと思うほどの衝撃に、梨璃の手からグングニルが落ちた。

「梨璃さん⁉」

その間を逃さず、右手にある触手のうちの一本が梨璃の腰に巻きつく。そして、そのまま軽々と梨璃の身を持ち上げた。

「こいつ……ぐっ⁉」

鶴紗が梨璃を救うために飛びつこうとするが、別の指に脇腹を打たれ、地面に転がされた。

「梨璃ちゃん！」

二水がグングニルを向ける。だが、梨璃の身を案じてか、引き金を引けずにいる。

「梨璃、そやつの指を切れ！」

自らも触手をかわしながらミリアムが叫ぶが、無理な相談である。

「駄目ですわ。梨璃さんの手にはＣＨＡＲＭがありませんのよ⁉」

楓が叫び返す。楓も梨璃を助けようと奮闘してはいるが、ギガント級の指、そして足に阻まれて近づけない。

「GYUUU……」

やがて、ギガント級は右手を高く掲げ、その先端にいる梨璃を持ち上げた。地面に叩きつけて、一気に勝負をつけるつもりだ。

「ひゃあああぁぁっ!?」

ギガント級が腕を上げると、三階建てのビルよりもさらに高い位置に達する。ここから叩きつけられれば、確実に死ぬだろう。

「くっ……！」

自らの胴体に巻きつく触手を叩き、引っ張って外そうとする梨璃。

「……こうなったら、撃つしかありませんわ！」

もし梨璃が地面に叩きつけられれば、待っているのは確実な死である。そんな運命を迎えるよりはマシと判断したのか、楓がダインスレイフを梨璃の方へ向ける。

「二水さん。少しの間、わたくしを守ってくださいましね」

襲い来る左腕の「指」を仲間に任せ、楓がシューティングモードのダインスレイフを構えた。

なすすべのない梨璃は、ただ、じっと楓を見つめる。

（楓ちゃん、任せたよ……もし、わたしに当たっても、絶対に恨まないから……）

「梨璃さん……！」

楓の指先に力がこもる……が、その時。

楓の横をすり抜けるようにして、黒い影が飛び出した。

「あっ……!?」

梨璃が声を漏らす。同時に、楓を鶴紗が制止する。

「楓、撃たないで!」

その黒い影は、ヒュージの足、膝、腰を足場にしながら跳躍し、瞬く間にギガント級の頭上へと到達した。そして……。

「……梨璃を、放しなさい!!」

腹に響くような気合いとともに、梨璃に巻きつく触手を斬り飛ばす。

「あ……」

ギガント級の束縛を解かれ、空中に放り出される梨璃。救出者はそんな梨璃の腰をぐっと引き寄せると、ふたたびギガント級の体を蹴りながら地上へと降り立った。

「……素敵なアクセサリーね、梨璃」

そう言って、梨璃が着けているクローバー……和名シロツメクサの髪留めを指で撫でる。

「……ごめんなさい、遅くなって。でも、みんな無事でよかったわ」

「……お、お姉様……!!」

触れ合っている部分から、夢結の熱い体温を感じる。呼吸も、普段より少しだけ荒い。鶴紗を救った時と同じ、ルナティックトランサー状態だ。何より、全身から立ち上るマギの密度がそれを示している。

しかし、今の夢結には、梨璃たちに向けて笑みを浮かべる余裕すらあった。ルナティックトランサーを発動していながら、梨璃の知らない、新しい姿の夢結……いや、もしかすると、これが本当のルナティックトランサー状態なのかもしれない。

「お姉様、お体は大丈夫なんですか?」

「私は大丈夫。あなたたちこそ、よくがんばったわね」

そう言いながら、ギガント級との距離を取る。指を斬り落とされたヒュージは、怒りの声とともに触手を復活させつつあった。さらには、その五本の指を縄のようにねじり、合成し、今度は一本の巨大な鞭へと変えようとしている。

「GROUOUOU……!」

「怒ってますわね……」

「あと四十分近く、時間を稼げるでしょうか?」

楓や二水たちも集まってくる。そんな仲間たちに、夢結は強気な笑みを見せた。

「もう時間稼ぎは終わりよ。遅れてきた私が言うことでもないけれど…… そろそろ、勝負を決めましょう」

そう言って、夢結はポケットから一発の銃弾を取り出す。

「夢結様、それは、もしかして……」

「ノインベルト戦術用の弾丸よ。鶴紗、あなたにって言ってたわ」

夢結は、その弾丸を鶴紗の手に置いた。

「大野先生ですか」

鶴紗が短く問う。

「ええ。ここに来る途中で預かったの」

ノインベルト戦術用特殊弾。その名の通り、百合ヶ丘のリリィがノインベルト戦術を用いる際、起点となるリリィが使用する弾丸である。この弾を用いることにより、ノインベルト戦術はその真価を発揮する。逆に言えば、これがなければ大きな威力は期待できない。

「でも、これって、学校からの使用許可が必要なんじゃ……」

二水が訊く。この特殊弾の製造には、ヒュージから採取される「核」とでも言うべきパーツが必要で、そう量産がきくものではない。だからこそ、使用の際には正式な申請や許可が必要なはずだった。

だが、鶴紗は多くを語らず、ぎゅっとその弾丸を握り締めた。

「大野先生とは、昔からの知り合いでね。さっき、頼んでおいたの」

「わかりましたわ、安藤さん。詮索《せんさく》はいたしません。今、大切なのは、これがあればギガント級を倒せるということですわ」

「え？　でも、ノインベルト戦術を完全な形で成功させるには……」

雨嘉の言葉で、梨璃も全員を見回す。

梨璃、夢結、楓、二水、ミリアム、雨嘉、神琳、鶴紗。そして、九人目は……。

「行くわよ、梅」

夢結が背中をぽんと押すと、梅は肩をすくめて答える。

「ここで断るわけにはいかないナ」

「GYUOOOOOU！」

梅がそう応えた直後、ギガント級が野太い叫び声を放つ。

「……来るゾ！」

「みんな、準備はいい？　特殊弾は一発。パスを受け損ねたら後はないわよ⁉」

「は、はいっ！」

夢結の復帰によって安心しかけた梨璃だったが、ここからが本番である。

ふたたび気を引き締めて、仲間たちの布陣を見る。

夢結や鶴紗、神琳、梅が前衛となり、油断なくギガント級を睨んでいる。残る梨璃たちは、いつでも援護できるよう構えながら後衛に立っていた。以前、屋上で何度も戦術を確認し合った通りの陣形だ。

もちろん、陣形は状況に応じて臨機応変に変わる。だが、これこそが梨璃たちの大まかな分担であった。

「GYUOOOOU！」

その雄叫びとともに、戦いが再会した。

まるでピアノに手を叩きつけるかのように、両手を地面に向かって打つギガント級。

左手指の五本と、今や一本の太い鞭と化した右手、合わせて六本の触手がバラバラに地面を叩く。

「きゃあっ⁉」

「ぐうっ……！」

夢結が右手の太い鞭をかわす。楓は、左手の触手をグングニルでガードしている。

「みなさん、お気をつけになって！　今度は逃げてばかりいるわけにはいきませんわよ!?」

楓が叫ぶ。

（そうだよね。今度は、こいつをやっつけなくちゃいけないんだ）

先ほどまでは、梨璃たちは全力で敵の攻撃を避け、逃げているだけだった。しかし今度は、反撃の隙を狙わねばならない。その分、危険性も増すだろう。

（しかも……）

横目で鶴紗を見る。鶴紗はダインスレイフのマガジンを取り出し、特殊弾を装填し終えたところであった。

「みんな、準備はいい？」

「いつでもどうぞ！」

「というか、早くせい！」

ギガント級の触手を避けるうち、神琳やミリアムが梨璃たちから引き離された。互いの位置関係の把握が難しくなる前に行動を開始しなければならない。

「弾は一発だけ……失敗しないでね」

「プレッシャーをかけるナァ。まあ、がんばるゾ！」

鶴紗がダインスレイフを構えつつ、一度、ギガント級との距離を置く。

「ノインベルト……起動する！」

鶴紗が特殊弾用の小さなハンマーを起こす。同時に、鶴紗を中心とした半透明の巨大なドームが誕生する。

ヴン……。

鈍い、ノイズのような音とともに展開されたドームは、寮の中庭のみならず、林や建物の一部まで飲み込んでいる。その広さは、直径にして五十メートル以上。高さについてはよく見えないが、ギガント級をも楽に中へと飲み込んでいる。

「さて。逃げ場はなくなりましたわね……」

楓がつぶやく。

ノインベルト戦術用の特殊弾は、起動時に特殊な結界を生み出すよう設計されていた。その目的のひとつは、万が一、フィニッシュショットが外れた時、その流れ弾で周囲に被害を及ぼさないため。そしてもうひとつは、ヒュージを逃がさずに仕留めるためである。

(だけど……)

結界によって自分たちを包む。それは、彼女たちリリィも退路を断つことを意味する。

つまり、この結界から出られるのは、リリィかヒュージ、どちらか一方のみという覚悟を定めたことになる。

「GYUOUUU！」

鶴紗がノインベルトの起点と察したか、またはただの本能か。ヒュージは太い右腕を振って鶴紗を叩き潰そうとする。

「……食らうものですか！」

鶴紗は横っ飛びにその攻撃をかわし、着地とともにトリガーを引く。すると、ダインスレイフの先端に、小さな、野球のボールほどの光球が生まれた。マギスフィアである。

「行くわよ……」

鶴紗がダインスレイフを振ると、マギスフィアは、まるで本物のボールのように小さく跳ねた。そして、その落下の瞬間を見定めて、ダインスレイフの側面でマギスフィアを叩いた。

「二水さん！」

鶴紗から見て、最もパスを通しやすい位置にいた二水にマギスフィアを飛ばす。

「は、はいっ！」

慌てながらも、ブレードモードのグングニルでマギスフィアを受け取る二水。鶴紗のパスの衝撃を受け流すように、ポンと一度、マギスフィアをリフティングする。

「パスのタイミングは任せる！　私たちがフォローするから、逃げて！」

「りょ、了解しましたぁっ！」

そのまま二水は、グングニルにマギスフィアを載せて走り出す。まるでラクロスのような光景だ。

「二水さん、結界の広さを考えながらお逃げになってね!?」

神琳も注意を飛ばしながら二水とギガント級との間に立つ。

ギガント級はマギスフィアの危険性を認識しているのか、左手の五本の触手を二水に向けて伸ばしている。

「この……！」

神琳と楓が、並んで触手に立ち向かう。二人とも長大なダインスレイフを見事に使いこなし、その触手を弾き、切り飛ばす。

だが、その奮闘に苛立ちを覚えたのか、ギガント級は左足を後ろに振り上げ、爪先で楓たちを蹴り飛ばしに来た。

「あっ……!?」

「ぐうっ!?」

二人とも、ダインスレイフを盾のようにしてガードしたものの、軽々と後方に吹き飛ばされる。

「楓ちゃん、神琳ちゃん!?」

「梨璃、二人は大丈夫！　それより、二水さんを援護しなさい！」

梨璃の悲鳴に夢結の声が重なる。

「みんな、二水さんがキープしている間に攻撃を！」

そう言いながら、鶴紗が敵に向かって腕を振る。全員攻撃の合図だ。

二水がマギスフィアを預かっている間に、攻撃に優れたメンバーが敵の体力を削る作戦なのだろう。

ギガント級以上にとどめを刺すには、ノインベルト戦術を用いてマギスフィアを叩き込む他ない。

だが、その前に通常攻撃で敵の体力を削っておいた方が、その効果も高まるのだ。

見ると、ギガント級は楓たちを無視し、さらに二水へと近づこうとしていた。二水以外の者たちにとっては、攻撃を叩き込む好機である。

「撃《て》ーっ！」

夢結が口にした号令とともに、八丁のＣＨＡＲＭが火を噴いた。

ギガント級の背中に、後頭部に、腕に。無数のレーザー弾が叩き込まれる。

「ＧＹＵ……！」

背中に大量の弾痕が生まれ、苦しげに呻《うめ》くギガント級。だが、それでも二水の追跡をやめない。

二水はうまい立ち回りができず、徐々に結界の壁へと追い詰められていく。

「わ、わあああぁ！　もう駄目ですぅ〜！　だ、誰か、受け取ってくださいっ！」

マギスフィアは、強い衝撃を受けたり、それを保持しているリリィが意識を失ったりすれば球体を維持できずに崩れ去ってしまう。その前に、別な者にパスを回す必要があった。

「う、うぅ……」

二水の姿がギガント級の太い足の陰になって見えない。ギガント級は、明確な意思をもって二水のパスコースを遮ろうとしていた。

「二水！　どこでもいいから、こっちに投げい！」

ミリアムが叫び、それに鶴紗も賛同する。

「山なりに投げて！　どこに飛んできても、ちゃんと取ってあげる！」

「二水ちゃん、急いでっ！」

どちらにしろ、このままでは二水が叩き潰される。一刻も早くマギスフィアを手放させる必要があった。

「わ、わかりました……えいっ！」

指示通り、マギスフィアを山なりに放る二水。

その光球は放物線を描き、ギガント級の脇の下をすり抜ける。

「ヨッ、と！」

そして、地面に着く前に梅がそれをタンキエムで受けた。鶴紗と二水、二人の魔力を受けたマギスフィアは、先ほどよりも一回り、大きく育っていた。

「ほら、こっちだゾ！」

光球をCHARMでリフティングしながら、器用に側転してみせる梅。

マギスフィアには、軽く触れるだけでも自らの魔力を注ぐことはできる。だが、さらに長く保持し続けることで、さらに多くの魔力が充填される。敵の目を引くことで仲間を庇い、さらに次のパスへとつなぐ。ノインベルト戦術の見せどころである。

「GYU……！」

挑発に応じたのか、ギガント級は右腕の鞭を、初めて横殴りに振るってきた。

梅だけではなく、近くにいる者全員が巻き込まれる扇状の攻撃である。

「ワっ……!?」

「みんな、避けて！」

夢結の指示を受けて、梨璃たちも後ろに下がる。梅はその場に残り、地面に伏すように身をかがめて攻撃をやり過ごした。そして。

「ヨッ、と」

高く放り上げておいたマギスフィアをタンキエムで受け止める。ギガント級の鞭は、宙に舞ったマギスフィアの下を通り抜けた形になっていた。

「わあ、梅様、お上手！」

思わず歓声をあげてしまう梨璃。

「エヘヘ。さ～て、どんどんいくゾ！」

タンキエムを振り回し、その上を走らせるようにしてマギスフィアを加速し、射出する梅。その狙いは正確で、真っ直ぐに神琳へとパスが通る。

神琳は強気な姿勢でギガント級の足元を駆け、その視線を引きつける。

そして、十分にギガント級を引きつけたところで、自らの右に立っていた楓の、その前方に向けて鋭いパスを放った。

「……おっと、ですわ。神琳さん、あなたのパスはキツすぎますわよ!?」

「あら、ちゃんとお取りになっているではありませんか」

「当然ですわ……っと、一度お返ししますわね!?」

と、そこへ襲ってきたヒュージの爪先をかわしながら、神琳のダインスレイフを壁代わりにしてワン・ツーパスでマギスフィアを繋ぐ楓。

「上手い……！」

それを見て、夢結すらも感心したようにつぶやいた。

「そうでしょう？　楓ちゃんはすごいんです！」

「ふふっ、ありがとうございます、梨璃さん。できれば、わたくしの愛のパスはあなたに繋ぎたいところでしたが……私情は捨てておきますわ！」

後方を振り返り、雨嘉にパスを繋ぐ。

「……がんばる」

短い返事とともにうなずく雨嘉。

雨嘉はギガント級との間合いを詰めず、触手が届くか届かないかの距離を置いて時間を稼ぐ。そして、ギガント級と正面に向き合ったところで、珍しく大声で呼びかけた。

「ミリアムさん！　行きます！」

「えっ？　行くって、お主……わらわは反対側じゃぞ!?」

その言葉の通り、ミリアムと雨嘉はギガント級を挟む位置に立っていた。

「問題ないです」

雨嘉は静かにそう言い放ち、低めに浮かせたマギスフィアをグングニルで叩く。

まるでホッケーかゴルフのように放たれたパスは、ギガント級の股下を抜けてミリアムへと通る。

「うお、っと……ナイスパスじゃ！」

いかにギガント級が巨大とはいえ、常に大股を開いて立っているわけではない。雨嘉はそこを危なげなく通した。見事な判断とコントロールであった。

「ＧＹＵ……？」

殿下を抜かれたギガント級は、首をかしげてミリアムを振り返る。だが、ミリアムの手にマギスフィアがあることを確認すると、裏拳のように太い右腕を振り回してきた。

「ぬおわあっ!?　ダメじゃ、誰か受け取ってくれ！」

地面に転がり、攻撃をかわしながらマギスフィアを放るミリアム。リリィとしての訓練は、百合ヶ丘に入ってからのため、ミリアムのマギスフィア捌きは夢結たちほど洗練されていない。

「もう！　それでよく、わたくしのライバルとか言ってくれますわね!?」

文句を言いながらも、地面に落ちる前に楓がマギスフィアを受ける。

「おお、よくやったぞ、楓！　もっかい！　もっかい返してくれ！」

雨嘉のお株を奪うように、ギガント級の殿下を駆け抜けて回避するミリアム。技術面ではまだまだだが、見ている方がヒヤヒヤするほどに度胸がある。

「はい、お返ししますわ！」

「よし！　あと二人で一周じゃな!?」

これで、まだパスを受け取っていないのは梨璃と夢結のみである。

「……ミリアムちゃん、わたしにちょうだい！」

と、ここで梨璃は、自らパスを要望した。

別に自信があったわけではない。むしろ、その逆だ。

フィニッシュショットを任される可能性の高い九人目。その任には、夢結こそがふさわしいと考えたのだ。

だが、ミリアムと梨璃、夢結の間には、またもギガント級が立ちふさがる形になっていた。と言っより、限られた結界の中においては、ギガント級を無視してパスを繋げることは難しい。

「梨璃さん、援護しますわ！」

実戦に不慣れなミリアムと梨璃の連携とあって、仲間たちもギガント級の気を逸らそうと攻撃に力を入れる。

「頭部、それと両腕を狙うンダ！」

梅が下級生たちに指示を出す。梨璃に打撃、または熱線の攻撃をさせまいというのだろう。

（そうだ、熱線さえ受けなければ……！）

このヒュージは、二度にわたって口腔から熱線を放ってきた。梨璃一人ならやられていたかもしれない攻撃だが、仲間たちの援護があれば、きっと避けられる。そう信じて、梨璃はミリアムからのショートパスを受け取った。

「任せたぞ！」

「うん、ありがとう！」

礼を言い、マギスフィアをグングニルに載せる。

（これが……マギスフィア……）

不思議な感触だった。殻も何もなく、まるでシャボン玉のように儚く思えるのに、グングニルの刃に触れても割れはしない。

そして、もうひとつ、通常の物質と違うのは、マギスフィアが常に振動し、あらぬ方向に動こうとしていることだった。

「……っとと」

グングニルから落ちそうになるマギスフィアを、腕だけではなく精神力も使って制御する。

（見た目はボールみたいだけど、これは魔力の塊なんだよね）

複数人の魔力を込めることで威力を増すマギスフィアだが、その代償として、内包する魔力は非常に不安定な状態に陥る。その現れのひとつとして、マギスフィアの光球は非常に扱いづらい代物《しろもの》となるのだ。

（こんなの……みんな、よく、今まで落とさずに……）

今の梨璃には、この光球を操りながら敵の攻撃を回避する自信がない。楓たちがヒュージの気を引いてくれていて、本当に助かったと思う。

「ＧＹＵＯＯＯＵ……！」

ギガント級は梨璃に近づこうとしているが、そのたびに、楓たちが援護射撃で妨害する。

その腕に。触手に。頭部に。

「ＧＹＵ……！」

頭部に激しい攻撃を受けたギガント級は、眩暈《めまい》でも起こしたかのように顔を横に向けた。

「うん……今よ、梨璃！　こちらに！」

夢結が梨璃に向かって手を挙げる。

梨璃はギガント級の触手が届く距離におらず、頭部を横に向けている状態では熱線も放てない。仲間たちのおかげで、梨璃は安全にパスに集中できるはずであった。だが。

「……GYUHAa！」

怒りの咆哮か、歓喜の哄笑か。ギガント級は不意に、その巨大な胴体を反らした。

「GYUO……！」

そして、ばくり、とその腹が割れたかと思うと、そこに、まるで巨大な口のような大穴を覗かせた。

……キキキキキィン……。

響く熱線の準備音。しかも、すでに発射間近を示す、間隔の短い高音だった。

「そんな！　胴体からも熱線を!?　こんなの、過去の報告には……」

「それに、もう発射準備が……ずっと、とっておきを残していたの!?」

二水と鶴紗が悲鳴をあげる。そして、楓が叫んだ。

「梨璃さん！　早く逃げて!!」

（あっ……）

一瞬、横にかわして逃げようかと考えた梨璃。だが、ギガント級の腹に空いた大穴を見て、その案を捨てる。あの大口径の攻撃は、今からでは避けられない。

「だったら……！」

せめて、マギスフィアを夢結に渡そうと決意し、グングニルを構える。

「……梨璃！」

しかし、対する夢結は、梨璃を目指して真っ直ぐ走ってきていた。

「……お姉様！　来てはダメです！」

そう呼びかけながら、パスを投げようとする梨璃。しかし、ルナティックトランサーを発動している夢結の足は速く、梨璃が呼びかけても止まろうとはしない。

……ィィン……！

ギガント級の腹が放つ不快な高音が、ひときわ大きく響く。

「お姉様！」

「梨璃……！」

梨璃が夢結に向かってマギスフィアを放つ。だが、安全な場所でパスを受けるべき夢結は、その時すでに梨璃の目前に立っていた。

……ギィン！

発射音が響く。

その瞬間、今までになく巨大な熱と光とが辺りを包んだ。

「……梨璃さん!!」

血を吐くような声で楓が叫ぶ。

熱線の着弾地点に近づいただけで、肌がちりちりと熱くなる。灼熱の空気が肺に飛び込んできて、呼吸することすら難しい。

もうもうと立ち上る水蒸気の向こうに、夢結の黒髪が見えた。後方に吹き飛ばされ、焼け残った大樹に身を預けるようにして座り込んでいる。

「GYHOUU……」

強力な攻撃の余韻なのか、ギガント級は口から煙を吐き、しばし動きを止めた。その間に、楓や二水は口元を手で覆いながら着弾地点の様子を確認する。

(梨璃さんがいない……!)

靄《もや》がかかったような光景の中、夢結の姿だけが見える。服がところどころ焼け落ちてはいるが、あの熱線の中を生き延びている。着弾の瞬間に合わせて、マギで体表をガードしたのだろう。タイミングの難しい技だが、夢結ならば可能なはずだ。

(だけど、梨璃さんは!?)

極度の緊張に達し、時間がスローに過ぎていくような感覚の中、楓の脳内を様々な思考が走り抜ける。

(梨璃さんには、あれに耐えるだけのお力は……)

(マギスフィアも見当たらない……もう、ギガント級は倒せない)

(いいえ。そんなことはどうでも……とにかくご無事な姿を見せて、梨璃さん!)

だが、どこに視線を走らせても梨璃の姿はない。視界の隅に、損傷したCHARMが転がっているのが見えた。グングニル……梨璃のCHARMである。

（梨璃さん……）

悲劇的な思考を否定できず、足の力が抜けそうになる。

「う、うぅ……」

その時。地面に座したまま、夢結がうめき声をあげた。全身に傷を負いながらも、両の目はしっかりと見開かれている。

そして夢結は、上空に向けて首を上げ、たしかにその名を口にした。

「梨璃……」

「……上ダ！」

梅が叫び、全員の視線が空へと向けられる。

「……梨璃さん！」

そこには、熱風に吹き飛ばされるようにきりきりと舞う梨璃の姿があった。その懐には、大剣……第二世代ＣＨＡＲＭ、ＡＣ―１３ダインスレイフを抱き締めながら。

（お姉様……！）

長い長い浮遊感の中、梨璃は懸命に状況を把握しようとしていた。

ヒュージの熱線が着弾する瞬間。マギスフィアをパスした梨璃は、自らの体を盾にして夢結を守ろうと思った。

しかし、夢結がそれを許さなかった。言葉を交わす暇もなく、梨璃は宙へと投げ出されていた。

「梨璃、これも！」

ルナティックトランサーの身体能力で放り上げられたのだと気付いたのは、夢結がダインスレイフを投げ渡してきた後だった。

（ダインスレイフ……！）

夢結から受け取った武器を、両手でぎゅっと抱き締める。

マギスフィアは、すでにダインスレイフの内に充填されていた。あの短い時間の中で、夢結はフィニッシュショットの前段階、マギスフィアの装填作業まで行っていたことになる。夢結は、最後の一撃を梨璃に託したのだ。

そして、なによりも。

（これは、お姉様の……！）

夢結との初めての訓練を思い出す。あの時、梨璃は、夢結のダインスレイフを運ぼうとして拒絶された。

このダインスレイフは、夢結にとっては、誰にも触れさせたくない、「お姉様」の形見なのである。

それを今、夢結は、自ら梨璃に託した。その意味を思う。

（絶対に、勝たなくちゃ……）

ここで決めなければ、夢結が、仲間が危ない。

かといって、このままでは、フィニッシュショットを決めることは難しい。

今、梨璃の身は、熱線による激しい上昇気流に押し上げられ、どちらが上か下かもわからない状態である。

（わたしは、他のみんなみたいに、特技も何もないし……）

ならば、どうするか。答えはひとつしかない。

「……みんな、お願いっ！」

仲間を頼るのだ。

梨璃には、この短時間でうまい作戦など思いつかない。的確な指示の出し方もまだ知らない。だから、それらの思いを全て、「お願い」という三文字に込めた。

「……合点《がってん》、承知ですわ!!！」

お嬢様らしからぬセリフで楓が叫んだ。

「マギスフィアは、もう発射準備に入っています！　約十秒以内に撃たなければ、威力が著しく減衰します！」

二水が一同に呼びかけている。みんなの声がする方向が下だ。熱風に全身を叩かれながら、梨璃もできるだけ体勢を整える。ダインスレイフの重みが、梨璃の姿勢を安定させてくれた。

熱風に煽られながら、ゆっくりと落ちていく梨璃。しかし、ギガント級もまた、座して攻撃を待ってはいなかった。

「ＧＹＵ……！」

左手の五本の触手が梨璃に向かってくる。そのうちの一本を足で蹴り、捕まるまいと距離を置く。

「わっ、たっ、このっ……」

触手を足場にして、ふたたびふわりと舞う形になる梨璃。めちゃくちゃに両足を動かしただけだったが、なんとか二度の攻撃をやり過ごす。

……ダ、ダン！

「ＧＹＵＯ!?」

「……当たった！」

三本目、四本目の触手が射撃によって断ち切られ、雨嘉の小さな歓声が聞こえた。

「私は右……あなたは、左をお願い！」

「承知ですわ」

そして、鶴紗と神琳がギガント級の後ろに回り、同時に膝裏に斬撃を叩き込む。鶴紗は体当たりのごとく強い一撃を、神琳は二度、三度の連撃を。

「ＧＩＧＡ……？」

ギガント級はバランスを崩し、前のめりになって両手を突く。

「やった！」

ヒュージが体勢を崩したことで、梨璃は触手の攻撃から解放される。

「ＧＹＵＯａ……！」

キィン、という高音が聞こえる。ギガント級はバランスを崩しながらも、口からの熱線で梨璃を狙っていた。

「させるカっ！」

だが、梅が「縮地」の速度で飛びあがり、ギガント級の顎にタンキエムを突き込む。

「GYU……!?」

タンキエムはギガント級の顎を跳ね上げながら下顎に突き刺さり、ピンのようにその口を縫い止めた。

「GUUO……！」

ゴボァ！

無理に閉じられた口の中で、熱線を暴発させるヒュージ。

抑えきれぬ僅かな熱線が、巨大な口の隙間から漏れる。その細い筋の一本が空中の梨璃を狙う。

「……のじゃあっ！」

だが、ミリアムが梅に続いて飛びあがり、ヒュージと梨璃の間に身を躍らせた。

カッ……！

ミリアムの全身から激しい魔力が放出され、ヒュージの口から漏れ出た熱線を相殺する。フェイズトランセンデンスによる瞬間的な防御力増加である。

「ミリアムちゃん！」

「うぅ……あとは、頼むのじゃぁ～……」

一瞬で魔力を使い果たしたミリアムを、横にいる梅が受け止める。

そして、梨璃の落下が予測される地点には、二水が待ち構えていた。

「梨璃ちゃん！　ここっ！」

二水はグングニルさえも手放し、バレーボールのレシーバーのような姿勢で梨璃を待っていた。

「もう一度、飛んで！　頭頂部から、真っ直ぐ撃ち抜いて！」

ぐっ、と腰を落として待ち構える二水。自分の手を足場にさせて、もう一度梨璃を飛ばそうというのだろう。

梨璃はその言葉に従い、二水の両手に足をかけ……ようとして、よりによって頭部に足の裏をついてしまった。

ごしゃっ。

嫌な音がして、梨璃の靴と二水の額とがキスを交わす。

「あ、ごめ……！」

「うぎゅ……だいじょう、ぶ……飛んでっ！」

二水は、怯《ひる》まずにぐぐっと額で梨璃の足裏を押し返してくる。

「……うん！」

躊躇《ため》っている暇はない。二水を踏み台にして、梨璃はふたたび飛んだ。

舞い上がり、四つん這いになっているギガント級と視線を合わせる。

「GRYU……！」

「そうはいきませんわよ!?」

右手の鞭で梨璃を迎撃する素振りを見せたギガント級。しかし、その動きを予測して跳躍していた楓が、ダインスレイフを垂直に突き立てる。ダインスレイフは貫通して地面にまで達し、ギガント級の動きが封じられる。

そして。

梨璃はダインスレイフを構えて、ギガント級へと突きつける。充填されたマギスフィアが激しく暴れ、銃身を勝手に震わせる。しかも、不安定な空中姿勢である。白兵戦すら可能なこの至近距離でもなお、外してしまう危険性があった。

（だけど……）

思い出す。夢結が、このダインスレイフを託してくれた意味を。

そして、今も梨璃の背中を見てくれているであろう夢結が、初めて教えてくれたことを。

（腕力に頼っては駄目）

今も、鮮明に脳裏に浮かぶ。

（腰を入れて……そう、上手よ。そのままの姿勢で）

夢結に習った通りのことを、全幅の信頼とともに実行する。

（うん、いい子だね）

ダインスレイフの震えが止まった。マギスフィアが、完全に梨璃の意思に従った。

「当たれえええええぇーっ!!」

引き金を引く。

結界内が、ヒュージの熱線とは比にならないほどの激しい光に包まれた。

「何よ、これ……」

生徒の一人がつぶやいた。

市街地に出動していた六角汐里《ろっかくしおり》や伊東閑が戻ってくると、寮の中庭にはいくつもの大穴が空いていた。

そして、その近くには、上半身を粉々に吹き飛ばされたギガント級の残骸。

「……お姉様のお手伝いに同行している間に、面白いものを見逃したようだ」

閑がつぶやく。

「うん、本当に」

汐里も笑顔を返す。

主力を投入したおかげで、市街地での戦いも無事に収束した。校庭にいた生徒たちも、負傷者が何名か出ただけである。大勝利と言っていい結果だ。

「それにしても、すごいね……」

あらためて、梨璃たちが放ったフィニッシュショットの痕跡を見る。その着弾地点の大穴は、ヒュージが放ったという熱線の跡を軽く超えていた。

「ああ。下手をしたら、ギガント級の二、三体も貫通しそうな一撃だ。少々やりすぎだな」

ふっ、と軽く微笑し、閑が言葉を続ける。

「まったく。今日の今日まで、メンバーすら揃っていなかったというのに……しかも、フィニッシュショットを放ったのは、どうやら梨璃らしい。このような結果を誰が想像した？」

「そう？　あたしは想像できてたよ？　なんとなくだけど、梨璃ちゃんたちなら、すごいことができるような気がしてたんだ」

いたずらっぽい表情とともに胸を張る汐里。

「奇遇だな、実は私もだ」

そう答えてから、思い出したように付け加える。

「……だが、あいつらには言うなよ？　調子に乗るからな」

肩をすくめる閑。

その視線の先では、ボロボロに傷ついた梨璃と夢結が抱き合い、仲間たちともみくちゃになりながら互いを称《たた》え合っていた。


百合ヶ丘女学院工廠科校舎内にある研究スペース。

その中で、校医の大野は、リリィたちが倒したヒュージの残骸を確認している。

ヒュージの体からは、マギスフィア用特殊弾を作る材料が生まれる。また、常に進化と変異を続けるヒュージに対抗するためにも、その残骸は貴重なサンプルとなる。

そして、横には梨璃たちの担任である吉阪も並んでいた。

吉阪はヒュージの残骸をつつきながら、軽い雑談のように話し始める。

「……大野先生ったら。よかったんですか？　独断で白井さんたちに特殊弾を使わせちゃうなんて」

「……独断ではありません。安藤さんからの正式な要請です。『今後も防衛隊に協力させたいなら、特殊弾の一発くらい提供しろ』ってね。ちょっとした脅迫ですよ。彼女と防衛隊との繋がりは、未だにグレーゾーンのままです。そこを盾にされたら、百合ヶ丘にも防衛隊にも義理がある私には逆らえません」

「もう～、またまた。それだけじゃないくせに」

そう言って、吉阪はおどけて笑ってみせる。

「…………」

「ね？」

吉阪が念押しすると、大野も照れたように笑った。

「……初めてだったんです、あの子が、何かを要求したのは。以前のあの子は、何事にも執着を見せなかった。私が何かを提供しようとしても、決して受け取ってはくれなかった。なのに……良い変化です。非常に。そのお祝いだと思えば、特殊弾の一発くらいは存在を誤魔化せますよ」

「これも、一柳さんの明るさのおかげだと思います」

吉阪が腕組みをしながらうんうんとうなずく。

「安藤さんをレギオンに誘ってくれた子ですね。噂では補欠合格者だということですが、人の能力はテストだけでは測れませんね」

「ふふっ、まったくです……あ、そうだ。ところで。大野先生は、『カリスマ』というスキルはご存知ですよね？」

「はい、もちろんです。仲間の士気や攻撃力を引き上げる能力ですよね？　……ただ、能力のみならず、保持者の人徳までもが求められるので、実戦レベルでの使用例は少ないはずですが……それが何か？」

「いえいえ。ちょっと興味があったもので。よかったら、後でその資料を見せてください。それから、台湾で見つかったという新型ヒュージのスキャンデータも」

「わかりました……その件も、対岸の火事というわけにはいかないようですものね」

「ええ。今回も、ヒュージは明らかに陽動を仕掛けてきました。単純な作戦ですが、ヒュージがそのような手を使うはずがなかったので、見事にやられました」

「鎌倉府での戦いも、さらに激化するんでしょうか？」

「残念ながら、そう遠くないうちに」


夜。東シナ海上空。その上を、二体の飛翔型ヒュージが舞っていた。どちらも、人間たちがギガント級と分類する大きさである。どちらも全長は戦闘機に匹敵し、翼の幅はそれよりもさらに大きい。

二体のギガント級はほぼ同じ形状をしていたが、唯一、違うところを挙げるとすれば、前を飛ぶ個体の上には、ひとつの人影が立っている点であった。

「ZOZYUZYA……」

太く、低いうなり声をあげる後方のギガント級ヒュージ。それを聞いた、前のヒュージの上に立つ人影……まだ若い少女は、いささかたどたどしく、だが、しっかりと人間の言葉を話しはじめた。

「ZYU……問題NA、い……これからHA……わTAし、が、、指揮を、とRU……」

ざあっ、という南風が、ヒュージたちの巨体を叩く。だが、その上に立つ人間型の「それ」は、身じろぎもしない。

重く、生ぬるい風が吹き荒れる夜の海洋上。それは青黒い瞳を輝かせながら、真っ直ぐに北東を、日本のある方角を見つめていた……。


数日後。

梨璃は、レギオンメンバー全員とともに寮のオープンテラスに集まっていた。もちろん梅も一緒だが、まだ夢結とミリアムだけは来ていない。

「ところで、梅様。なんだか勢いでレギオンに入っていただいちゃいましたけど、本当によかったんですか？」

「ン？　あぁ、気にするナ。梅、ちょっと前から夢結に誘われてたんダ」

「あら、そうでしたの？　では、どうして練習に参加してくださらなかったのです？」

「梅、練習とか嫌いなんダ～。だから、そのうち参加しようって思ってるうちに遅くなっちゃっタ！」

「は、はあ……」

あまりにもあっけらかんとサボりを公言され、ぽかんと口を開ける一同。

「なっちゃった、じゃないでしょ。まったく……」

と、そこへ、ため息をつきながら夢結が現れた。手にはＣＨＡＲＭ用のライフルケースを持ち、後ろにはミリアムも従えている。

「あら、夢結様。ミリアムさんとご一緒なんて、珍しいですわね？　お二人で訓練でも？」

「いいえ。訓練じゃないけど、ちょっとミリアムさんに付き合ってもらっていたの。ちょうどいいから、みんなにもお披露目しようと思って」

そう言って、ライフルケースをテーブルに置く。

夢結がパスワードでロックを解除すると、中からは大型のＣＨＡＲＭが現れた。だが、それは、ダインスレイフとは微妙に形状が異なる大剣であった。

「ＣＨＡＲＭ？　でも、これは……ダインスレイフじゃありませんね？　でも、どこかで見たような……」

「ええ。これは、ブリューナクＳＰ。昔、使っていた物だから、あなたと初めて会ったときにも持っていたと思うわ。私の戦闘スタイルや体格に合わせて調整してあるカスタムモデルなの」

「わらわも調整を手伝ったんじゃぞ！」

工廠科の本領発揮とばかりに、ミリアムが得意げに笑う。

「わあ！　このクリスタル、すごく攻撃的なタイプじゃないですか？　その分、扱いは相当難しいはずなのに……夢結様ならではの選択ですね！」

「おっ、さすがは二水じゃな。これの良さがわかるか！」

二水とミリアムは、夢結の新たなＣＨＡＲＭを見てはしゃいだ声をあげている。

「で、でも、お姉様。前のダインスレイフは……」

「……きちんと修理して保管してあるわ。私の、大切な思い出の品であることは変わらないもの。だけど、これからは、自分で選んだＣＨＡＲＭを使うことに決めたの」

「お姉様……」

夢結が「お姉様」から受け継いだダインスレイフを手放す。その意味の重さは梨璃にもわかる。夢結にとっては簡単な決断ではなかったはずだ。だが、少なくとも夢結の表情には以前のような影はない。それが梨璃にとっても救いであった。

「それでは、わたくしたちのレギオン発足を祝って、紅茶で乾杯とまいりましょうか」

「うん。それがいい」

神琳が提案し、雨嘉はじめ一同が賛成する。

「それなら、梨璃。乾杯の前に、あなたが何か挨拶なさい」

「えっ、わたしですか⁉　こういうことは、先輩であるお姉様か梅様が……」

「なに言ってるんダ。もともと、梨璃が作ろうって言い出したレギオンだロ？」

「そうですわよ、梨璃さん。わたくしも梨璃さんの演説をお聞きしたいですわ」

「え、演説なんて、そんな大層なことはできないけど……わ、わかったよ」

楓に背中を押されるようにして、梨璃が皆の前に立つ。

八人が、じっと黙って梨璃の言葉を待つ。

「え～と……コホン。本日は、我々の……我々……？」

人差し指をふらふらと振りながら目を泳がせる梨璃。考えてみれば、まだ隊の名前を決めていなかった。

通例では、隊は隊長または代表的なリリィの名を冠して呼ばれるものだ。

（この場合、白井隊、かな？　でも、梅様や、みんなの意見も聞かないと……）

「あの～、挨拶の前に、まず、隊の名前を……」

「…………」

梨璃がそう問うと、夢結たちは互いに顔を見合わせる。

だが、その沈黙も一瞬のことで、八人は、当然のことのように声を合わせたのだった。

「一柳隊！」

〈五章　託されたもの　了〉

計算違い

もぎゅ
もぎゅ
鶴紗ちゃんすごい量だね～
回復には大量のエネルギーが必要なの
でもそんなに食べて大丈夫ですの？
カロリー計算してる
数日後
ドスーーーン

音速タックル

梨璃たちの先輩 吉村・Thi・梅
梅様って縮地が使えるんですよね？
ウン！
いざって時は、梅が助けてあげるゾ！
わーいありがとうございます！
そして
梨璃アブないっ！
ぐふっ!?
ドスッ!!!

漫画/にるり

現れた理由

ルナティックトランサーは危険だわ
そんなことはありません！
梨璃さんあなた気持ちはわかるけど…
本当です聞いてください！
あれは お姉様と初めて会った時…
もう大丈夫よ
…ところで
道を尋ねたいのだけど
道に迷っただけだった

濫用

夢結様はルナティックトランサーという能力を持ってるんだよ
へぇ〜！
でも危険な能力だからみだりに使ってはいけないの
夢結〜これ開けテ〜
ピン
!?
お姉様今ルナティック…
使ってないわ
だったらこっちを向いてくださいお姉様？

Assault Lily
アサルトリリィ
ASSAULT LILY
アサルトリリィ
〜一柳隊、出撃します！〜

■AZ＝アタッキングゾーン
■TZ＝タクティカルゾーン
■BZ＝バックゾーン

ASSAULT LILY CHARACTER PROFILE

No.1　所属　百合ヶ丘女学院高等学校

一年

一柳《ひとつやなぎ》 梨璃《りり》

ポジション	BZ
出身国	日本
出身地	山梨県(ヒュージの攻撃により陥落)
年齢	15歳
誕生日	6月19日
身長	156cm
体重	49kg
備考	一柳隊チームリーダー

好きなもの
ラムネ(買い置きするほど好き)
四つ葉のクローバー(自身のラッキーアイテム)

服装
普段着は特別におしゃれではないが可愛らしいものを好む。
中産階級の年相応な服装。

性格
天然系で優しい心の持ち主。活発で運動神経は抜群。
一生懸命、目の前の困難を乗り越えることで、
成し遂げられる何かがあると信じている。

レアスキル：カリスマ

味方を高揚状態にするレアスキル。仲間の士気を上昇させることができる。チーム全体のバランスと、全体攻撃力の向上を促す魔法を高度なレベルで常時発動させる。

ASSAULT LILY CHARACTER PROFILE

■ＡＺ＝アタッキングゾーン
■ＴＺ＝タクティカルゾーン
■ＢＺ＝バックゾーン

No.2　所属　百合ヶ丘女学院高等学校

二年

白井《しらい》 夢結《ゆゆ》

ポジション	ＡＺ
出身国	日本
出身地	鎌倉府(旧神奈川県)
年　齢	16歳
誕生日	4月12日
身　長	163cm
体　重	50kg
備　考	元竹腰千華レギオン所属

好きなもの
紅茶とサンドウィッチ
趣味は読書(哲学書と歴史書)、音楽鑑賞(クラシック音楽)

服　装
オーソドックスだが上品で高級な服を着る。しかし、自分で選ぶことは殆ど無い。買い与えられたものをただ着るだけであり、あまりそうしたセンスはない。ただ間違った下品ないでたちはしない。

性　格
プライドが高い完璧主義者。ストイックで自分にも他人にも厳しい性格である。一方で精神的に不安定で一度落ち込んだ時のふり幅が大きく、再起不能なのではないかというほど自分を追い詰める。

レアスキル：ルナティックトランサー

狂気と紙一重のレアスキルで、精神を保ちながら、心拍機能や腕力、重力を無視したバーサーク状態で戦うことが可能。このレアスキル持ちは基本、精神的に不安定なため、強く依存する相手が必要である。効果は絶大でアタッカーとしては非常に頼りになる存在。どのようなＯＳ戦術でも活きるため徐々に重要性が認められるようになる。

ASSAULT LILY CHARACTER PROFILE

■ＡＺ＝アタッキングゾーン
■ＴＺ＝タクティカルゾーン
■ＢＺ＝バックゾーン

No.3　所属　百合ヶ丘女学院高等学校

一年

楓《かえで》・J《じょあん》・ヌーベル《ぬーべる》

ポジション	ＡＺ／ＴＺ／ＢＺ
出身国	フランス
出身地	パリ
年　齢	15歳
誕生日	1月1日
身　長	164cm
体　重	52kg
備　考	母が日本人で元リリィ、父はフランス人ＣＨＡＲＭ開発社社長

好きなもの　芸術品の収集

服　装
ロリータ服と本物の王侯貴族のドレスを好む。CHARM 開発メーカーエル・グランギニョル社の総帥一家であり欧州の古い貴族の血を引く彼女らしく、ハイブランドのオートクチュールがほとんど。

性　格
美しいかどうかを重視する性格で、汚いものに価値はないと思っている。卑怯な手段も美しくはないので嫌う正々堂々とした性格。美人に生まれ、英才教育で育ち、甘やかされることも虐待されることもない人生を送ってきたため、性格的には歪みのない人当たりのよいお嬢様そのもの。やや勝気ではあるが、それは自身と出自へのプライドでもあるのでマイナスになるほどではない。

レアスキル：レジスタ

「俯瞰視野」と一定範囲内のマギ純度を向上させる（ＣＨＡＲＭの攻撃力を始めリリィの能力が著しく向上する）効果が常時発動する。あらゆる戦術下で指揮官を目指すものなら、絶対に欲しいレアスキル。

ASSAULT LILY CHARACTER PROFILE

■AZ＝アタッキングゾーン
■TZ＝タクティカルゾーン
■BZ＝バックゾーン

No.4 所属 百合ヶ丘女学院高等学校

一年

安藤《あんどう》 鶴紗《たづさ》

ポジション	AZ／TZ
出身国	日本
出身地	静岡県
年齢	15歳
誕生日	2月13日
身長	158cm
体重	49kg
備考	ヒュージ研究で世界的に有名な研究所GEHENAによって"作られた"リリィ

好きなもの コレクションも身の回りのものも殆ど無い、自己の痕跡を全く残さない

服装 実験体として完全に奴隷のように扱われてきたため、ファッションの趣味が憧れを中心に構成されている。普通の学園生活を送りたかったという願望から制服のような服装が好き。プレッピー系のスタイルを好む。

性格 多重にかけられた強化の副作用で精神が不安定に陥ることが多く、激しい頭痛や嘔吐、理由のない恐怖心などにとらわれると、弱気になり人肌を恋しがる。普段は冷静でクール系の性格である。閉所恐怖症。

レアスキル：ファンタズム

未来から現在を逆算できる力で、自分のほしい結果を得るにはどういう行動をとればいいかが空間単位で瞬時に理解できる力。自己の仮定から、未来の世界を脳内で再生して答えを得ると、周辺の人間にテレパスや共感で伝える。レアスキルの中でも特に持て囃される花形。

ASSAULT LILY CHARACTER PROFILE

●AZ＝アタッキングゾーン
●TZ＝タクティカルゾーン
●BZ＝バックゾーン

No.5　所属　百合ヶ丘女学院高等学校

一年

ミリアム・ヒルデガルド・V・グロピウス《みりあむ・ひるでがるど・ふぉん・ぐろぴうす》

ポジション	TZ/BZ
出身国	ドイツ
出身地	ゲルゼンキルヒェン
年齢	15歳
誕生日	11月25日
身長	153cm
体重	40kg
備考	一柳隊唯一の工廠科生徒

好きなもの　変身魔法少女チャーミーリリィの視聴、グッズ集め

服装　甘ロリな服装が好き。“ミリはお姫様”といつも言っている。
鶴紗からは「頭が逝ってる」と言われている。

性格　人懐っこい性格だが、噂大好きな上に得た情報から色々と勝手に妄想をふくらませトラブルを起こす天才。ゲーム感覚で生活する気持ちが抑えきれない。おしゃべりが大好き。若干KYがすぎるところもあるが、可愛い面もあるので憎まれはしないが、真面目な人間は敬遠する。ムードメーカーの一人。

レアスキル：フェイズトランセンデンス

数秒間魔力が無限大となりマギを大きく消費する連続行動が可能になる。マギによる身体活性や防御効果も大幅上昇するので、発動中は防御面でもほぼ無敵。ある程度ダメージを与えた大型ヒュージに一気にとどめを刺したり、雑魚殲滅に向く攻撃的レアスキル。ただし使用後は行動不能に陥る。

ASSAULT LILY CHARACTER PROFILE

■ＡＺ＝アタッキングゾーン
■ＴＺ＝タクティカルゾーン
■ＢＺ＝バックゾーン

No.6　所属　百合ヶ丘女学院高等学校

一年

郭《くお》 神琳《しぇんりん》

ポジション	ＡＺ／ＴＺ
出身国	台湾
出身地	台北
年齢	15歳
誕生日	2月6日
身長	165cm
体重	53kg
備考	兄が３人いる
好きなもの	読書　詩作　工夫茶 食べ物は台湾料理と和食系
服装	母国に関連のあるデザイナーの服などを着ることが多いが、基本は上品なシックな衣装を好む。ストリート系などは絶対着ない
性格	穏やかで温和と思われているが実はかなり喧嘩っ早い性格。正しくないと思うことを見過ごせない。性質は理屈屋でクラス委員長タイプ。性格自体は優しく真面目。汚い手段なども絶対に使わない。

レアスキル：テスタメント

広域拡大化スキルと呼ばれ、任意の魔法やレアスキル、術式などの対象を広げるという非常に有用で便利なスキル。保持者の選別が難しく、このスキルの候補者は非常に大事にされる。

ASSAULT LILY CHARACTER PROFILE

AZ＝アタッキングゾーン
TZ＝タクティカルゾーン
BZ＝バックゾーン

No.7　所属　百合ヶ丘女学院高等学校

一年

王《わん》 雨嘉《ゆーじあ》

ポジション	BZ
出身国	アイスランド
出身地	レイキャヴィーク
年齢	15歳
誕生日	12月21日
身長	163cm
体重	50kg
備考	兄2人、姉1人、妹1人の5人兄妹

好きなもの　絵を描くこと（とても可愛らしい絵本のような絵を描く）

服装　チャイナ服や中国風にアレンジされた服などを着る。際立って裕福な家庭出身ではないがエリートではあるので衣装は結構多く持っている。

性格　無口で感情表現が苦手なコミュ障ぎみの性格。困ると黙るが容姿が美人系であるので怒ってるように誤解されることが多い。メールなどではとても可愛く元気なキャラクターを演じられる。

レアスキル：天の秤目

彼我の距離をセンチ単位で把握できるレアスキル。目測で厳密な距離を測る事が出来、同時に異常な視力を獲得するレアスキルでもある。スナイパーや中長距離で戦闘をするものにとって相性が良いスキル。レベルSに達するとデッドアイモーションと呼ばれる、この世のすべての動きをスローにとらえ、自己の把握能力だけを倍速にする能力を扱えるようになる。

ASSAULT LILY CHARACTER PROFILE

●AZ＝アタッキングゾーン
●TZ＝タクティカルゾーン
●BZ＝バックゾーン

No.8　所属　百合ヶ丘女学院高等学校

二年

吉村《よしむら》・Thi《てぃ》・梅《まい》

ポジション	AZ／TZ
出身国	ベトナム
出身地	ホーチミン
年齢	16歳
誕生日	7月21日
身長	156cm
体重	45kg
備考	行方不明の弟が１人いる

好きなもの
亀のマスコット集め
ベトナム料理

服装
母がベトナム人でありその影響からベトナムのハイファッションを着用する。アオザイを今風にアレンジした独特の衣装の他に、シンプルに白のワンピースなどを好む。

性格
底抜けに明るく、馬鹿にされても怒らない生来の鷹揚な性質でムードメーカー。だが、とにかくトレーニングが大嫌い。一見やる気がないように見えるが、ここぞという時にはその天才性を発揮する。

レアスキル：縮地

消えるようなスピードで移動する瞬間移動スキル。空間のもつ抵抗ベクトルを逆転換させて異常なスピードでの移動を可能にしている。高レベルに成るとワープと殆ど変わらない。物理世界で速く動くスキルなので回避、攻撃共に活用できる。

ASSAULT LILY CHARACTER PROFILE

AZ＝アタッキングゾーン
TZ＝タクティカルゾーン
BZ＝バックゾーン

No.9　所属　百合ヶ丘女学院高等学校

一年

二川《ふたがわ》二水《ふみ》

ポジション	BZ
出身国	日本
出身地	鎌倉府(旧神奈川県)
年齢	15歳
誕生日	12月21日
身長	152cm
体重	44kg
備考	兄と弟がいる

好きなもの	漫画を描くこと コスプレ　駄菓子
服装	受け狙いの痛いTシャツ、コスプレまがいのメイド服などを着ることもある
性格	中学時代に公民館の受付などをしていたので世慣れていて、きちんとした受け答えも出来る。基本的には優等生なとても良い子。熱い魂も持ち合わせているが、自ジャンルのことになると早口になり終わらないトークを続ける悪癖を持つ。

レアスキル：鷹の目

空から地上を見下ろすように状況を把握するという異常空間把握のスキル。的確な指示に直結するため、指揮官クラスにとってありがたいスキルともいえる。各校のOS戦術で輝く上ではこのレアスキルは非常に重要。

GC NOVELS

アサルトリリィ ～一柳隊、出撃します！～

2015年6月27日　初版発行
2020年5月27日　第二刷発行

原作
尾花沢軒栄／acus

小説
笠間裕之

発行人
武内静夫

編集
伊藤正和
関戸公人

編集補助
岩永翔太
一ノ渡純子
町田悠真

装丁
伸童舎

印刷所
株式会社平河工業社

発行
株式会社マイクロマガジン社
URL:http://micromagazine.net/

〒104-0041
東京都中央区新富1-3-7　ヨドコウビル
TEL 03-3206-1641 FAX 03-3551-1208（販売部）
TEL 03-3551-9563 FAX 03-3297-0180（編集部）

ISBN 978-4-89637-513-8 C0093

ファンレター、作品のご感想をお待ちしています！

宛先
〒104-0041
東京都中央区新富1-3-7　ヨドコウビル
株式会社マイクロマガジン社　GCノベルズ編集部
「アサルトリリィ」係